異世界でスロ〜ライフを願望
いせかいですろーらいふを(がんぼう)
I have a slow living in different world
(I wish)
著：シゲ【Shige】
イラスト：オウカ【Ouka】
赤城七菜
「んーと……我が名はレッドキャッスル・セブンリーフ！
夜天の女王にして『吸血鬼の真祖』である!!……なんちゃって」

「はーはっはっは！
吾輩の名はジャック・オー・ランタン！
食べ物を粗末にした貴様らへの怨念が
集結し生まれた存在だ！
野菜を残す子はいねーがーー！」
イッキ
シロ
「……シロのことかっ！」

「そこまでだっ！」
ハヤト
テレサ

「夜の露天風呂……
控えめに言って最高……
こんなの我慢できるわけないよねえ……
日本の心だねえ……」

著：シゲ【Shige】

イラスト：オウカ【Ouka】

10

異世界でスロ～ライフを（願望）

いせかいで
すろーらいふを
（がんぼう）

I have a slow living in different world (I wish)

異世界でスロ〜ライフを〈願望〉 10

I have a slow living in different world (I wish)

CONTENTS

序章　目覚め

ん……んうう……ああー……頭が覚醒していくぅ。

穏やかに数度の呼吸を繰り返してから目をゆっくりと開けてみるけど目の前真っ暗。

とりあえず何度か瞬《まばた》きをして焦点を合わせた後に体を起こしてみたのだけど——。

「痛っ！　痛ぁ〜〜……っ」

ゴン、っと勢い良く頭を打ち付けてしまい、今の自分の状況を思い出しつつ涙が出そうになった……。

というか頭ぶつけたくらいじゃ痛くないんだけど、こういう時ってつい反射的に痛いって言っちゃうよね。

頭をぶつけた物体に手を押し当てて……と思ったら、勢い余って吹き飛んでしまった……。

私があまりに暇で作った自信作があ……まあいっか、後で片付けよ。

「ん……んんー！」

伸びをしつつ目をぎゅーっと瞑《つぶ》ってから改めて周囲を見回すけど、やっぱり真っ暗だね。別に真っ暗でも見えるんだけどね。

見えるけど真っ暗って変な感覚なんだけど、もうこの生活も結構経《た》っているし慣れっこなのです。

っとと、わあ！　落ちてきた蓋が埃《ほこり》を空中に舞い上がらせちゃってとんでもない事に！

「最悪……あーでも、まあいっか」

どうせ埃が私に干渉する事は無いし、後で全部掃除するから後回しで。

とりあえず、まずは寝床である棺桶《かんおけ》から出ようかな。

蓋は落ちた衝撃で割れたからもう無いけど……。

「んっ……はあ。体バキバキだよー。私何年くらい寝てたんだろう。1年？　2年？　10年って事は無いと思うんだけど……」

ふわあ……欠伸《あくび》が出る。寝起きは頭が働かないなあ。

灯《あか》りも何もない部屋だけれど、部屋の隅々まではっきりくっきり見えるので別に困りはしない。

服も……全然劣化してないのは便利だよねえ。

「棚の埃の積もり具合を見ると……十数年くらいかな。やば。私寝すぎじゃん！」

シーンとした部屋で私の声だけが響くのは少し虚《むな》しい。

まあこんな所誰も来ないし、他に誰もいないしねえ……。

でもまあ……寂しいよね。私本来はお喋《しゃべ》りなタイプだし。

「というか私、独り言増えたよね……。やばくない？」

そういう今も独り言だしね。

階下に降りれば何かしらはいるのだけど、喋れないしというか気持ち悪いというか……。

……さて、せっかく起きたことだしまずは埃まみれの部屋から掃除しないとかな。

影響はなくとも不愉快は不愉快だしね。

起きたからにはベッドで寝たいし、ベッドも掃除と洗濯をしないとだよね。

でもそれよりも……。

「あぁー……お腹空《なかす》いたあ……。この問題は……どうしよっかな……」

十年くらい寝てしまった原因である空腹は、やっぱり誤魔化しきれなかったね……。

むしろこの空腹感は以前にも増しちゃってるね。

元々お腹が空いていたのに更に十数年経っているのだから当然か。

あまりにお腹が空きすぎて、もう一度眠って誤魔化すのも難しそうだなあ……。

あー……駄目だ。もう限界……いや、もう少し、あと少しくらいは我慢出来る……出来るかな
……出来たらいいな……。

出来なかったら流石《さすが》にお外に出ないとかな……いやあ、でもお外に出たら討伐される可能性もあるからなあ……でもなあ……どちらにしても命の危機ってやつだね……困ったなあ。

……でも、もう少しだけ頑張ろう。

もう少しだけ頑張って、駄目だったら……その時はその時かな……。

第一章　お土産は地龍（I wish）

……うーん。困ったなあ。

「旦那さ……っ！　なにこれ……目が痛いのだけど……」

「ミゼラ。悪いな。ちょっと実験中」

「毒薬でも作っているの……？」

「いや、料理の研究なんだが……」

毒薬って……俺毒っぽいのはタタナクナールしか作った事ないぞ？

アレも毒というより、麻痺《まひ》効果の方が高いお薬なだけだしな。

「料理……？　それなら厨房《ちゅうぼう》でやればいいのに」

「いや、香辛料の調合がメインだから錬金室の方が良いかなって思ってさ」

「調合ねえ……それで、何を作っているの？」

「ああ。カレーっていう俺達《たち》の世界じゃあ定番で皆大好きな食べ物なんだがな」

「カレイ？　なんだか辛そうな名前の料理ねえ……」

「まあ辛い料理ではあるかな。でもきっとミゼラもカレーにはまると思うぞ」

なんせカレーだからな！

今まで俺はカレーが嫌いという人に会った事が無い程に人気な料理の一つだからな！

「私、辛いのは駄目なんだけど……」

「はちみつとかリンゴを磨《す》ったのを入れれば辛さの調節は出来るから大丈夫だと思うぞ」

「ふうん。そこまで言うのなら食べてみたいわね」

俺の好みとしてはちょっとだけ辛い中辛くらいが理想だけどな。

まあ、この家では沢山食べるのが4人はいるから、鍋二つで作るくらいは訳ないさ。

……とはいえ、そもそもカレーを作れたらのお話なんだがな。

「それで、旦那様の事だからもう出来たの？」

「いや……駄目だ。さっぱりわからん」

ロウカクで大量の香辛料を見つけた時は、これでカレーが食べられる！　と、テンションが上がったんだがな……。

いくら香辛料があってもカレーを作るのに何をどれくらい配合するのかが分からないんだよな……。

なんとなく、ほんのわずかにクミンらしきものとかコリアンダーらしきものを使えばいいと分かりはするのだが、どのくらいの量でどう調理すればいいのかが分からない。

こちとら一人暮らしでカレーを食べる際はレトルトだったんですよ！　固形のカレールーですらなかったんですよ！

たまに凝った料理を作りたくなって作る際にも、流石《さすが》にスパイスからのカレーには挑戦した事もなかったんだよね。

そんな俺なのでカレーにどんなスパイスをどう使うのかを知らないのも当然という訳でして……。

せっかくカレーが食べられると思ったのに作り方が分からないから意気消沈していたという訳です。

「旦那様でも分からない事があるのね……」

「そりゃあなー。でも、何度も実験をして必ず作ってみせるよ」

ここまで来たら意地でも食べたくなってしまったのだ。

……真《マコト》の所の料理担当である美香《ミカ》ちゃんなら、もしかしたら分かるかな？

切羽詰まったらアイナに頼んでギルドカードで質問をさせてもらおう。

俺が作るのではなくとも構わないので、カレーを……カレーをくださいっ！

一度湧いてしまったカレー欲はカレー以外では治まらないんです……。

「それで、ミゼラはどうしたんだ？　今日の錬金のノルマは終わってたろ？」

「あ、そうそう。そろそろ出ないとじゃないの？　この後錬金術師ギルドに行くのでしょう？」

「あー……もうそんな時間だったか。レインリヒに怒られるのも怖いし、煮詰まっちゃったし行くとするか……」

いくらカレーが食べたいとはいえ、レインリヒに約束を取り付けておいてすっぽかすような真似《まね》はしない。

絶対にしない！　したらカレーどころじゃないに決まっているからな！

それに時間を置けば何かしら思いつくかもしれないしな。

すぐさま行く準備を整えてミゼラと共に移動し、錬金術師ギルドに着いたら早速お土産をレインリヒとリートさんに渡して、少々お茶をさせてもらう。

「いっひっひ。弟子は取るもんだねえ。まさか龍の素材を持ってきてくれるとはね」

「ふおおおお……」

「手に入れたのに持ってこなかったら怒るだろ？」

「あんたが手に入れたもんなんだから怒りはしないさ。ただ、次何か協力してくれと言われても意地悪は言うだろうね」

嫌だよレインリヒの意地悪とか……。

あれだろきっと。協力を願ったら見返りに毒物の実験をさせろとか言うんだろ？

うう……想像しただけで恐ろしい……。

「しかし、よく地龍を相手に生きて帰って来られたねえ。あんたがわざわざ首を突っ込むなんて、よほどの理由があったんだろうね」

「ふおおおーん……」

「まあな。それなりの理由はあったよ。でも、生きて帰って来られて本当に良かったと思ってる」

「そうだね。生きていりゃあ問題ないさ。あんたが生きて帰ってきてくれたおかげで大儲《おおもう》けが出来た訳だしね」

おいおい。弟子の命よりもお土産の方が大事って事ですか？

まったく、とんだ師匠だよ……。

「ふおおお……おおおおん……」

「……さっきからなんだいリート。うるさいよ！」

「だ、だって……こここ、後輩君良いんですか？　私にも龍の素材をくださるんですか!?」

「ええ。勿論《もちろん》ですよ。普段からお世話になっていますし、沢山あるので貰《もら》っちゃってください」

リートさんもレインリヒのいる錬金術師ギルドで受付なんて心労がとんでもないでしょうし、たまには良い事があっても良いと思いますしね。

「沢山!?　りゅ、龍の素材ですよ？　希少どころのお話ではないんですよ!?　普通龍を狩って持ち帰ればお祭り騒ぎですよ!?　私が貰ったお土産の分だけでも、売れば暫《しばら》くはおかずを3品増やしても暮らしていける程の大金になりますよ!?」

おお、やはり龍の素材は高いんだなあ。

まあでもそれはお土産用だし、手に入れようと思えば魔力球《マジカルボール》と引き換えにまた手に入るしな。

それに、体がプルプル震えていて口元の緩みが一切収まらない先輩を前にして今更駄目とか言わないというか言えないですって。

……あと、今度よろしければおかずをお裾分けしましょうか？

「それはリートさんへのお土産ですのでどうぞどうぞ。お納めください」

「ふおおお！　龍の血！　脂！　尻尾！　うわ、うわー！　何作ろう！　キャー！　この前無理して魔法の袋を買って良かったっ！　化粧品に保水液、洗浄剤も数段グレードアップ出来ますよー！」

あまりの嬉《うれ》しさに立ち上がり、俺のお土産を抱きしめてくるくると回って踊りだすリートさん。

あの、血も脂も瓶に入れているので、落としたら割れますからね？

見ているだけでひやひやするんですが、流石に落としたら自業自得ですからもう差し上げられませんからね？

「リート踊るのを止《や》めな！　埃《ほこり》が舞うだろう！」

「だってだってー！　龍の素材ですよ龍の素材！　貴重な上に状態が悪くならない龍の素材！　錬金術師であれば一度は扱いたい超高級で憧れの素材が私の手の中にあるんですよ！　しかも！　地龍の長《おさ》の種の物ですよ!?　野良龍ではなく！　純種の素材なんですよー！」

純種……というのは、どうやら龍の長に連なる龍の素材の事らしいな。

野良龍もいるようだが、純種の方が高等なのだと予想が出来た。

「あの、リートさん？　流石に抱えたまま踊るのは……落としたら終わりですよ？」

「はっ！　確かにそうでした！　しっかり仕舞ってと……。それではもう一度踊りましょう！　らら――ん！」

今度はきっちりと仕舞ってからまた踊りだしたリートさん。

腕を広げてくるくると上機嫌で回っていて楽しそうですが、レインリヒ……怒ってますよ？

「うふふ。ありがとうございます後輩君。お姉さんはとっても嬉しいです！」

「あの、リートさん？　当たってますけど……」

踊ったまま俺の方へと近づいてきたと思ったら、背中側からぎゅっと抱きしめてきたリートさん。

腕の力は強くないのだが、首の下にぴとっと寄り添うように抱きしめられたので柔らかい感触がばっちり感じられてしまっている。

「当ててるんですよ……お好きでしょう？」

確かに大好きです！

そして、リートさんのぱいはとてつもなく柔らかい……。

まるで水袋のようにぴったりと吸い付いてくるような包容力と、リートさんがくいくいっと動かして圧を変えてくるので柔らかさがライブ感を伴って背中越しに伝わってくる。

おおお……これからもリートさんにはレアな素材や美味《おい》しい食材はお裾分けしようと思える心地よさだ……。

「まったく……浮かれ過ぎだねえ」

「レインリヒ様だって嬉しそうじゃないですかー」

今度は首元から顔を出してより密着度を上げ、顔のすぐ横で頬を膨らませるリートさん。

顔が近い……っ。よく見なくても綺麗《きれい》なリートさんのお顔が近いですよ！

本当に、なんでこの人が独身なのか分からない程綺麗なのだが、そうなると何か致命的な欠点があるのか、それとも理想が空飛ぶ龍よりも高いのかのどちらかなのだろう。

「そりゃあ嬉しいさ。まさか新鮮な龍の肝まであるとは思わなかったからね」

龍の肝は流石に量が少ないので、リートさんには渡せていない。

まあ、レアガイアが魔力球《マジカルボール》と引き換えに自分の腹を掻《か》っ捌《さば》いて渡してきた一点物なので、そんなに大きくも無いから仕方ないだろう。

俺の分は残してあるが、使い方も分からないのでレインリヒに渡してご教授願おうと思ったのだ。

「しかも純種の人型の肝なら尚更《なおさら》さ。普通の龍の肝よりも少量で済むから十分な量だ。そろそろ在庫もなくなってきていたし、また隼人《ハヤト》にでも頼もうと思ってた所だったからね」

「在庫って、もう既に別のを持ってたのかよ……。そういえば隼人は『龍殺し』だったか」

以前ポーションバリーン事件の時、レインリヒが隼人の名を出した際に冒険者が叫んでいたな。

Sランクで龍殺しで伯爵で英雄……と、思いかえしてみてもあいつとんでもない道を歩んでるな。

労《ねぎら》いを込めて今度会ったら、龍肉をご馳走《ちそう》してあげよう。

「それにしてもいくら隼人が英雄だからって龍の肝を取って来いって、また無茶な依頼だなあ……」

龍と対峙《たいじ》したからこそわかるその無茶っぷりだよ。

「私は別に依頼しなくても構わないんだがね」

ん？　依頼しなくてもって……じゃあどうやって手に入れるんだ？

え、まさか……？

「レインリヒ様が自ら取りに行くと、あたり一面地域ごと死滅しますから駄目ですよ」

「はっ。面倒くさいったらないよ。どうせ誰も住んじゃいないんだから、取りに行ったほうが早いってのにね」

「し、死滅って、まさか…………本当に？」

初め冗談だと思っていたミゼラが、段々と冗談じゃないことに気がつき引き気味に苦笑いを浮かべるが、その気持ちに激しく同意する。

……相変わらず怖いなあレインリヒ。

地龍を見た後だからもう殆《ほとん》ど怖いものなんてないんじゃないか？って思っていたのに、レインリヒの意味深な笑顔は寒気が走るほどに怖い。

「そういえば確か隼人卿《きょう》の取ってきたのははぐれの野良龍でしたよね？」

「そうだね。はぐれの火龍だよ」

「今回のは地龍ですよね？　種類も大きさも違いますけど、問題ないんですか？」

「ああ。鱗《うろこ》や龍皮や牙、角、翼なんかは種類によって違いも出るが、血や骨なんかの中身は大概同じだよ。肝なんかは特にね。こいつは前回の火龍のものよりも小さいが、純種のものだから濃度が段違いだ。さぞ立派な地龍のものだね。魔力純度が高い肝は少量で十分効果が出るから覚えておきな」

おおー。流石はレインリヒ。

長生きしているだけあって博識だ。

だが、レアガイアは立派な地龍でいいのだろうか……？

立派……腹肉は立派なのだが、でも大人の地龍であり長だったから立派でいいのか？

「それにしても後輩君も龍と戦ったんですよね？　命知らずですねえ」

「それは散々ミゼラに言われましたよ……」

「だ、だって、普通そうでしょう？　龍よ？　世間知らずの私ですら、龍が危険だなんて知っている相手なのよ？」

隠すべきではないと思い、ミゼラにはしっかりとロウカクで何をしてきたのかを話したのだが、

『龍!?　竜を狩りに行ったのに、なんで龍と戦うことになったのよ！　無理しちゃ駄目って言ったでしょうっ！』

と、大変お冠であった。

とりあえず、全員正座をしてミゼラさんのお気持ちを拝聴し、なんとか理由も説明して事なきを得たのだが……。

『ぐすっ……旦那様が……ひぐっ、皆が死んじゃったら、わた、私はどうすればいいのよ……』

と、最終的には泣いてしまい全員がミゼラに謝りながら一日ずっと皆でいる事になり、ぐずって服が皺《しわ》になるほど握り締めたままベッドで過ごして、どうにか機嫌を直してもらう事が出来たのだった。

「まあまあミゼラちゃん。この人は元々こういう人じゃないですか。アインズヘイルが誇るトラブルメイカーですし、これくらいはしょっちゅう起きるものと考えていたほうが良いですよ」

「……私が来る前のお話を聞く限り、そうかもしれませんけど……」

「心配するだけ無駄だよ。馬鹿は死ねば治るが、こいつのは死んでも治らないからね」

酷《ひど》い言われようだ。

それにちょっと待ってほしい。

いつの間に俺はアインズヘイルに誇られるようになったんだ？

しかも内容がトラブルメイカーって……特に俺が何かをしてトラブルが起きるような事はなかったはずなのに、トラブルメイカーって……！

確かに思い当たるふしが無いのかと言われれば否定はしきれないところだが、俺自身がトラブルメイカーな訳ではないはずだ！

「でも……ちゃんと帰ってきてくれるって、それだけは守ってくれるって信じてますから」

「まあしぶとい男だからね」

「ふふふ。そうですね。たとえ相手が魔王でもきっと帰ってきてくれますよー」

流石に魔王と戦うことは無いと思うの……。

俺が魔王と戦わざるを得ない流れとか、まったく想像もつかないからね？

目の前に魔王が現れたら、問答無用で一目散に座標転移《ポイントゲート》を使って逃げるからね？

「あー……ところでさ。龍の素材って何に使えるんだ？」

「基本的には保存がかなり効くようになるね。当然、能力の向上にも役立つよ。龍の肝は……主な効果なら、あんたにぴったりなものさ」

「俺にぴったり？」

「旦那様に？……あ、もしかして？」

「きゃーもうミゼラちゃんったらー！　多分、そのもしかしてですね！」

「あ……そ、そうなのね」

俺にはぴんと来ないのだが、なぜかミゼラは分かったらしい。

顔を徐々に赤くさせ、俯《うつむ》いてしまう。

リートさんはキャーと頬を押さえて顔を振り、恥ずかしがるフリをしているんだが……んー……

この反応から察するに……なるほど。精力増強系か……。

「わかったようだね。ちなみに龍の肝は永薬でね。一時的な効果ではなく、基礎能力を向上させるんだ。つまり……」

「旦那様が……これからもっととんでもなくっ……！　これは皆に共有しておかないと……」

「キャー！　もうミゼラちゃんったらー！」

ミゼラの真剣な表情に対して、リートさんの楽しそうな表情が対比のように映るな。

……リートさん、意外にシモのお話は嫌いじゃないんですね。

「ちなみに、レインリヒはそんな肝を何に使うんだ？」

「知りたいかい？　知ったら実験に付き合ってもらうが……」

「うん。超遠慮します」

どんな目に遭うか想像もできないが、間違いなく俺が想像できる範囲を超えた酷い目にあうんだろうから何も言わなくていいです！　知りたくもないです！

「ところで、他にも行くとこがあるんだろう？　ここで長居しててていいのかい？」

「あー……そうなんだよなあ。実はオリゴールから呼び出されててさ……」

「領主様にですか？　また何かトラブルを起こしたんですか？」

「またって……。俺帰って来たばかりなんですけど……」

「ええ。ですから帰って早々に？」

いや、そもそも俺はトラブルメイカーではないですからね？

トラブルをメイクした覚えなどないですからね？

「んー……行かないって選択肢も……」

「駄目だと思うわよ？　私が留守番をしている時にも何度か訪れて来たから、恐らくトラブルとは別件じゃないかしら？」

「別件も何もトラブルの本件が無いからね？　はあ……仕方ない。腰は重いが行くとするか……」

本当に腰が重いんですけどもねえ。

きっとオリゴールのあのハイテンションが待っているんだと思うと……疲れが残っている体には滅入《めい》るねえ。

「そうした方が良いわよ。私は途中の冒険者ギルドでポーションを卸してくるから、真っすぐ帰ってくるのよ？」

「真っすぐ帰るよ……って、俺は子供か？」

それにオリゴールのハイテンションを相手にして、寄り道なんてする元気が残っているとは思えないしな。

「うふふ。私の事を子ども扱いしたからお返しよ。それじゃあ旦那様。そろそろ行きましょうか」

「ああ。それじゃレインリヒ、リートさん。また来るよ」

「はいよ。次も期待してるよ」

「私のも！　私の分もお忘れなく！　今度は正面からもっと押し付けてあげますからー！」

いや、今回は本当にたまたまでしたし、レインリヒとリートさんが期待する様な物がそんなに簡単に手に入る訳もないですからね？

地龍と戦うだなんてレベルの無茶をもう一度とかごめんですからね？

まあ、また何か運よく手に入ったら持ってきますよと。

それじゃあ、気乗りしないけどオリゴールの所に行きますかねえ……。

錬金術師ギルドを出て冒険者ギルドへ向かい、ミゼラと別れて一人領主邸へと足を運ぶのだが、足取りが重い。

オリゴールの事が嫌いという訳じゃあない。全くもって嫌いじゃあないが、ツッコミ続けるというのはとても体力を使う事を俺は知っているのだ。

せめてミゼラがついて来てくれていればツッコミが二人になったのに……ぐぬぬ冒険者ギルドめ。

とかそんな事を思いながらゆっくりと領主邸を目指して歩いていると、目の前に何やら見覚えのある後ろ姿が……。

「……テレサ？」

「ん？　おお、主さんでやがりますか」

やはりテレサか。

小柄で修道服を着ていて、ウィンプルから金色の長い髪が出ていたのですぐに分かったぞ。

……というか、その背中に担いだ巨大な十字架を見れば遠目でも一瞬で分かるんですけどね。

「出かけていたと聞いたでやがりますが、帰って来たんでやがりますね」

「ああ。つい最近帰ってきたんだよ。ちょっとロウカクに行っててな」

「ロウカクという事は他国でやがりますか。あそこは砂が多く暑い地域と聞くでやがりますね」

「ああ。一面砂、砂、砂で、遮るものも少ないから暑かったよ……。まあ、道中はエリオダルトに魔道具を作ってもらってたおかげで快適に過ごせたけどな」

いやあ魔力球は本当に助かったよ。

あとでエリオダルトの所にも龍の素材を持って行かないとだな。

「エリオダルト……？　王国筆頭錬金術師のエリオダルト卿でやがりますか!?　はぁー……また珍しい相手との縁でやがりますね。やはり、同じ錬金術師同士惹《ひ》かれ合うのでやがりましょうか？」

普段であればおっさんと惹かれ合うなど……とは思うが、エリオダルトとならば惹かれ合うと言われてもいいと思えるな。

まあ、見た目も行動も本当に奇抜なおっさんではあるが、実力は間違いなく天才のそれだし良い縁という奴《やつ》だろう。

「テレサは祭りからずっと滞在してるのか？」

「そうでやがりますよ。ここの教会や孤児院はでかいでやがりますからね。手伝う事なども多いのでやがります。もう暫くはいる予定でやがりますよ」

「ほーう。王都は空けたままでも大丈夫なのか？」

「問題ないでやがりますよ。神官騎士団の者が残っているでやがりますし、ああ見えて皆優秀でやがりますからね」

ああ見えて……ね。

ワインで酒盛りしたりイグドラシルの葉の出涸《でが》らしを巻いて火をつけて吸っていたりと、およそ修道女らしさはないが優秀なんだねえ。

「あれ？　そう言えば今日は一人って事は副隊長は帰ったのか？」

「残念ながら副隊長もまだいやがりますよ。今日は下着を買いに行く……とか言ってやがりましたね。誘われたけど断ったでやがります」

「……なんとなく断った理由の予想がつくな」

副隊長は酷い目に合うと分かっているのにテレサをからかう癖があるからなあ。

どうせセクシーな下着をテレサに着せようとしてくるなど、買い物に行くと疲れてしまうのだろうと予想できてしまった。

そういえば、副隊長とオリゴールはどっちもテンションが高めで少し似ている部分があるな。

そう考えるとテレサは凄《すご》いな……常に喧《やかま》しさに苛《さいな》まれている訳か……。

ん？　逆を言えば喧しい者の扱いには慣れているという事だよな？

「なああテレサは今暇なのか？」

「暇ではやがりますが……それはナンパでやがりますか？　そういう事は副隊長にしやがれですよ。

副隊長なら主さんに誘われれば喜んで付き合うでやがりましょう」

「いやあ……ナンパじゃないんだけどさ。正直に言うんだけど、ちょっと面倒事に付き合ってほしくて……」

こういう事は早めに正直に言った方が良い。

暇で時間があると聞いてから内容を話すと断りづらくなるし卑怯《ひきょう》だからな。

「……わざわざ面倒事と聞いてついて行くと思っているでやがりますか？」

「ですよねー」

ま、当然だよな。

俺もそう聞いたらお疲れ様です！って、笑顔で見送るもの。

「……今日はシロはいないんでやがりますか？」

「ん？　ああ。今日はアインズヘイルで大食い大会があるらしくてそっちに出てるよ」

朝からわくわくした顔で出て行ったからなあ……。

恐らく種目はお肉であり、この日をずっと楽しみにしていたのだろう。

ロウカクからの帰りが遅れていたら参加できなかったので、もし遅れていたらきっと暫くはしょんぼりしていた事だろうな。

「王都でのパーティや祭りの時にいた恋人達はどうしたでやがりますか？」

「ああ。今日は皆用事があるみたいでな。ウェンディはシロと一緒。アイナ達は帰って早々溜《た》まってたクエストの消化、ミゼラは冒険者ギルドにポーションの納品と、たまたま今日だけ俺一人なんだよ」

明日からは誰か一緒にいてくれると思うんだけどね！

しかも困ったのが皆出かけてから呼び出しがあった事だよね。

本当……一体何の用なんだろう？

ロウカクのお土産が欲しいとかだったらいいんだけどなあ。

「……なるほど。それで、面倒事とは何があるんでやがりますか？」

「お、ついてきてくれるのか？」

「話を聞いてからでやがりますよ。アンデッドの討伐でやがりましたら付き合ってもいいでやがりますが、痴情のもつれでやがったら、遠慮させてもらうでやがりますよ」

「あー……」

アンデッドの討伐では間違いなくない。

テレサは聖女であり教会騎士団の隊長様だからアンデッドなら面倒の内には入らなかったかもしれないが……。

痴情のもつれ……痴情ではないが、情はもつれているかもしれないなあ……。

「……本当に痴情のもつれでやがりますか？　主さんは節操はないけどそういう大事な所はしっかりしていると思っていたんでやがりますが見込み違いだったでやがりますか？」

そんな節操無しって……いや、まあ確かに色々な方とそういう事もありますけども……。

誰でもいいとかそういう訳ではないんですよ？

据え膳であったり、その場のシチュエーション次第で押し流されてしまうところがないというと嘘《うそ》になりますが……おっと、否定をまずせねば。

「えっと、痴情のもつれではないんだけどさ……。ちょっとオリゴールに呼ばれててな」

「領主様にでやがりますか？……一体なにをやらかしたでやがりますか……」

「何もやらかした覚えがないでやがりますよ……」

なんで皆俺が何かやらかしたと思ってるんですかね？

どちらかといえばやらかしそうなのはオリゴールの方だと思うんですけども!?

「だったらわざわざ領主様がじきじきに呼び出したりしないでやがりましょう」

「まあ普通そうだよな。いやでも、あいつなら普通の用件でも呼び出す可能性が十分あるな……」

「もしかして、親しげに呼ぶところをみると知り合いとかでやがりますか？　それならやらかしたのではないと分かるでやがりますが」

「あー……知り合い……と、言えば知り合いかな」

会うたびに宿に行こうぜって言ってくるのは知り合いでいいのかな？

「そうでやがりましたか。でもそうなると何故《なぜ》ついてきてほしいのかが疑問でやがりますな」

「テレサにわかりやすく言うと、オリゴールは副隊長に似ているところがあるんだよ」

「この街の領主はやり手で有名でやがりますよ？　私が挨拶をした時も、二人の執事を連れて立派なお方でやがりましたよ」

それはきっとソーマさんとウォーカスさんが聖女に会うのだからってきっちり教育したからだと

思うんだよ。

なるほど……つまりテレサはアレなオリゴールを知らない訳か……。

この街に住んでいれば誰でも知っているんだが、領主の肩書きがある以上体裁を整えてはいるのか？

「じゃあ、俺が言っていることが本当かどうか試すのはどうだ？」

「ふむ……いいでやがりますよ。どうせ暇でやがりましたしね」

「お、まじか。助かる……本当に助かる……」

「そんなにでやがりますか……。まあ、行くだけ行ってみるでやがりましょうか」

という事で、お供にテレサがついてくれました！

ああ、心が少し軽くなった……。

テレサは俺が知る限りこの世界ではかなりの常識人だからな！

「ふんふふーん！」

「……いきなり上機嫌でやがりますね」

「そりゃあもう心強いですもん！　何かしらの形でお礼をさせてもらうからな！」

「はいはい。期待しないでおくでやがりますよ」

それじゃあ行きましょうか！

いざ！　領主邸へ！

到着！　相変わらず渋い家だな。

俺が来ることは伝わっていたのか、ソーマさんがすぐに部屋へと通してくれたので、改めて確認を。

「本当なんだって。間違いなく飛び込んでくるぞ」

「領主様がそんなことする訳ないでやがりましょうが……。というか、呼び出しておいて飛び込んでくるってどういうことでやがりますか……」

来る途中に俺が知っているオリゴールの事などを話しながら来たのだが、俺が扉を開けたら飛び込んでくるぞと言うと、そんな常識はずれな真似をする訳がないと言うテレサ。

信じられないままではあるが、飛び込んでくると確信している俺は先んじて手を打たせてもらった。

さあ、扉を開けようか！

「お兄ちゃあああああああん！　ふんぎゃあ！」

「……なるほど。疑って申し訳なかったでやがります。これは同情に値するでやがりますね」

飛び込んできたオリゴールの顔を五指を使っての片手キャッチをするテレサ。

もし、飛び込んできた場合はテレサにブロックに入ってもらうと約束させてもらったのさ！

なんせテレサには女神様からの加護で超パワーが宿っているからな！

オリゴールの突撃なんてへっちゃらという訳さ！

ただその……飛び込んできたオリゴールは勿論小柄なんだが、テレサも小柄なんだよ。

つまり、顔を掴《つか》むと言っても手が小さいから頭を鷲掴《わしづか》みには出来ないの。

その結果、口元を塞ぐような手の形でオリゴールの顔を掴み持ち上げているんだけど……何故だろう、イメージではオリゴールの頭を卵に見立てて五指で包んでいるような不安を覚えてしまう。

少し力を加えたらオリゴールの頭が卵のように潰れるイメージしか湧かない。

いや、まあ流石にテレサも力加減は弁《わきま》えているとは思うけどさ。

おいやめろオリゴール。その状態で暴れるな。なんか怖い。

「もがー……もがっ!? もがががゃん？ もがかもがーがんがもっがかも？」

「うがー……あれっ!? テレサちゃん？ なんで……お兄ちゃんと一緒なの……かな？」

「分かるでやがりますか今のが……」

なんとなくで通訳したが、分かってしまった自分が一切誇らしくない。

これでオリゴール通とか思われるのであれば心外だ！

「もががい」

「あ、今のは私も分かるでやがります。正解でやがりますねって……顔を掴んでるんだから喋《しゃべ》るんじゃないでやがひゃあん！」

「んふっふ。ひゃあんだって、可愛《かわい》いなあテレサちゃんは。ちょっと掌《てのひら》を舐《な》めただけなのにさ！」

おお、オリゴールが自力でアイアンクローから抜け出した。

どうやら口元を押さえられていたテレサの掌を舐めたようなんだが、お前もし驚いた拍子に力が入ったらどうする気だったんだよ……。

摑まれた時点で分かるだろう？　あ、これふざけちゃ駄目なやつだって！

「くっ……」

舐められた部分をローブで拭うときっと睨《にら》みつけるテレサ。

どうだ？　さっきまで持っていたイメージとはかけ離れているだろう？

「……主さんのお話は本当だったようでやがりますな」

「だから言っただろう？　これが本来のオリゴールなんだよ」

この街の常識だぞ。

子供から大人まで誰でも知っている一般常識だから覚えておいた方が良いと思うよ。

「それで、どうしてテレサちゃんがいるの？　ボクはお兄ちゃんを呼び出したはずなんだけど？

はっ！　もしかして、事後帰りかい!?　宿でねちょねちょした後にそのまま来たのかい!?　ずるいやお兄ちゃん！　ボクとは行ってくれない癖に！　テレサちゃんだってボクと同じちっぱいじゃないか！」

「ねちょっ……？」

「ん？　分からないかな？　えっとねえこうお互いの体液を感じ合ったり、汗とか唾液とかでねっちょねちょになって蕩《とろ》けあっちゃうことさ！」

「んなっ！」

「あ、顔が赤くなった！　これは相当エッロエロな事をしてきたん――あ、嘘嘘。ごめんごめんね！　からかいすぎたね！　いやあ、待って！　今日終わらせた分のお仕事がまだ机にあるから待って！　もう一度は嫌なんだよ！　謝ってるんだからその大きな十字架を構えないで！　ごめんごめんてばごめんなさいー！」

オリゴールは副隊長に比べて引き際を弁えていな……いや副隊長もいつも同じような目にあっているから大して変わらないか。

そしてテレサはやはりからかわれる属性にあるんだなあ。

まあ、反応が可愛いし気持ちはわかるけど……ん？　どうしたソーマさん。

止めないのかって？　はっはっは。俺に止められるわけないだろう。

テレサの振り下ろしなど受けたら死んでしまうわ！

というか、オリゴールが大人しくなって願ったり叶《かな》ったりだ。

流石にテレサだってオリゴールや仕事の書類には気を遣うだろうし、心配する必要はないさ。

「ああ……死ぬかと思った……あ、ボクの死因って圧死なんだって悟るところだった……」

「ふんっ。人をからかうからでやがりますよ」

案の定テレサは巨大な十字架を振り回しはしたものの当てはせず、オリゴールの書類は風圧によって飛び散らかったが無事ではあったようだ。

「からかったくらいで殺されてたまるかっ！　リスクに対するリターンが少なすぎるじゃないか！」

じゃあからかわなければいいんじゃなかろうか？　と思ったが、こいつがふざけるのを止められるわけが無いか。

「はあ……確かに副隊長と扱いは同じで良さそうでやがりますね。これで二人共優秀だというのだから厄介でやがりますよ……」

「オリゴールは確かに優秀だけど、副隊長もか？」

えへへ褒めるなよう、と照れるオリゴールは今は放っておこう。

「そうでやがりますよ。副隊長はああ見えて……本当にああ見えてかなり優秀な女でやがります。神気さえ多ければ歴代最高の聖女となっててもおかしくない程の器でやがりますよ」

「ええぇ……」

副隊長が歴代最高の聖女？　はっはっはその冗談面白いな。

「疑うのもわかるでやがりますが、敬虔《けいけん》なる神の信者、冷静沈着な戦闘技術、豊富な知識など、聖女だからと隊長を任されているだけの自分とは大違いでやがりますよ。実際、一対一で本気で戦えばどちらが勝つかもわからないでやがりますし」

「……まじかよ」

テレサと戦ってどちらが勝つか分からないってのは相当凄いんじゃなかろうか……。

え、だってテレサは女神様からの加護があるんだよな？

いやでも確かにイグドラシルの素材を取りに花畑に行った際は、副隊長も俺をおぶりながら戦えていたし、スキルのある世界だからこそ型にはまらない強さという可能性もあるのかもしれないか。

「ま、まあ戦闘は大目に見よう。うん。でも豊富な知識ってのは無理があるんじゃないか？」

俺が知っている副隊長が頭がいいとか絶対嘘だ！

あの副隊長が文武両道とか、それだけは認めないぞう！

「いや、実際かなりの知識量でやがりますよ。多分……教会全体で見ても上位の知識量でやがります。少なくとも王都にある教会の書物は全部覚えているはずでやがりますよ」

「えええ……そんなに？」

教会にある書物がどれほどかは分からないが、少なくとも数百冊以上はありそうな……下手すると数千冊？

え、歩く図書館なの？　教えて副隊長とか言えば何でも教えてくれるのかな？

「副隊長の知識に頼る事も多々あるでやがりますし、あれでいて相当優秀な女でやがりますよ。……まあ、覚え方というか思い出し方は特殊でやがりますがね」

「ん？　思い出し方が特殊？」

「……言いたくないでやがりますから、今度副隊長にでも聞けばいいでやがりますよ」

「そうだよ今度にしなよ！　なんでボクの前で二人でいちゃいちゃしてるのかな？　ここ領主邸だよ？　常識を弁えてほしいね！」

いちゃいちゃしていたつもりは全くないのだが、お前に常識云々《うんぬん》を言われる日が来るなんて！

いやうん、でもそうだな。確かに言われた通りここでする話ではなかったな。

「それで、何の用で呼び出したんだよ」

「いやいやまずボクに言う事があるだろう？　ロウカクから無事に帰って来たんだからほら」

「……ただいま？」

「おかえり！」

「……え、それだけ？　お前まさかそれだけの為《ため》に呼び出したの？」

「違うよ？　そんな訳ないじゃん」

「あ、うんそうだよな。そんな訳ないよな」

そりゃあそうだろうけど釈然としねえ……。

じゃあなんで家でもないのにただいまって言わせたんだよ……。

「ほら……おかえりのチューを、濃厚でディープな奴を一つ……うわっち！　おい！　テレサちゃんをけしかけるのは止めろよ！」

お前がふざけた真似をしたからだよ。

そして肩を叩《たた》いただけだったのだが、即座に反応してくれてありがとうテレサ！　これからもご贔屓《ひいき》にさせていただきたいです！

「くっ……今日はふざけるのも難しいじゃないか……。仕方ない本題を話すとするか」

「最初からそうしろよ……」

「そんな事したらお兄ちゃんとの逢瀬《おうせ》の時間が短くなるだろ！　お兄ちゃんに話す内容は仕事の事だから、この時間が続く限りつまらない書類仕事はしなくて済むんだよ！」

「さぼんなよ……」

「お断りだね！」

おい誰か早くリコールしてやれよ。

駄目だよこの領主。やる時はやるのは知っているけど、やらない時が酷すぎるよ。

テレサが思わず憐《あわ》れみの視線を送る程だから相当駄目なんだと思うよ。

「ま、まあでもそうだね！　そろそろちゃんと本題に入ろうかな！」

その視線のおかげかオリゴールが慌てたように本題へと入ってくれるようで、本当にテレサを連れてきて良かったなと思える。

そしてようやく本題か……さっさと済ませてお家《うち》に帰りたいな。

「えっとね、今度この街で収穫祭があるのは知ってる？」

「収穫祭？」

「そうそう。今年の実りに感謝し、来年も豊作を願うお祭りさ！　神様美味しいご飯を沢山食べさせてくれてありがとうのお祭りさー！」

「……俺の記憶だと、ついこの間祭りをしたばかりじゃないか？」

露店を出してわたあめを売ったつい最近の思い出が蘇《よみがえ》るんだが？

孤児院の子供たちが出したお好み焼きの香りも鮮明に蘇るんだが？

「うん。あれはアインズヘイルが出来た記念のお祭り。今回は収穫祭だから別の物だね！」

「ああそうか。悪いけど収穫祭があるのは知らなかったな」

まあ確かにお祭りが一つしかないというはずもなく、前回の祭りが誕生記念の祭りなのであれば、収穫祭と近しくなってしまう事もあり得るのか。

「で、収穫祭が開催されるのはわかったけど、なんだ？　また出店でも出してほしいのか？」

「あの綿みたいなのでやがりますか？　あれは面白い食感で甘くて美味しかったでやがりますねえ」

わたあめな。まあもしまた店を出してほしいって話なら、別の物を作るかな。

あのわたあめの権利はメイラに任せているから他で出るかもしれないし、どうせなら別の物がいいよな。

「あーえっと、申し訳ないんだけど今から出店は出せないんだよねえ……」

「そうなのか」

ロウカクに出かけている間に出店は決まってしまったといったところか、それとも前年度から既に決まっていたか。

まあそこまでして店を出したいという訳でもないので構わないさ。

「うん。でも、お兄ちゃんにお祭りの事で頼みたいことがあるのは間違ってないんだよね」

「頼みたい事？」

「うん。あのね、今までの収穫祭って、基本は大量に収穫された食材を皆でいっぱい食べるだけのお祭りなんだよ。農家や猟師、冒険者達がこれでもかってくらい食材を集めてきて、それを皆で食べ尽くすってだけのお祭りなの」

おー。なんともシロが大喜びしそうなお祭りだなあ。

「勿論イベントなんかもあるんだよ。ゴールデンモイ掘りとか、大食い大会とか。後はお酒の飲み比べ対決とか、新作料理コンテストとかね」

ゴールデンモイ？　金色の芋？

うーん……サツマイモが頭に浮かぶな。

そして、大食い大会がまたあると……シロは参加するだろうなあ。

飲み比べ対決は気になるが、俺よりも酒豪はいるだろうから優勝は難しいか。

裏技として錬金でアルコールを飛ばせば勝てるだろうが、そんなので勝っても嬉しくないしな。

新作料理コンテストに参加する気はないが、何が出てくるかは気になるところだ。

……ただ、アインズヘイルの名産品はキャタピラスなので虫料理ばかりにならないかは心配だ。

「だけって言うけど、結構盛り上がりそうじゃないか？」

「そうだね毎年大盛り上がりだね！　でも今年はもっと盛り上げたいんだよ！　もう一声欲しい所なんだよ！　だから何か知恵を貸してはくれないかなって！　お兄ちゃんの力でお祭りを盛り上げるイベントをしてくれないかなってお願いしたいんだよ！」

「俺の力でって言われてもなあ……」

「へえ、主さんが祭りを盛り上げるっていうのは面白そうでやがりますね」

「だよねだよね！　お兄ちゃんなら凄く盛り上げてくれそうだよね！　せっかく今年からはお兄ちゃんがいるんだし、今まで以上の盛り上がりを期待したいという訳さ！」

「簡単に言ってくれるなよ……」

祭りを盛り上げるアイディアを出せって事だろう？

期待してくれているところ悪いが、そんな企画がポンポン出てくるようなエンターテインメント性溢《あふ》れる優秀な頭はしてないんだよなあ……うーん。

「駄目かなあ……？　前回のお祭りの時もお兄ちゃんは大活躍していたしさ、今回は来賓とかもないからお兄ちゃんとお祭りを盛り上げたいんだけど……」

おいおい、そんな小動物的な上目遣いで殊勝な態度を取るんじゃないよ。

普段とのギャップと、俺もアインズヘイルという街の為ならばと協力したくなっちゃうだろう。

とはいえ何も考えられてないのに安請け合いをしてがっかりされるのもなあ……。

「ふむ。今一歩決めきれないようでやがりますね」

「んー……協力はしたいと思うけど、現状何も思いついてないしな」

「では、少し本気度を上げてもらうでやがりますか。今日主さんに付き合ったお返しに何をしてもらうか決めてなかったでやがりますよね」

「……ああ」

俺から何かしらの形で返すとは約束したが、その内容については決めていなかった……まさか。

「では、祭りを盛り上げてくれるのが今日の件のお返しという事でどうでやがりますか？」

「テレサちゃん！」

「私も主さんが何をするかは気になるでやがりますからね。私達が帰るのは祭りの後でやがりますし、どうせなら楽しんで帰りたいでやがりますよ」

なるほど……テレサへのお礼も兼ねてという事で物事の優先順位を上げろと……。

確かに何か制限があった方が頭も働く事があるからな。

そうだな……テレサへのお礼、オリゴールの頼み、そして何かしら祭りに関われるというのは楽しい事だろうし、やれるだけやってみるか。

「……分かった。真面目に考えてみるよ。でも、何も思いつかなくても許してくれよ？」

「うんうん！　それでもいいよ！　何かこっちで協力してほしい事があればいつでも言っておくれ！」

ぱあっと表情を明るくして前のめりのオリゴールに押されつつ、横目でテレサを見るとにやっと笑っている。

思いつかなくても……とは言いつつ、協力したい気持ちはあるので何か良い案が浮かべば良いんだがなあ……。

「主さんはやる時はやると知ってるでやがりますからね。私も楽しみに待っているでやがりますよ」

「おーう。とりあえず可能な限り頑張ってみるさ」

収穫祭を盛り上げるねえ……んんー……隼人に来てもらうとか？　英雄がやって来れば盛り上がるだろうけど、隼人はまだダンジョンに行ったままだったっけか。

どちらにせよ王都に行く予定があるので、帰って来ていたら収穫祭の事を隼人にも話してみようかね。

領主邸を後にしてテレサと別れ、一人で王都へと向かう。

王都に行く際は隼人の館へと『座標転移《ポイントゲート》』で転移させてもらっているので、勝手知ったる隼人邸ではあるんだが……。

「いらっしゃいませお客様」

「おおう……。相変わらず凄いなフリード……」

俺が転移してくると毎回すぐさまやってくるのな。

しかも気配を感じないし……。

シロとかなら接近に気づけているのだろうか？

「隼人様の執事でございますので」

「うん。良く分かんない」

たとえ英雄の執事とはいえ俺がついて数秒でやってくることは可能なのだろうか？

というか、英雄の執事だから毎度気づかれずに迎えに来られるとか英雄凄いな。

周囲さえも超人に変えてしまうのであれば、俺も超人にならないかな？

「本日のご予定はいかがなさいましたか？」

「えっと、エリオダルトの所に行ってこようと思ってる。隼人はまだ帰ってきてないのか？」

「いえ、先ほどお帰りになりましたよ。お呼びしましょうか？」

「お、本当か？　それなら頼んでもいいかな？」

「かしこまりました。それではこのままこちらでお待ちください」

一礼をして優雅な立ち振る舞いで扉を出ていくフリード。

そっとフリードが出て行った扉から顔を出して覗《のぞ》いてみたのだがフリードの姿はもうなかった。

フリードは巨人族と人族のハーフで2ｍ4、50㎝あるのだが、足音一つ立てずにどうやって高速移動したのだろう……。

なんかそういったスキルがあるのかな？　改めてスキルって凄いなあと感心して部屋に戻るとお茶の用意がしてあるんですけど本当にいつの間に……っ。

せっかくなのでお茶をいただこうかなとティーカップを持ち上げると、バンッ！っと音を立てて扉が開く。

「イツキさん！」

「おー隼人。おかえり」

「ただいまですイツキさん！」

ぱぁーっと明るい笑顔で現れたのはこの館の主人である隼人。

うん。そのイケメンスマイルを女性の前でしたらコロっと落ちる人続出な笑顔だね。それを男である俺に向けても落ちないけどね。

「確か魔王がいるかもしれないダンジョンにAランクの冒険者を救出に行ったんだったよな？　大丈夫だったか？」

「ええ。なんとか大丈夫でした。皆も大きな怪我《けが》もなく無事ですよ」

隼人の言う通りパッと見ただけでも大きな怪我をしている様子はないようで安心したよ。

それに他の皆も怪我が無くて良かったたな。

「そうか。冒険者の方は大丈夫だったのか?」

「はい。何とか間に合いました。そうそう。助けた冒険者の方なのですが、なんとユウキさんだったんですよ」

「おお！　あの人だったのか！　そっかそっか。無事で良かったよ」

ユウキさんといえばお米を融通してくれているアマツクニの商人の娘さん。

おっぱいで和服美人で刀を扱うあの人が救助者だったとは世間は狭いなあ。

そして良くやったぞ隼人よ！

お米の恩を返してくれた事、心の中でお礼申し上げておこう。

……そしてこれは俺の予想だが、命を救われたユウキさんが隼人に恋をして一ラブロマンスありそうな気がするなあ。

隼人は英雄だもんなあ。英雄色を好む、っと、英雄と言えば……。

「そういえば、魔王はいたのか?」

「……はい。魔王がいました。討伐は出来ましたが……やはり魔王は一筋縄ではいかなかったです。イツキさんにいただいた回復ポーションが無ければ危うい所でした」

「おお……役に立ったなら良かったよ」

「はい！　また一つ借りが出来てしまいましたね」

「気にすんなよ。俺も温泉の時は助けてもらったし、持ちつ持たれつって事でさ」

総合的に言えば俺のが数段助けてもらってると思うしな。

それに、武闘派じゃない俺が隼人に協力できるのは嬉しい事だし。

うん本当に気にしなくていいから。そこでじーんとして謙遜するなんて大人だなあ！って、目をキラキラさせなくていいからね？

「あ、そう言えば月光草なんですが……」

「おお、どうだった？」

月光草と言えば世界最高の回復薬である霊薬の材料。

どうやらダンジョンの最奥にしか生えていないらしく、隼人には機会があれば取ってきてもらえるように頼んでいたんだが……。

「すみませんが、今回は取る余裕が無くて……」

「あーそうか。いや、謝る事じゃないさ」

魔王を相手にしていたのだし、それほどギリギリの戦いだったのだろう。

霊薬があれば隼人の役にも立てるし、俺達の分もあればもしもに備えられて安心とも思ったのだが、また次の機会だな。

「でも、月光草は取れなかったんですが、道中面白い物を見つけたのでこちらをイツキさんへプレゼントします」

と言って、隼人は腰に付けた魔法の袋から何かを取り出す動作をし、俺に見せてきたのだが……なんだ？　掌？

「……隼人？　あれか？　馬鹿には見えない何かか？」

「ふふ違いますよ。もうここにありますよ？」

「んん？」

あるって……どう見ても何もないんだが？

でも隼人があるって言うことは、何かあるのかと手を伸ばしてみると……指先が何かに触れた。

「うお？」

硬い。鉱石のような硬さを感じたのだが、視覚的には何もないまま。

という事はまさか……。

「透明な鉱石なのか？」

「その通りです。『隠形石』と言って、とても見つけにくい鉱石なんですよ」

「凄いなこれ……透過率が水晶の比じゃないぞ……」

境界線すらも分からない程に透明な石なのだが、しっかりと手触りがあり触っていると形もはっきりとしてきた。

指紋も付かず、一度手放したらどこにあるかわからなくなりそうだ。

「はあ……これは見つけにくいのも良く分かるな。こんな貴重な鉱石をありがとな隼人」

「いえいえ。たまたまクリスが躓《つまず》いて発見できたんですよ」

「まじか。クリスにも感謝しとこう。それで、これどんな効果があるんだ？」

「えっと、気配を消すスキルが付きやすいと聞きましたね」

「気配を……なるほど。つまりこれでアクセサリーを作れば、ウェンディ達の風呂が覗ける訳だな」

気配を消すことができ、こそこそっと見る事が出来る訳だ。

ついでに、深夜抜け出す際などにも便利そうじゃないか！

「えっと……わざわざ覗かなくてもイツキさんは普段から皆さんと入られているのでは……？」

「それはそれ、これはこれだよ隼人。俺といる時ではない、無防備な姿が見たいっ！　これは男のロマンという奴だ。分かるな？」

「分からないです……。もう、覗きはいけない事ですよ？」

相変わらず優等生だなあ隼人よ。

覗きは男のロマン。勿論知らない不特定多数を覗く気はないが、恋人であるウェンディ達の自然体の姿を覗いてみたいのである！

「隼人。入るわよー」

「あ、うん。いいよ」

おっと、レティが来たか。

とりあえず覗きの話は中断して隠形石は魔法空間へと大事にしまっておく。

魔法空間内であれば、どれだけ透明であろうとも取り出せるだろう。

「いらっしゃい。あんた凄いタイミングで来たわねえ。私達ついさっき帰って来たばっかりよ？」

「狙った訳じゃないんだけどな。俺は俺で用事があって王都に来たんだけど、隼人達が帰ってきてるってフリードから聞いたからさ」

「ふーん。隼人ったら、あんたが来てるって聞いて片づけ放って駆け出して行ったのよ」

「そ、それはごめん……。でも、クリスが良いって言ってくれたからさ」

相変わらずレティには頭が上がらないようだな隼人。

そしてクリスは隼人に甘いと……。

まあでも、これが良いバランスなんだろうなって思えるんだよなあ。

「クリスは隼人を甘やかしすぎね。それで、あんたは何の用で来たのよ」

「ん？　ちょっとエリオダルトに用事があってさ」

「エリオダルトって……まさか、エリオダルト卿ですか？　え、お知り合いになったんですか!?」

「信じられないわね……あの変人に会いに行ける仲って事？っていうかあんたアイリス様とも知り合いだったわよね？　どういう縁を持っているのよ……」

隼人もレティもエリオダルトの事を知っているんだな。

そう言えばレティは貴族だって言ってたもんな。

そしてエリオダルトが変人っていうのは周知の事実なんだな。

「どういう縁かは俺にも分からないけど、偶々《たまたま》アインズヘイルの祭りで出会えてな。この前は遊びに行ったというか、部屋の片づけと錬金について話し合ったら意気投合した感じかな。魔道具も作ってもらってさ。これなんだけど……」

魔法空間から取りだしたのは四角くて黒いアンティーク調の渋いランタン型魔道具。

うん。何度見ても作り手のこだわりを感じる良いデザインだ。

「俺が属性適性はあるけど魔法が使えないって話したらくれたんだよ。凄いぞこれは。魔法が使えるようになるんだ」

「魔道具で魔法って……凄い技術じゃない！」

「おおー！　なんだか凄そうですね！」

「先に言っておくけど攻撃性はないからな。でも、なかなか有能で便利なんだぜー」

とりあえず分かりやすく火と水の魔力球《マジカルボール》を出して見せよう。

「温かい球？　魔力を具現化して触れるようにしているのね」

流石は魔法使いのレティ。

一瞬で魔力球《マジカルボール》が魔力の塊だと気付いたようだ。

「こっちは冷たい球ですね。なるほど。属性の種類によって特性の違う魔力の球を生み出す魔法という事でしょうか」

「正解。土だと弾性が変化したりするんだが、触り心地が良いだろう？」

「そうですね。冷たくて気持ちいいです」

「寒い所とか暑い所だと便利そうね。ただ、あんたの場合は攻撃魔法の方が良かったんじゃない？」

「まあ確かに攻撃魔法が使えれば良かったけど、贅沢《ぜいたく》は言わないさ。それにかなり有用な魔法だしな。地面に敷き詰めて横になると物凄く気持ちがいいぞ」

魔力球《マジカルボール》の上で眠るお昼寝は最高だと思うんだよ。

風の魔力球《マジカルボール》を使えば微風が流れているので暑い日でも心地よい眠りをお届けしてくれると思うん

だよ！

「……なんだかあんたらしい魔法ね」

「あははは。やっぱりイツキさんは話すだけでほっとするなあ……」

ほっとするとは……？

俺に癒し要素などないはずなんだがな。

「とまあ、そんな訳でお礼がてらエリオダルトの所に行こうかなって訳よ」

龍の素材喜んでくれるといいなあ。

それに、話したいことが沢山あるからそろそろ出ないとなんだが……。

「そうだ隼人。話は変わるんだが、今度アインズヘイルで収穫祭があるみたいなんだが来られないか？」

「収穫祭ですか？」

「ああ。基本的には食べて飲んで騒ぐお祭りみたいなんだけど、せっかくだから隼人もどうかなって。あ、でも帰って来たばかりで疲れてるか？」

「いえ、是非行きたいです！　疲れは勿論ありますけど、息抜きや気分転換は必要ですし、皆とお祭りを楽しみたいです！　ね！　いいよねレティ」

「構わないわよ。ただ、王様に魔王討伐の話をする際に先んじて話しておいた方が良いわよ。魔王討伐のお祝いだー！って、大騒ぎになって身動き取れなくなるからね」

「あー……そうだね……」

そうかそうだよな。魔王を倒したのであれば凱旋《がいせん》的な事もあるよなあ。

でももう帰ってきてるって事はあれか。パレード的な事でもあるのかな？

……俺も若干体験したが、あれ恥ずかしいんだよなあ……。

でもパレードで照れる隼人をニヤニヤしながら見てみたいな。

「それと……優先的に済ませなきゃいけない事は済ませておいた方が良いわよ。まあ王様の件は魔王を倒したんだし、アインズヘイルの収穫祭を見たいからお祝いはずらしてほしいと言えばそれくらいは叶えてくれるでしょ」

「そ、そうだよね！　じゃあイツキさん！　まだ済まさなければいけない事はありますが、お祭りには皆で行こうと思います！」

「おーう。隼人と一緒に祭りは楽しみだな。どうせなら来られる日から俺ん家《ち》に泊まってけよ」

「はい！　遠慮なくお邪魔しちゃいますね！」

そうと決まればウェンディ達に部屋の準備をしてもらうかな。

ミゼラにも紹介しないと。

それではそろそろ俺はエリオダルトに会いに行く事にしよう。

……このまま長居するとクリスやミィ達もやってきて今日は会えなくなりそうだからな。

話はしたいが、タイミングが今日じゃあまずい。

隼人達との積もる話は、アインズヘイルで行うとしようか。

エリオダルトの研究室は王城の一室。

王の居城に研究室があるなんて、それだけ王国筆頭錬金術師は重宝されているんだな。

門兵には話を通してあったようですんなり王城へと入り、エリオダルトの部屋の扉を開ける。

「マァァァアアアイフレェェェンンド！　良く来てくれましタァァ！」

「おおう……抱き着くなよう」

一瞬オリゴールかと思ったぞ……というかお前、扉の前で待機してたのか？

「オォ！　失礼しましタァ。マイフレンドが来ると聞いてテンションが爆上がりだったのデェェス！」

来ただけでそこまで喜んでくれるっていうのは嬉しいけど、やっぱりおっさんに抱き着かれるのは趣味じゃねえ！

「いらっしゃいませ。今日はミゼラちゃんはいないんですね……」

「あー今日はお礼とお土産を渡したら帰るつもりだし、ミゼラはお仕事で冒険者ギルドにポーションを持って行ってるんだ」

「なるほど……顧客との交流もお仕事という事ですね。ミゼラちゃんも頑張っているようですし、チェスも頑張らないと！」

むん！　とやる気を見せる栗鼠《りす》人族のチェスちゃん。

相変わらず栗鼠のような大きな尻尾が可愛らしい……。

そういえば今更気づいたんだが……。

「……随分と部屋が片付いてるな」

以前来たときはゴミ屋敷のようにエリオダルトの作ったものや失敗作、書類なんかも散らかっていたのだが、今日は最初からすっきりと片づけられている。

「えっへん！　前回貴方《あなた》がお片付けに魔法の袋を用いていたので、師匠にお願いして手に入れてもらったんです！　おかげで綺麗さっぱり！　重要な書類も素材の分別もばっちりです！」

「おお、それは良かったな。やっぱり便利だよなあ魔法の袋」

とりあえずぶっこんどけばいいいしな。

しかも整理の必要もなく、取り出したい時に取り出したい物を取り出せるのだから本当に便利だよなあ。

「はい！　これで自分の錬金に集中できます！」

「チェスゥ！　マイフレンドと話し過ぎデェェス！　私もお話したいデェェス！」

「おーう。それじゃあ……っと、そうだ。まずは手土産からな」

「オォ！　別にいいデェェスのに」

「そういう訳にも行かないだろ？　お礼も兼ねてって事で……はい。龍の素材です」

「…………………オウ？」

お、珍しい表情だな。

天才であるエリオダルトでも理解出来ないって顔をすることがあるとは貴重なものを見た気分だ。

「えっと……聞き間違いでしょうか？　あ、龍って、竜ですか？　蜥蜴《とかげ》の方ですか？」

「いや、地龍の元長レアガイアの血液と脂、それと鱗だな」

まあ、龍を知る人ならば当然驚くか。

でもお礼だし、渡さないという選択肢はないので説明はしないとね。

「まさかの純種……っ！　え、と、討伐したんですか!?」

「んー討伐はしてないぞ。戦いには勝ったがレアガイアも生きてるよ」

「つまり……マイフレンドは地龍と戦って勝利を収めたと……?」

「俺というか、うちのシロ達がかな？　俺はその場にはいたけど戦闘能力はほとんどないからな……」

多分俺が前線にいたら鱗が固いとか感じるまでもなく、吹きすさぶ砂嵐に目をやられているうちに俺を狙った攻撃じゃないもので速攻で死んでると思うよ。

「ああ……確か紅い戦線《レッドライン》の方々もいましたね。え……ですが龍が相手ではとても敵《かな》うと思えないんですけど!?」

「そうデェェェス！　龍はとても危険な存在なのデェェェス！　危ない事しちゃいけませェェェン！」

「娘のカサンドラって地龍も手を貸してくれたし、戦わなきゃいけない理由があったんだよ。何も無ければもう一度と言われても御免だって。でもほら、生きて帰れたわけだし、こうして龍の素材も手に入ったんだから問題なしって事で」

結果論ではあるが、今生きている事こそが重要なのだ。

……本当に、回避できるならばしていたとも。

無理無茶無謀とはかけ離れたスローライフを目指して生きていきたいんだよ俺だってさ。

「オォ……。分かっているのならいいのデェェス……。せっかくマイフレンドと仲良くなれたのに、死なれたらショックで寝込んでしまいマァァス……」

……今更ながら、とんでもない事をしてきたんだなあ俺。

皆この話をしたら心配してくれるのね。

でも、それがちょっとだけ嬉しかったりするんだよな。

なんというか、この世界の住人として俺も馴染《なじ》んで来たんだなあと思えるような感じがするんだよね。

「心配してくれてありがとうな。ほらほら受け取ってくれ。チェスちゃんの分もあるから、それは成長してから使ってくれよ」

「私の分もあるのですか!?」

「勿論。今回、エリオダルトに貰った魔道具のおかげで助かったんだ。エリオダルトが作るのに集中するために、チェスちゃんも寝不足になるまで頑張ってくれたんだろう？　お礼の気持ちだからチェスちゃんも受け取ってくれ」

「わあ……っ！　いずれ龍の素材を扱えるだなんて……っ！　ありがとうございます！　扱えるようになれるよう頑張ります！」

うんうん。これも一つの目標になればいいよな。

龍の素材は状態が悪くはならないってリートさんも言っていたしな。

「オゥ……本当にいただいていいのデェエスか？」

「勿論。エリオダルトのおかげで俺は助かったし、暑いロウカクの日差しも水の魔力球《マジカルボール》のおかげで涼しく快適に過ごせたからな。遠慮なく受け取ってほしいぞ」

「オォ……マイフレンドの手助けになれたのなら良かったのデェエス。気に入っていただけたようで、作って良かったデェエス！」

「最高に気に入ってるよ。ありがとうエリオダルト」

デザイン、性能ともに最高だ！

心からの感謝を込めて伝えたいところだが、俺から抱き着くのは戸惑うな。

「では、ありがたくいただきマァス！　龍の素材は、お金があっても素材自体が手に入りにくいデェエスからね！　それに、地龍の純種ともなれば、更に手に入りにくい貴重で質も良いものデェエスから大事に使わせていただきマァス！」

うんうん。存分に使ってくださいな。

「何を作るか迷いマァスねえ……これだけ良質な素材デェエスから……より良い研究が出来マァスねえ……。そういえば、以前失敗したアレが龍の素材なら出来るかもしれませェエン。という事は――」

「ああー……これはもう駄目ですね」

「だな。早いなあ……」

エリオダルトがぶつぶつと何か呟《つぶや》いていて、最早《もはや》俺達の会話すら聞こえていない状態になったようだ。

つまり、龍の素材で何を作るか集中して考えている状態になってしまったようだ。

「わざわざご足労いただいたのにすみません……」

「いやいや。お礼も出来たし、エリオダルトの研究の役に立てたのなら良かったよ。それじゃあ、お暇《いとま》するかね」

「すみませんすみません。また是非いらしてください！」

「ああ勿論。今度はミゼラも連れてくるからな」

「はい！　楽しみにしています！　本日はありがとうございました！」

エリオダルトは相変わらず何か考え事をして無反応であったが、その分チェスちゃんが90度近く頭を下げて見送ってくれたのであった。

第二章　収穫祭で何をする？

(I wish)

さてさて……オリゴールに頼まれたお祭りを盛り上げるイベントを考えようと思ったのだが……

その前に俺の家がお祭り騒ぎだいやっほおおおう！

「ご主人様……いかがでしょうか？」

「いかがも何も最高としか言いようがないじゃないかっ！」

朝起きて誰もいなくて寂しいなとか思っていたら、手紙がおいてあり指定の部屋に来てほしいとのこと。

指定された部屋に入ると真っ暗で何やら人の気配に警戒したのだが、暖色系の明かりがついたと思ったらウェンディ達《たち》が揃《そろ》って俺を待ち構えていたんですよ。

そんな彼女達の姿は、まさかまさかでございました！

なるほどなるほど。ロウカクでの買い物でこんな素敵な物を買っていたんですね！

そう！　俺がロウカクでクドゥロの爺《じい》さんに連れられた店、『Ｓｈａ《シャ》　Ｌａ《ラ》ｌａ《ラ》ｌａ《ラ》』で見た踊り子さんのような服を、ウェンディ達が着てくれているのだー！

「ほらほらアイナ！　恥ずかしがらずに行くっすよ！　覚悟は決めたじゃないっすか！」

「そ、それはそうなんだが、この服で踊ると胸が零《こぼ》れそうで……！　サイズが小さかったんじゃないか？」

「贅沢《ぜいたく》な悩みを言うんじゃないっすよ！　零れさせたくても零れない人もいるんすからね！　それに裸なんて何度も見られてるんすから、問題ないじゃないっすか！」

「そ、それとこれとは別だろう！　裸よりも恥ずかしい服もあるのだ！」

「いいからほらほら！　ロウカクの伝統的な踊りなんすから堂々とやるっすよ！」

レンゲは流石《さすが》、故郷のものだからか威勢よく堂々とした踊りだな！

そして相変わらず素晴らしい太ももだ！

普段の服装も太ももが強調されていてとても良いが、踊り子の服になると開放的で自由に溢《あふ》れた太ももとなりこちらも魅力的だ！

アイナは恥ずかしそうに身を縮こまらせてしまっているが、その縮こまらせかただと谷間がより強調されてそれはそれで見ごたえがあるな！

「アイナ！　女は度胸よ！」

と、ソルテが言いつつ顔を赤らめているのは、ランプの光がオレンジ色だからではないよな？

あ、でも可愛《かわい》いな！　ちっぱいだから胸の部分の布がストレートに見えるけど凄《すご》く可愛い！

そして当然、当たり前だが補整もついていない布一枚でノーブラなんだよなあ……いいね！

あと皆へそ！　おへそが出てるの！　グッドポイントー！

「あ、あのウェンディ様!?　やっぱり恥ずかしすぎる気がするんですが……。わ、私はいなくても……」

「駄目ですよミゼラ。ちゃんとお話をして納得したじゃないですか。この服を着て踊ればご主人様が喜ぶんです！　今もとても喜んでいます！　そして……ご主人様はミゼラのその姿もご所望なんです！」

ひゅううう！　流石はウェンディさんだ！　妖艶すぎる！

口元を隠す半透明の布地がセクシーさを際立たせる！

同じように口元を隠すミゼラの方はなんともお淑《しと》やかで、砂漠の国のお姫様のような清らかさを感じざるを得ない！

そんな子がエチエチな格好をしているギャップがたまらない！

「そ、そうかもしれませんがこの、服？　服なんですか？　布面積が全然なさすぎるんですけど……」

そうだね！　布面積が2割もないね！　8割方素肌のせいか、視界がほとんど肌色で素晴らしいと思います！

『Ｓｈａ　Ｌａｌａ』の服装に似てはいるが、ウェンディ達が着ているものの方が用途が違うのか露出が多いね！

「ん。水着と変わらない。変わらないなら主が喜ぶ事をした方が得」

おおー！　シロも可愛いなー！

だがシロ？　その踊りはなんか違うぞ？

腕を伸ばして上下にフリフリ、お尻もフリフリしていて可愛いがシロが求めているであろうセクシーさとは程遠いかな……？

しかし、レンゲは流石、地元のものだけあって上手《うま》いなあ。

自然な笑みを浮かべつつ、腰をくねくねと滑らかに動かしていてやはり目で追う回数が多くなってしまう。

それが分かっているからかレンゲは他の皆に勝ち誇った笑みを浮かべ、ソルテがムキー！　となって、対抗するように激しく踊る。

アイナはまだ恥ずかしさがあるのかおぼつかないところがあるが、俺が喜んでいるからか顔を真っ赤にしながらも頑張っている姿にはそそられるなあ……。

おお、ウェンディとミゼラは抱き合うようにして、ペアでのダンスか！

ウェンディの大きなおっぱいとミゼラの可愛らしいぱいが押されあって形を変えており、アイナ以上に恥ずかしそうなミゼラと、妖艶さを兼ね備えた笑みを浮かべながらミゼラと掌《てのひら》を合わせて踊るウェンディのコントラストがたまらないな！

あー……うん。シロと今度はシロに挑戦するソルテ？　それはブレイクダンスだね。

凄い綺麗《きれい》にウィンドミルを回すシロだが、一体どこで覚えたのだろうか？

ソルテも負けじと頑張っているが、俺が見ている事に気が付くと足を大きく開いている事に気が付き、流石にその格好でそのポーズは恥ずかしかったのか足を閉じてしまい、バランスを崩してこけてしまった。

その間シロは名前は分からないがまた新しいブレイクダンスを……両手をついて地面に足をつけずに器用に腕をついてバランスを取って回している。

名前は分からないがブレイクダンスといえばと感じるあの技も軽々とできるのかっ！

いやあ、ダンスに協調性は一切なくそれぞれがそれぞれのダンスを踊ってはいるものの、光景としては一生目に焼き付けるべきものだね！

そしてそのダンスを見る俺はソファーに腰かけまるで王様のようである……。

これは何かバチが当たりそうだな！

でも仕方ないかな！　こんな素晴らしい良い物を見られたことだし、バチくらいは仕方ないって思えるな！


いやあ……最高の時間だった。

テンションが上がった。ああいう気分の上がる良い物を見るとこう、良い考えもするるっと生まれる気がしてくるよね！

これは収穫祭のイベント案も楽々と浮かぶ気がするね！

「……目に見えて上機嫌ね」

「まあな！　ミゼラも似合ってたぞ！」

着替えちゃったのは残念だけどなあ……。

あのまま錬金を……というのは、流石に無理があるか。

俺も絶対集中は出来ないだろうし。

でも、夜なら……頼めばまた着てくれる気がするな！

「あんなエッチな格好を褒められても嬉《うれ》しくないわよ……。あー恥ずかしかった……」

「恥ずかしいのに着てくれてありがとな。嬉しかったよ」

「……旦那様が喜んでくれたのなら、それでいいわよ」

それで話は終わりと錬金の準備をし始めるミゼラであるが、耳が赤くなっており照れているようだ。

しかし、皆がコスプレをしてくれるとはなあ……。

頼んだわけじゃあない。頼んだわけじゃあないのに俺の嗜好《しこう》を読んで、俺が喜ぶからとやってくれたというのが嬉しいよなあ。

「顔、にやにやしてるわよ……」

「んー？　悪いけど、今日は一日にやにやするぞ！」

「そんな宣言が返ってくるとは思わなかったわ……」

そりゃあしますとも！

しないわけがないじゃないですかやだなあ。

しかし、コスプレ……コスプレかあ。

もし俺の要望も聞いてくれるとしたらどんなコスにしよう……。

バニーは鉄板として、レースクィーン、チャイナドレスなんかも絶対に似合うと思うの。

バニーは銀色のトレイは必須として、カジノのルーレットもあると雰囲気がありそうだよな。

レースクィーンは格好良さとセクシーさを取りそろえたデザインでないといけないが、皆似合いそうだな。

ソルテはスモッグと園児服……は、流石に怒られるし、俺はロリコンじゃないからこれは無しで。

ミゼラはあえての制服系とか？　ああーセーラーとか似合うかもしれない！　ブレザーでもいいね！

「……旦那様？　何？」

「なんでもないぞー！　気にせず錬金頑張って！」

つい本人を見てブレザー姿を想像してしまったが、真面目に錬金をしているミゼラの邪魔をしてはいけないいな。

でもやばい。考えるのが楽しくなってきた。デザイン考えちゃおうかな。

また王都のオーダーメイドをしてくれる服屋には協力してもらわないといけないいな！

前回の水着の時は大分無理をしてくれたようで、荷物を受け取った時はへろへろだったが、満足気な顔をしていたからきっとまたやってくれるだろう！

おっと、忘れちゃいけない巫女服《みこふく》もあったか。

巫女さんといえば職業的に似たものにシスターがあるが……リアルシスターがいるからこっちは本気で怒られるかもしれないいか。

巫女さんも……もしかしたらアマツクニにいるかもしれないいな。

「んんんーコスプレ……」

そういえば、元の世界じゃコスプレと言えばハロウィンでコスプレしながら渋谷を歩く若者が多いとかなんとか。

自分がする気にはならないが、それぞれ今を楽しそうに生きているということで良いと思う。

まあ、ゴミを散らかしたり交通の妨げになるなど他人に迷惑をかけなければだ……が……。

「あ、そっか……ハロウィン……か……」

「コスプレ？　ハロウィン？　良く分からないのだけどって……聞いてないわねこれ。収穫祭のイベントを考えると言っていたけど、何か思いついたのかしら……ってこれも聞いてないのよね」

んんー……ハロウィンって確か収穫祭だっけ？

なんか実際は違ったような気もするけど、そんな印象があるよな。

んんー……何か良いのが思いつきそうな気がするなあ……。

ハロウィン……コスプレ……かぼちゃ……トリック・オア・トリート。

お菓子……ね。うん。お菓子を配るのは悪くないか。

元々の祭りの趣旨からもそう外れていないし、かぼちゃや栗《くり》、芋などを使ったお菓子を配るのはいいな。

ただお菓子を配るだけだと今一つか……となると、エンターテインメント性は必要だよな。

と、くれば……。

「ジャック・オー・ランタン……」

オレンジ色のカボチャの頭を持つ、ハロウィンの代表的な存在だ。

うん。これだな。

イベントのテーマはハロウィンで行こう。

元の世界のハロウィンをベースとして、どうせなら俺達だけじゃあなく街の人にも協力してもらえばイベントらしくなるかもしれない。

とりあえず方針は決まった事だし、オリゴールにプレゼンをするための準備をしないとだな。

「ミゼラ。俺ちょっと買い物に行ってくるわ」

「はーい。行ってらっしゃい。こっちはいつも通りポーションを作っているだけだから良いわよ」

何故《なぜ》か全て分かってますといった表情で軽く見送られる。

あれだよ？　一緒に錬金出来なくて寂しいとか思ってくれてもいいんだよ？

そういう事も嬉しいんだよ！

でも行ってきまーす！　の、前に……。

「ウェンディ！」

「きゃあ！　びっくりしました……。どうしたのですかご主人様」

びっくりさせてごめんね！　お掃除中でしたか。いつもありがとう！

着替えて……しまってるのね。うん。残念……。

あの衣装にエプロンでのお掃除もオツなものだと思うのだけど、今は贅沢を言っている場合ではない。

踊り子エプロンは今度夜にしてもらおう。

「えっと、カボチャかパンプキン……に名前が似ている野菜ってある？」

この世界は微妙に元の世界のものとネーミングが近いような名前になっていることが多いからな。

芋がモイとか、オレンジがオランゲとか、リンゴがリンプルとかなんとなく近い名前が多いので、カボチャもきっとカボチャじゃないんだろうなと思って聞いておこうかなと。

「カボチャ……パンプキン？　あ、チャプキンが近いでしょうか？　緑色かオランゲ色の皮と堅い中身、火を通すとほくほくして甘い大きめのお野菜ならありますよ」

「それだ！　市場に行けば売ってるかな？」

「この時期でしたら売っていると思いますよ。お掃除の後でよろしければ買って来ましょうか？」

「いや、俺が行くよ。ついでに今日の買い物も済ませてくるけど、何かいるものはある？」

「いいんですか？　それでは——」

と、ウェンディが走り書きしたメモを手に、市場へと向かう。

……なんか今のやり取り、新婚さんぽかったなとニヤニヤしてしまうね。

さて、チャプキンチャプキン……やはり近い名前だったな。

それに、緑色とオランゲ色……つまりはオレンジ色の皮というのも元の世界のものとそう大差ないようだな。

「ん……主お出かけ？」

「ああ。ちょっと買い物に行ってくるよ」

「シロも行く」

「おーう。それじゃあ一緒に行くか」

それじゃあシロとお買い物タイムだ！

歩幅を合わせるためにゆっくりと歩きつつ、そういえばシロと買い物は久しぶりだなと考える。

「主、さっきのどうだった？」

「皆最高だったよ。シロもばっちり似合ってたぞ」

「んふ。悩殺成功？」

「そうだなー。くらくらだったな」

シロから目が離せない事が多々あったな。

悩殺……ではないが、シロがアクロバットな動きを沢山するので目を引いたんだよな。

多分、ブレイクダンスで考えるとかなり高度な技だと思うような動きが多かったからな。

でもシロからすると、前宙もバック宙もお手の物だから簡単なのかな？

「そういえばシロのダンスは独特だったけど、どこで覚えたんだ？」

「ん？　主と出会う前に街で旅芸人が踊ってた。流れ人から伝わった伝統的な踊りらしいから主も知ってるかなって思って、思い出しつつ踊ってみた」

「なるほどな。だからか……」

元々こちらにもあった動きなのかもしれなかったが、俺よりも前に来た流れ人が伝えたものだったのか。

多分、ダンサーだったんだろうなあ。

「ん。主も知ってた？」

「ああ。踊れはしないけど、見たことはあるって程度だけどな。でもシロは完璧に踊れていたな」

「ん。アレくらいは出来る。ソルテは……まだまだだった」

「言ってやるなよ。初めてだったんだろうし、あれはあれで可愛かったしな」

何度かシロの真似《まね》をしようとして失敗していたが、そのたびに布がずれてしまうのに数秒気が付かず、ある意味目が離せなかったんだよなあ。

全体を見つつ、目を光らせてピンポイントでそれぞれのチャンスを見逃さないのはえらく集中力を要して疲れたが、それだけの価値はあるものだったから仕方ない。

でも次は個人個人一人ずつ見させていただきたいです！

アイナのおっぱいが零れた瞬間を見逃したのは今でも悔しいのだ……っ！

「それで主は何を買いに行くの？」

「カボチャ――チャプキンって野菜だよ」

「ん。チャプキン好きー」

「お、野菜なのに好きなんだな」

「甘いから好き。他の葉っぱは甘くない。むしろ苦い……まずい」

元の世界でもカボチャは子供が好きな味だったもんな。

やはり苦味が苦手なようだが、俺も昔はピーマンが苦手だったからなあ。

今は大人なので苦味も美味《うま》いと感じるようになったが、何時《いつ》から変わったかは覚えてないもんなんだよな。

「ん。主、チャプキンあったー」

「お、あの独特の色と形は間違いないな」

良かった良かった。どうやら元の世界とほとんど変わらないみたいだな。

……そしてやはりこれにも足が生えているんだな。

しかもなんかでかくないか足？

他の野菜に見たごぼうのような足よりも太いぞ？

大根のようなごぼうの足……？

「チャプキンは逃げない。向かってくるから足が太い」

「そうなのか？　向かってくるって……」

「太い足が放つ豪脚は幾多の農家の心を折る。ゆえに、チャプキン農家は強くなければいけない」

「いらっしゃい。ゆっくり見てってくれ」

おお、確かに店主さんは野太い声でとても強そうだな。

しかし、カボチャが襲ってきて蹴りを放ってくるのか……。

豪脚ってシロが言う程だと、俺下手したらカボチャに負けるんじゃないか？

「主、どれくらい買うの？」

「オランゲ色のチャプキンをあるだけ――はまずいですか？」

流石に買い占めるのはマナー的に悪いかもしれないので、まずは店主にお伺いを立てる。

……しかし見れば見る程強そうな見た目だな。

筋骨隆々で俺の胴より腕が太いかもしれない……ボディビルダーはいないと思うので、元冒険者……とかなのかな？

「いいや。構わないよ」

やはり野太い！　というか、少し渋くてダンディさを感じる声の店主さん。

「だけど、うちは少々高いよ？　腕が無けりゃ取れない野菜が多いからね」

そうなのか……。え、じゃあこの並んでいるネギンも？

ネギンも普通のネギンではなく、大分太いネギンだけどこのネギンも襲ってくるの？

名称フカーヤネギン……。

どことなく聞いた事のあるニュアンスではあるのだが、きっと関係はなく美味いし強いのだろうな。

でも今日は要りません！　また今度買いに来ます！

チャプキンだけを買って寄り道せずにお家《うち》にと思ったらシロに服を引かれる。

「主。アレ」

んん？　ああ、牛串サンドね？　オーケー分かったから涎《よだれ》を垂らさないでくれ。それは買って帰ろうか。

さあ！　チャプキンは手に入ったので、ここからは工作とお料理の時間だ！

「……ねえ主様。チャプキンが手に入ったから楽しみに待っているんだけど、何をしているの？

なんで錬金で使ってた彫刻刀でチャプキンを彫っているの？」

それはねソルテ。これが主目的だからだよ。

中身は中身で後で勿論《もちろん》お菓子に使うけどね。

カボチャプリン、カボチャクリームのシュークリーム、カボチャクッキー等々、チャプキンを使って色々作るつもりだけど、まずは象徴たるジャック・オー・ランタンを作らねばならないのだよ。

「……というか、それ何？　主様の世界の魔物か何かを模してるの？」

「俺の元居た世界に魔物はいないぞ？　まあ、似たようなもんだが……」

ジャック・オー・ランタンって悪魔だっけ？　妖精？　怨霊？

よくは分からないが、別に元の世界の正しい知識がなければいけない訳じゃないし気にせずいこう。

「よし。出来たー！」

「それって……マスク？　それをどうするの？」

「そりゃあ付けるんですよ……。どうよ？」

「どうって……魔族に見えるんだけど」

「そっかそっか。それじゃあ文句のないクオリティだな」

悪魔も魔族も似たようなものだろうし、良い出来という訳でこれで完成かな。

被《かぶ》り物《もの》にしようかと迷ったのだが、蒸れそうだし仮面にして正解だろう。

あとは、エリオダルトから貰《もら》ったランタンを持てば完成だ。

ローブは先ほどの帰り際に見つけた古びた中古のものを纏《まと》えば……。

「うわあ……思わず槍《やり》を取り出したくなるわね……」

「絶対やめろよ……。でも、そっか。突然これで飛びだしたら冒険者に狩られそうだな……」

魔族に見えるのなら良い出来だと思ったんだが、魔族に見えるのなら当然攻撃される可能性が高いのか。

本来ならば、収穫祭の開始に合わせて空から突然現れる予定だったんだが、いきなり弓とか魔法とか撃たれそうだから手は打っておくとしよう。

「で、完成したって事はお菓子を作り始めるのよね？」

「いや？　この仮面と同じ顔をチャプキンに彫らねばならん。勿論中身はくりぬいてな」

「……それを、何個やるの？」

「あるだけ全部！」

「……そう。頑張って――」

「いやいや。手伝って？」

踵《きびす》を返そうとしないで？　手首をがっちり捕まえているから逃げないで？

だって凄く沢山あるんだよ！　一人じゃ挫《くじ》けそうなんです！

ね？　お願い！　お願いします手伝ってくださいソルテ様ぁ！

「嫌よ！　チャプキンを食べに来ただけなのよ私！」

「終わったら食べさせてあげるから！」

あとほら！　働かざる者食うべからず的な！

今日もクエスト帰りみたいだし、普段から十分働いているのは知っているけどどうかお願いします！

「ううう……沢山？」

「沢山！」

「はあ……しょうがないわねえ。まあ、硬いチャプキンを主様が彫ったらいつまでかかるか分からないし、分かったわよ。手伝ってあげるわよ」

どうやら折れてくれたらしい。

やはりどの世界でも女の子はお菓子に弱い！

いくらでも……は、困るが、試食はお願いする予定だったし沢山食べてくださいな！

「主君、入るぞ。む？　チャプキンを大量に買ったと聞いたのだが、料理をしている訳ではないのか？」

「アイナ！　良いところに来た。アイナも手伝ってくれ」

「構わないが、何を手伝えばいいんだ？　料理ならそこまで得意ではないのだが……」

「いやあ、チャプキンの中身を取り出すだけなんだけどさ」

料理……にも使うが、手伝ってもらう部分は料理ではないので大丈夫なはずだ！

「む？　中身をほじくればいいのか？　それならば出来そうだな。どれ……下部分は斬っても良いのか？」

「うん。中は皮から１㎝くらいにしてくればいいよ」

「分かった。どれ……」

アイナがチャプキンの下部分をナイフでスパっと軽々と切ったのを見て、おや？　と思う。

あれ？　あんなに簡単に切れたっけ……？

仮面を作る際も結構大変だったんだが、アイナは深くナイフを刺しまくった後に、ぐいぐいとナイフを差し込んであっという間に中身をくりぬいていってる。

「主様……言っておくけど、あれは普通じゃないからね？　アイナのＳＴＲ《ストレングス》が高いだけだからね？」

「そ、そうか……そうだよな」

「思ったよりも軟らかいな。ふふふ。結構楽しいな」

いや、かなり堅いよ？　多分、ミゼラや俺だと一つほじるのに数度の休憩を挟まないと無理だと思う程に堅いよ？

「主君。こんなものでよいだろうか？　表面は滑らかにした方が良いのだろうか？」

あ、もう一個終わったの？

……うん。ばっちりです。仕上げは俺がやるので、問題ないです。

あ、大きめのスプーンのようなものを作りますね。

そっちの方が掘りやすいでしょ？

そして作って手渡したら……わあ……あっという間だよ。

ファミリー用のバニラアイスよりも軟らかそうにほじくってるよ。

「……これ私いらなくない？」

「あー……種とワタ、避けといてもらえると助かるかな？」

「うん。分かったけど……その……チャプキンのお菓子は……？」

「だ、大丈夫だ。ちゃんとソルテの分もチャプキンのお菓子は用意するからな！」

勿論アイナにもお菓子を出すが、種の除去も凄く助かるからちゃんと用意させていただきます！


さてさて、アイナにほじくってもらったチャプキンは俺が仕上げと目と口を彫っていってそれなりの数が出来ました、と。

そして中身も取り出せたので、お菓子作りと行きましょうか。

「何を作るのかしらね？」

「そのまま食べるわけではないようだな」

お手伝いしてくれた二人は待ちきれないらしく、大人しくダイニングにいるのではなく後ろで見る事にしたらしい。

ソルテなど尻尾をふりんふりんしていてよっぽど楽しみなのだろう。

そういえば異世界に来てからお菓子や料理を作る機会が増えたと感じるが、それだけ自由な時間が増えたという事だと思う事にしよう。

……なんだかどんどん女子力が高くなっていくなあ。別にいいけどさ。

さて、それでは熱を通したチャプキンをマッシャーで潰して裏ごししようか。

種はソルテが取っておいてくれたので、蒸すような形で熱を通してバターを加えてから潰すだけ。

裏ごしをすることにより舌触りを良くして、クリームと混ぜ合わせる事でチャプキンクリームが完成。

チャプキンクリームがあれば数種類のお菓子が作れるので、これは大量に作っておくことにしよう。

「……じぃー」

「……味見するか？」

「いいの!?」

見ているだけだと暇だろうし、まだ完成には時間がかかるからね。

それにそれだけじっと見つめられたら無視する事も出来ないだろう。

「アイナもどうぞ。手伝ってくれた特権って事で」

「私もいいのか？　では、いただくとしよう」

お皿に少し盛ってからスプーンを取り出して渡そうと思ったのだが、二人共そのまま指で掬《すく》い取りぱくりと指をくわえた。

マナー的にはよろしくはないが、指をちゅぴっとする動作は割と好きかもしれない。

「んんー！　甘いわー！」

「うん！　チャプキンの濃厚な甘さが主君が作ったクリームと合わさって滑らかな食感だが、濃い甘味がたまらないな……」

ソルテの表情はぱあっと明るく花が咲いたような笑顔で、アイナはじっくり味わいつつ頰が緩んだように微笑《ほほえ》んでいる。

そんな二人につられるように俺も一口……と、食べてみると、濃厚な甘さが口の中に広がっていく。

美味い……うん、これはクリームは砂糖控えめで良さそうだな。

チャプキン本来の甘さをもっと前面に出した方が美味《おい》しくなりそうだ。

というか、オレンジカボチャって甘いんだっけ？

カボチャではなくチャプキンなので関係ないのかな？

「ねえねえ。これで何のお菓子を作るの？」

「そうだなあ……クッキー生地に混ぜてもいいし、シュークリームにしても良さそうだな。クッキーを下に敷いてスポンジを重ねて、その上にモンブランみたいにするのもありか」

「最後のモンなんちゃらは良く分からないけど、主様が作るなら美味しいものよね！　ねっねっ。早く作ってよう！」

はいはい分かりましたよ、と。

まあモンブランは大量生産には向かないから、クッキーとシュークリームのついでにな。

とりあえず一通り作ってからオリゴールに提案しに行くとしようか。

……食べつくされないように、ちゃんと確保しておかないとだな。

多分、ウェンディやシロ達も甘い香りにつられてくると思うし、本番さながらに大量に作っておくとするか。


領主邸へとやって来た俺。

……アポを取らなかった俺が言うのも何なんだが、アポなしでよく通してくれるよなあ。

ここ一応この街で一番偉い人の家だよな？

門番さんもいたけど、普通に『ああ、いらっしゃい。どうぞー』って軽く通してくれたんだけど、俺が何かするとか思わな……いや、オリゴールならばむしろ何かしてほしいとか言ってきそうか。

「やあやあやあやあいらっしゃいお兄ちゃん！　何しに来たのかは分かっているよ！　収穫祭のお話だよね！　さあソーマ！　ウォーカス！　お茶の用意だ！」

何時になく上機嫌なのは、俺が収穫祭の話をしに来たからではなく山積みになった書類を文字通り投げ出したからだろう。

ソーマさんとウォーカスさんにお茶を頼んだようだが、今お前が投げ出した書類をかき集めるので大忙しだよ！

「……お茶は俺が淹《い》れるから、お前はその散らかした書類を綺麗に片づけとけよ！」

はあ……苦労するよなあお二人共。

俺、ソーマさんやウォーカスさんくらいの年にはまったり暮らすんだ。絶対にウェンディ達とゆっくりとした余生を暮らすんだ！

「それでそれで？　何かいい案は浮かんだのかな？」

書類仕事を投げ出したこと自体は咎《とが》めないという事は、一応これも仕事として見てもらえているようだ。

だがなオリゴール？　何故、膝の上に乗る？

普通に考えて話しづらいと思わないいんですかね？

とはいえ俺も学ぶ者。どけと言ってもどうせ聞かない上に疲れるだけだと知っているのでもうこのままでいいかと早々に諦める事にした。

「一応な。元の世界の文化の一つなんだが、収穫祭といえば！　という物があって、それをモチーフにしようかなと」

「おおー！　お兄ちゃんの世界の収穫祭かー！」

「そう。とりあえずこのチャプキンを見てくれ」

ジャック・オー・ランタンの顔を彫ったチャプキンを取り出して、オリゴールに見せ……やっぱり膝の上だから見せにくい！

「ええい！　降りろお前今も仕事中なんだろう！」

「断る！　お兄ちゃんだって役得だろう？　ボクみたいな美少女がお兄ちゃんのもっこりにお尻を押し付けているんだぞう！　普通お金を払うべきなのに、なんならボクが払ってもいいなんて破格じゃないか！」

「え？　美少女？　どこにいるんだ？」

「おいおいおいお兄ちゃんてばあれだけ美女を侍《はべ》らせているくせに気づかないのかい？　目の前にいるじゃないか！」

「え？」

「え？　あれ？　ボクって対外的に見れば相当な美少女だと思うんだけど……え？　違うの!?」

いや？　オリゴールは相当な美人だとは思うぞ。

でもお前、少女ではないよな？

俺が少年ではないように、俺より年上のお前は少女ではないよな？

「あ、あれえ？　ボクって……」

「美女ではあると思うぞ。ほら、いいから降りて見ろよ」

「え、あ、うん！　そういう事か！　えへ、えへへへ。なんだよもうびっくりしたなあ。どれどれ。お兄ちゃんの言う事もたまには聞いてあげるとするかー！」

そうだな。最初から聞いてくれると苦労がいらないんだが……。

とりあえず、本題に入ろうぜ？

「はいはい。うわあ、なんだか怪し気だねえ……。これをどうするの？」

「とりあえず、中に光源の光の魔石を入れてから街の各所に置いてもらおうかなって」

「へええ！　夜になると中から光が漏れ出る訳か。なかなかに怪しいねえ！」

「そしてこれだ！」

取り出したのはぼろいローブとジャック・オー・ランタンの仮面。

そして、魔道具であるランタンと普通のボロっちい外套《がいとう》をその場で装着して見せる。

「うわあ……魔族っぽい！」

「やっぱりそうなのか……」

「それをお兄ちゃんがお祭りの時に着るの？　大丈夫？　討伐されちゃわない!?」

「そこはシロにどうにかしてもらおうかなと……」

いつもお世話になっておりますシロさん！

事後報告になりますが、今回もよろしくお願いします！

「なるほどね。安全対策はばっちりという訳だ。それで、お兄ちゃんが仮装をしてどうするんだい？」

「どこかのタイミングで空から登場しようかなって思ってる。そこで説明すれば、皆に理解はしてもらえるだろう？」

「説明？」

「ああ。他の出店に協力してもらいたいんだが、協力店には目印としてチャプキンで作ったジャック・オー・ランタンを置いてもらう。そこに訪れてこう言うんだ『トリック・オア・トリート』そうすると、お菓子を貰えるって訳だ」

意味合いとしてはお菓子をくれなきゃ悪戯《いたずら》しちゃうぞ。というものなのだが、どの店にもお菓子は用意するので悪戯要素はなくさせてもらおう。

……異世界の悪戯はシャレにならない気がするからな。

「お菓子をただで配るの？」

「ああ。お金を取ったら参加できない人も出てきちゃうだろ？」

今回の目的はお祭りを盛り上げる事。

となれば、儲《もう》けを出す訳じゃあないのだし無料にすべきだろう。

お菓子は高級品だからな……全員が参加できるものでないと盛り上がりに欠けてしまうだろう。

「ソーマ。今年は菓子の出店はありましたかね？」

「いいえ。確かなかったと思います。王都の高級菓子店が出店した事はありますが、庶民には手が届かぬ値段でしたので一昨年から撤退しています」

「そうですか。では売り上げが下がって困る店舗はないようですね」

あー……そういう問題もあったのか。

せっかくのイベントなのでお金を取るつもりはなかったのだが、タダにすることによる他店への弊害にまで気が回らなかった。

だが、今回はたまたま競合店がいなかったのは救いだな。

うん。次からはそういった点も考慮出来るように気を付けよう。

「よし。じゃあ、一応試作を持ってきたけど食べるか？」

「勿論！　お兄ちゃんのお菓子！　お兄ちゃんのお菓子ー！」

……本当、実年齢を知りさえしなければ可愛い美少女が子供っぽくはしゃいでいるように見えるんだがな。

「ソーマさんとウォーカスさんも是非どうぞ。ご意見は多くいただきたいので」

「我々もですか？」

「いただきましょう。貴方《あなた》のお菓子の評判は聞いておりますからね」

「ウォーカス。貴方は甘い物に目がありませんね」

「ソーマだって嫌いではないでしょう？」

「……滅多に食べられぬ物であれば、嫌う訳もないでしょう」

ソーマさんもウォーカスさんも甘い物好きなんだな。

それじゃあ苦労の絶えない二人の為《ため》に、今度訪れる時は何かお菓子を差し入れることにしよう。

……本当、いつもお疲れ様です。これからも頑張ってください！

「おおー！　見たことのないお菓子ばっかりだ！　しかもこんなに沢山!?」

取り出したのはシュークリームとモンブラン。

それとクッキーとマドレーヌのような焼き菓子で、どれもチャプキンを使って作っておいた。

モンブランは甘く煮た栗……マロロンを中心に据えており、マロロンとチャプキンのダブルクリームとなっている自信作だ。

それと数種類の果実を使った一口タルトかな。

一応シシリア様からチョクォこと、チョコをいただいたのでエクレアも考えたのだが、大量生産出来る程量は無いからな。

というか、チョコは俺が食べたい上にただのお菓子よりも高価なものらしいので流石に出せなかった。

「まずはこれにしようかな！　なんだろう？　カシュカシュのシロパン？　中に何か入ってるのかな？」

「シュークリームっていってな。お察しの通り、中にチャプキンクリームが入ってるんだ」

「チャプキンクリーム？　わ、冷たいんだ！　氷菓子じゃないのに冷たいお菓子なんて初めてだよ！」

「冷たい菓子ですと、どう冷たいまま保存しておくかですな」

ふむふむ。俺は魔法空間内は温度設定も可能なので冷たいまま保持できるが、お店で出すのは難しそうか……。

冷蔵庫を作ればなんとかなるかもしれないが、サイズの問題もあるかもしれない。

となると、生菓子は俺の家の庭を開放するか、氷の魔法を用いて冷やすかしないとだな。

こういう発見があるのも試食が大事な理由だよなあ。

「あむ！　んんーっ！　何この中身！　チャプキンの甘みが濃厚でとろっとしてる！　ほんのりとミルクの味もして相性抜群だ！」

ミルクとカボチャは相性が良いからな。

それを合わせたチャプキンクリームは美味しいに決まっているよな。

「おおお！　これまた濃厚ですな……。チャプキンの味もさることながら、このクリームとやらの口当たりが滑らかで素晴らしいです」

「外側の食感も良いですねえ。私の好みとしてはもう少し甘みを抑えても良いかと、その方がチャプキンの旨味《うまみ》を良く感じられると思います」

ふむふむなるほどなるほど。

やはりチャプキンクリームは口当たりを注意して作るべきだな。砂糖を少なくすれば値段も抑えられるし、甘みのバランスはもう少し調整っと……。

「こっちはクッキーかな？　サックサクだ！　こっちもチャプキンが使ってあるんだね！」

「ほう……歯ざわりが良いですね。堅さもちょうど良いですな」

「ただ砂糖を使えば使うだけ良いという菓子とは違いますなあ」

まあ、この世界の菓子の多くは甘い事こそが正義と言わんばかりな所もあるからな。

アイリスやシシリア等の美食家であればもっと違う視点で料理を見極めているようだが、高級なものほど砂糖の量が多いという傾向にあるのは事実だろう。

……おかげでそういった高級菓子は買わないで済むからいいけどさ。

「これは……何だろう？　さっきのクリームとは違うみたいだけど……フォークで食べるなんて、上品だなあ。んっ！　これは大人の味だねえ！　マロロンの香ばしさ、シロップとクリームの甘さとふわふわの生地が絶妙で美味しいよう！」

おっと、もうモンブランに手を出しているのか。

モンブランはシンプルにベースにスポンジケーキを敷いてその上にマロロンを乗せ、生クリームを少々乗せた上にマロロンのクリームとチャプキンのクリームで美しく飾ったもの。

クリーム作りにてこずりはしなかったが、絞り器には苦労した……。

またスライムの被膜を使う事になったのだが、しっかりと消毒は済ませたので恐らく問題はないはずだ。

「流石は高級なマロロン。上品な味わいですな……。しかしこれは、お祭りの時には食べにくいかもしれませんな……」

「立ちながら食べるには、少々難しいですな。ベンチだけでは足りませんから、テーブルもいるでしょう。それと、フォークも貸し出すのですか？」

「あー……それもあるか。……じゃあ、アイリスにも協力してもらってうちの庭を開放するか。モンブランとシュークリームは生菓子だから保存方法にも問題がありそうだし、その二つは俺の家に来たら食べられるものとするか」

ソーマさんとウォーカスさんのおかげで問題点も浮き彫りになるのはありがたいな。

流石は敏腕老執事のお二人だ。

こんな優秀な二人に補助されていれば、きっと仕事もスムーズで楽しいと思うのだが……オリゴールはオリゴールで美味しそうにお菓子を食べているからいいか。

「うんうん。なるほどね。凄く美味しかった！」

「お粗末様でした」

「これはあれだね？　お菓子を求めて皆が色々なお店を回るってことだよね！　街の皆で参加できるっていうのが良いね！　子供から大人まで楽しめそうじゃないか！」

そう。どうせなら街の皆が楽しめるものにしたかったというのもあって、今回はこんな形にさせてもらったのだ。

まだ詰めなきゃいけない部分はあるが、基本的にはお店に協力を取り付けてチャプキンで作ったジャック・オー・ランタンとお菓子を置いてもらい、そこを訪れてもらう。

俺の家も開放するが……モンブランとシュークリームはクッキーやタルト程大量生産には向かないんだよな。

そこをどうするか……あ。良い事思いついた。

「しかし……同じお菓子と言ってもクオリティの差は顕著ですな。モンブラン……とやらは流石に大量生産するのは難しいのではないですか?」

「それに、マロロンも使っているとなると予算もかかりますねえ……。大変美味しいものでしたが、流石にこれもクッキーなどと同数……いや、それ以上になるでしょうし難しいのでは……?」

「ああ。俺も今同じことを考えてた。それで思いついたんだが、スタンプラリーにしようかと思うんだ」

「スタンプラリーですか?」

「ああ。最初に木の板を配って、お菓子を置いてもらえる協力店舗でスタンプを押してもらうんだ。幾つかはまだ決めていないが、規定数を集めると俺の家でモンブランかシュークリームを受け取れるようにしようかなって」

これなら全員に配る訳ではないから量は制限できるだろうし、より皆が参加に積極的になるんじゃなかろうか。

「なるほど……良い考えですね」

「ええ。特別なお菓子だと広めれば皆こぞって参加する事でしょう。材料費はこちらにお任せを。調整はいかようにもいたしますので。とはいえ、なるべく抑えてくださると助かりますが……」

「大量購入でなんとか値切ってみせますよ」

発注。という事は、メイラも頼りにさせてもらおう。

わたあめに続いてまたも急遽《きゅうきょ》だが、受けてくれるかな？

いやでも、街の為であればなんだかんだやってくれるだろうか？

きっと受けてくれる気がする……受けてくれるといいな！

「あと一点、少し気になったのですが魔族のような方が振る舞うお菓子……というのは引っかかりますな。あの格好でないといけないのでしょうか？」

あー……確かに、魔族がお菓子を振る舞う……というのがそもそも可笑《おか》しいのか。

正確には魔族ではないし、中身は俺だと分かってもらう予定ではあるが……子供が恐れてしまっては意味がない。

「一応アレが定番ではあるんだけどそれもそうか……。あ、それじゃあテレサ達に協力してもらって、浄化されたって演出をするのはどうだ？」

「ほう。聖女様にですか。ご協力を願えるのですか？」

「ああ。テレサからの依頼的な要素もあるし、頼めばやってもらえると思う」

「なるほど。聖女様が浄化し改心したという演出を作るのですね？」

「そうそう。ちょっと演劇じみた感じでな」

「それは余興としても盛り上がりそうですな。では、その方向で――」

「ちょっと待ったあああ!!」

な、なんだよう。今かなりいい具合に進んで色々決まりそうだったのに何かあったのか？

「なんかお兄ちゃんとソーマ達のやり取りがスムーズ過ぎない!?　ボク領主！　ボクが領主なんだよ！　決定権もボクにあるんだよ！」

「え、じゃあ駄目なのか？」

何か致命的な見過ごしでもあっただろうか？

流石にこれからまた新しい案をと言われるとこれ以上のものは思い浮かばないと思うんだが……。

「いいやまったく！　こんなにすぐに解決策を見出《みいだ》すなんて頭が回るなあ。柔軟な発想のお兄ちゃんも素敵だ！　今すぐねちょいことしに行こうぜ！ってくらい賛成だぜ！」

「ならいいじゃねえか……」

「駄目だよ！　ほらちゃんとボクに確認して！　オリゴールいいか？って！　そのスムーズな話し合いにボクも交ぜて！」

「えっと……オリゴールこんな感じでいいか？」

「いいよ！　予算は作り出すからお兄ちゃんはガンガンやってくれ！　頼んだよソーマ！　ウォーカス！」

……結局ソーマさんとウォーカスさんがやるんじゃねえか。

まあ、領主だからな。俺の事だけにかまっていられるわけでもないのだろう。

なんせこいつ、本当にこう見えてやることはそれなりにやっているからな……。

普段からもっと出来るところを見せてくれれば、俺の態度ももう少し変わるんだが……。

「いやあ。お兄ちゃんを頼って良かったよ。これは盛り上がる事間違いないし、民たちへの労《ねぎら》いも出来る！　ありがとうー！　ん？　なんだい三人とも。そんなに見つめるなよ。特にお兄ちゃんに見つめられると興奮するじゃないか！」

……これだからなあ。はあ。


笑顔。それは素敵なもの。

特に女性の笑顔は特別で、いつだって魅力に溢れていて向けられた相手も幸せな気持ちになる、とても素晴らしいものだと俺は思っている。

「……それで？」

だから今メイラが向ける笑顔も俺を幸せにしてくれる素敵な笑顔のはずだと思う。

にっこりと可愛らしい笑顔のその背後には怒気を含んでいるように見えるが、きっとそうだと思いたい。

「……収穫祭を盛り上げる。と、また領主様も突拍子もないお願いをなさいましたわね。開催までそう長くも無いでしょうに……。ですが、早急に出た案としては良いものですわ。そこは貴方の手腕を認めます。で？　材料が大量に必要だから、私に用意しろと？」

笑顔力が上がった！　より満面の笑みのように見えるのに笑っている気がしないのはどうしてだろう！

「……えっと、用意してくださると大変嬉しいのですが……」

「そう。分かっているとは思いますけれど、収穫祭は私もお仕事として各店の発注を受けたりして忙しいんですのよ？　この量を？　数日以内に？　しかも予算を抑えてと？　随分無茶を言いますわねー？」

「ご、ごめんなさい！」

おおお……怖い。笑顔なのに怖いというか、笑顔なのが余計に怖い。

商売人は表情を表に出すものではないのかもしれないが、まさしく張り付けたような笑顔がとても怖いよう。

メイラの義父であるダーウィンに迫る迫力を帯びており、思わず正座してしまう程である。

椅子に座り、足を組んで笑顔を向けるメイラさんの際どい部分に視線が行きそうなものの、俯《うつむ》いて下を向くしかない程に顔を上げられない。

「前回のお祭りの時は私も要請する側でしたし、材料の種類もそう多くはありませんでしたから用意はしましたわよ？　ええ、忙しい中でも優先的に時間に余裕を持ってしっかりと用意いたしましたわ。ですが……いくら領主様のお願いとはいえ、私にも都合がありますのよ？」

「はい……そうですよね」

普段から忙しそうにしているメイラなので、その点は良く分かっております……。

それであの……先ほどは怒っていらっしゃるような笑顔でありましたが、今度は何やら企《たくら》んでいるかのような笑顔に変わっていらっしゃるのですが……。

別の意味で怖くなってきたのですが……。

「ああ、困りましたわねえ……。今持っている仕事を後回しにするとなると、損害が発生してしまいますわね。私が直接謝りに行かねばならない相手もいますし……。どこかに瞬時に王都へと移動できて、いくらでも荷物を運べる方が仕事を手伝ってくれるというのであればその損害くらい軽く無視できるのですけれどぉ……」

えっと凄く遠回しでございますが、空間魔法をご所望という事でよろしいでしょうか？

「どこかに伝説の空間魔法が使えて、商品をいくらでも持つことが出来、転移の魔法で王都とアインズヘイルを往復できる方がいたら良いのですが……」

あ、やっぱりそうですよね。

「こ、ここにいますよ？」

「あら？　確かにいますわね。いるだけですけれど……。それで？　私は貴方のお願いだけをきかねばならないのかしら？」

「……よろしければお願いの対価としてお仕事のお手伝いをさせてください！」

「あら！　そうですの。でしたら床になど座らずに、こちらにどうぞ。正式な契約を交わす以上、貴方は取引相手ですもの。さあ、お茶もご用意いたしますわ！」

腕を取られて立ち上がらされ、すぐさまソファーへと座らされる俺。

そして、正面に座るのではなく横に座って契約書を書くメイラさん。

すげえ……あっという間だったよ。

というか、無茶なお願いなのは百も承知なのだがよく考えると領主命令であるのだし、メイラのお願いを俺が叶《かな》える理由は……いや、決まったのだから細かい事を気にするものじゃないな。

「さあ、文面を確認してくださいまし……。それでよろしければ、サインをお願いしますわね」

「ああ……ん？　丸一日……？　しかも今日……？」

「ええ。それでも随分奮発してますのよ？　貴方も多忙なのでしょうし、今日一日貴方をこき使わせていただきますわ」

メイラのこき使うとか、一体どれだけの事をさせられるの？　うへあ……。

「何か文句でも？　私にだけ無理をしろとおっしゃるんですの？」

「いえ！　何でもありません！」

俺は空気が読める男。

あえて読まない事もあるが、今は読まねばならぬ時。

こういう時、逆らったりうだうだ言うのは駄目だと、俺の人生経験から分かっているので逆らってはいけない。

ま、まあ今日一日メイラのお手伝いをすれば材料を揃えてくれるというのだから、付き合おうじゃないか。

……結果的に、材料は可及的速やかに手に入りました。

というか、流石は王都。大量の材料が必要だったのだがその全てが王都で手に入り、その後は約束通りメイラのお仕事の手伝いをしたんだが……もう二度とやりたくない……。

「メイラお前、その若さでこんな働き方をしてたら確実に体壊すぞ……」

「そうならないために、無茶の利く若い頃に実績を積んでおくんですのよ」

「はぁぁぁ……ご立派で」

「貴方だって、楽するために苦労していらっしゃるでしょう？　だから私は貴方に目をかけているんですのよ」

そりゃあ……俺だっていずれは働かずに生きていきたいけども、メイラ程無理はしていないと思うというか、抜く時は力を抜いているからね？

いや、本当、マジで休む時は休みなさい。

本当に心配になるわ……。

さっき二度とやらないとは思ったが、俺が手が空いていて体力的に問題ない時はメイラを休ませるためにも手伝ってやろうと、ほんの少しだけ思うのであった。

さて材料も無事に集まりハロウィン仕様のカボチャも作り終えて準備万端。

ウェンディ達には収穫祭で何をするかを細かく説明し、手伝ってもらえるようお願いすると皆快く引き受けてくれた。

まあ、皆アインズヘイルが好きでアインズヘイルのお祭りを盛り上げる事には大賛成らしく、前向きに手伝ってくれるのはありがたい。

ただ、ソルテは普通にお祭りも楽しみたかったらしく、少しだけしょんぼりしていた。しょんぼりしていたので、とりあえずモンブランでご機嫌を取ると尻尾がふりんふりんと揺れていたので大丈夫だと思いたい。

お前さん……モンブランにはまったね？　あーん、と大きな口を開けて嬉しそうに食べるソルテは可愛かった。

とまあそんな感じで準備を進めていると、隼人《ハヤト》からギルドカードに連絡があったので、現在の状況を説明。

『おおー！　ハロウィンですか！　クリスマスはした事はありますけど、ハロウィンはしっかりやった事が無いので楽しみですね！』

テンションの高い隼人の様子から、本当に楽しみにしてくれているのだなと伝わってくる。

「まあ正しくはハロウィンっぽい要素のある収穫祭だけどな。内容もお菓子を配るくらいだし。それで、もう来られるようになったのなら迎えに行こうか？」

王都からアインズヘイルまでは馬車だと数日かかるし、転移魔法で連れてきた方が早いだろうしな。

まあ大人数での転移はＭＰを大量に消費するので疲れるが、一回くらいならば大丈夫な程成長はしているのだ。

『あ、いえ。今回は馬車で向かいます。王都から突然アインズヘイルに移動したのが知られると、どうやったのかと探られそうですからね。そうなると、イツキさんの空間魔法の存在がばれかねませんし』

「あー……俺に気を遣ってくれたんだな。ありがとう隼人」

空間魔法は伝説的な魔法であり、それを知られると確実に面倒な目にあうだろうからな……。

魔法研究とか絶対されるだろうし、そんな事に時間を取られるのは勘弁だ。

更には空間魔法の座標転移《ポイントゲート》などなんにでも利用しようと思えば出来るし、危険もあるかもしれないから秘匿してもらえるのは本当に助かるよ。

『いえいえ！　イツキさんに御迷惑をおかけする訳にはいきませんからね。それに、アインズヘイルではお世話になりますし』

「ああ。部屋の準備は出来ているから、好きに使ってくれ」

『はい。ありがとうございます。それで……カチャカチャと音が聞こえるのですが、もしかしてお仕事中でしたか？』

「いや、調理中だな。さっき言ったイベントのお菓子作りをしないといけなくてな」

クリームが、大量にいるんだよなー。

ソーマさんとウォーカスさんが算出したお菓子の必要数を考えると、暫《しばら》くはずっとお菓子作りをしていないといけないくらい必要なんですよ。

だからウェンディとミゼラにも手伝ってもらいつつ、経費削減の為にアイナ達にはタルトに使う果実や、クリームに使う牛乳なんかが手に入れられるらしい魔物の討伐をお願いしておいた。

シロはかき混ぜたりクッキー生地を捏《こ》ねたりと、手伝ってくれているが、つまみ食いも多いかな。

ほっぺにクリームをつけて食べてないと言い張るのは無理だと思うぞ？

しかしこういう、皆でお菓子作りっていうのも悪くないな。

何てことない平和な日常の一ページというか、ふとしたことに幸せを感じるね。

『イツキさんのお菓子……っ。味見が必要ならいつでも言ってくださいね！』

「こっちに着いたらおやつとして出すよ。気を付けて来いよ」

『はーい。魔王が出ても、必ず辿《たど》り着きますよ！』

王都からアインズヘイルまでの道のりに魔王は出ないだろうと軽く笑いつつ隼人との通話を打ち切る。

ようし、隼人達が沢山食べても大丈夫なほどに、お菓子の作り置きを頑張るとしますか！

……と、意気込んでいた頃が懐かしい。

「はぁぁ……これで全部？」

「ああ……皆ありがとうな……」

舐《な》めてた！　大量生産舐めてた！

普段通りのお菓子作りの延長線上の様なノリとペースで作っていたが、アインズヘイル程にでかい街のお祭りの規模という事を完全に忘れていた！

単純計算として、一人に付き一か所で配るクッキーが二枚で、それが八か所で一人当たり十六枚。

来場者数はアインズヘイルが大きな街という事もあり、遠方から祭りを見に来る者達もいるだろうと考え、かなり多めに見積もって一万。

そうなると十六万枚用意しなければならないが、もし参加してくれたのにお菓子が無い！　なんて、可哀想《かわいそう》な事が起こらないよう、予備を考えて十八万枚必要になった訳だけど、十八万枚なんて手作りで出来るわけないよね！

「うう……もうしばらく甘い香りを嗅ぎたくないわ……」

「そうっすね……。今はしょっぱいものが欲しいっす……」

「贅沢な悩みだな……。だが、気持ちは分かる……。私も甘い物はいらないな……。腕も限界だが良いトレーニングだと思えばまあ……」

アイナ達の三人もクリームをかき混ぜる等で手伝ってくれたからな。

ソルテもあんなに美味しそうに食べていたモンブランを、今は見るのも嫌な程になってしまったようだ。

「情けない。シロはまだ余裕」

「あんたはチャプキン狩りに行ってただけでしょうが……」

「ん。主のお願いだからしょうがない」

そう。途中で十分にあると思ったチャプキンが足りず、買い足しに行ってもらったんだが、俺が買い占めてしまったために市場にはほとんど残っていなかった。

そこで、農家のあの厳《いか》ついおじさんが収穫を手伝ってくれるならまだあるぜ、とのことで、シロはそのままチャプキン狩りに行ってくれたのだった。

「まあまあ皆さん。良かったじゃないですか……。最後はご主人様が量産できるような魔道具を作ってくれたんですし……」

「もっと早く気づきなさいよね……」

「それはすまん」

途中、家のキッチンだけじゃあどう考えてもペースが間に合わないと焦っていると『ねえ……旦那様が魔道具でどうにか効率化出来ないの？』と、ミゼラからの進言があり、脳をフル回転させて複数の魔道具を組み合わせ、元の世界のお菓子工場にあるような機械をイメージして大型の魔道具を作ったんだよ。

そうしたら速度は五倍以上になり、皆からの『もっと早く作ってくれれば……』という視線が痛かった。

すみませんでした……。お祭りで使う程の大量生産を全て手作りでとか舐めてました……。

本当に、ケーキ屋さんなどのパティシエを尊敬します……。

「すみませーん。入ってもよろしいでしょうか？」

「お、隼人か……いらっしゃい。入ってどうぞ」

「お邪魔します――って、なんですかこれ……？」

これ、と言われたのは俺の秘密兵器であるお菓子作り用の魔道具だ。

名前を付けるとすれば……『救世主２号』だろうか。

ちなみに今適当につけた名で、何故2号なのかというと隼人が1号だからだな。

俺をキャタピラスから救ってくれた救世主は隼人だから、それを差し置く事は出来ないだろう。

「イツキさん、これからお菓子工場でも始めるんですか……？」

まあ、そういう規模の魔道具だよね。ここ玄関前のホール的な場所だし。

練る。広げる。型を取る。焼成。と、全部こいつがやってくれるからね。

正確には一つの工程に一つの魔道具なのだが、全部つながるようにして作ったから全部で一つの魔道具なのだ。

というか練る作業の自動化だけでもとてもありがたかった……。

まあ、即席で作ったので最終的には壊れてしまったんだが、多大な貢献をしてくれたのは間違いない。

「お菓子作りは終わってしまったんですか？　出来ればお手伝いしつつまた作り方を習いたかったんですが……」

と、クリスが残念そうに言うがそこはお任せを。

「そう言うと思って、ちゃんと材料は残ってるよ。クリスは手作りを隼人に食べてもらいたいだろうなって思ってさ」

「それは……そうですね。勿論お兄さんが作ったものも食べてもらいたいですし、私も食べたいですよ！」

「ああ。味見は沢山してくれ。長旅で疲れているだろうし、今日は休んで明日にしようか」

「いえ！　今日で大丈夫です！　私も隼人様達とダンジョンに潜っているので、最近は体力もついてますから！」

おお、気合十分だ。

正直、俺が今日はもうお菓子は作りたくないのだが……恋する女の子の為だ。ここで脱がなきゃいつひと肌脱ぐってんだい。頑張れ俺！

「主様……私達、ちょっと買い食いしてきていいわよね？」

「ん。シロも牛串食べる」

「ああ……行ってらっしゃい」

これからまた甘い香りがするからかソルテ達はしょっぱいものを摂取しに行きたいようなので、望み通り行かせてあげよう。

……その、出来れば俺にもお土産で牛串を頼む。と、シロにお小遣いがてら金貨を一枚握らせておく。

今この状態で食べるタレがべっとりの牛串は、さぞかし美味しい事だろうなあ……。

そんな牛串をもっと美味しく食べるために、あともうひと踏ん張り頑張るとしようか……。

「久しぶりにお兄さんとお菓子作りですね。色々教えてくださいね」

「色々って言っても、シュークリームは以前も作ったろう？　今回のモンブランもクリスならすぐ作れるだろうし、あまり教える事はなさそうだけどな」

「いえいえ。ご謙遜を」

そう言って笑うクリスだが、以前よりももっと明るくなっただろうか。

隼人達と一緒にダンジョンにも行ったようだし、体力も大分ついたんだろうな。

多分……俺よりもずっと強くなっているんだろうなあ……。

「あの……旦那様……」

「ん？　ああ、そうか悪い悪い。クリス。紹介するよ。俺の新しい恋人……って、言い方はおかしいな。恋人のミゼラだ」

二人はというか、ミゼラは皆初対面だもんな。

そんな相手を泊まらせるのはどうかとも思うが、これから付き合いも多く長いものになるので早めに馴《な》れてもらうとしよう。

「えっと、旦那様の奴隷となりました。ミゼラです。その……恋人としても接してもらっています」

「わあ！　そうなんですね！　随分と綺麗な方がいらっしゃると思っていたので、お兄さんがいつ紹介してくれるのかとやきもきしていたんです！」

「え、その、別に綺麗じゃないけど……。それで、その……私、ハーフエルフなんですけど……」

「……そうだったんですね」

ミゼラは少し恐怖心を感じつつも自身がハーフエルフだという事を告げると、先ほどまで少しテンション高めであったクリスのトーンが落ちる。

そして、一歩前に踏み出してミゼラの前に立つと、そのままぎゅっとミゼラを抱きしめた。

「大丈夫ですよ。私達はハーフエルフを差別などしていません。貴女《あなた》と出会えて私は嬉しいです」

「あ……ありがとうございます」

「辛《つら》い思いもしてきた事でしょう……。でも、お兄さんが恋人なら大丈夫です。私もお兄さんに救ってもらったんですよ」

「そうなの……？」

「怪我《けが》は治したけど救ったって程じゃあないと思うが……。救ったっていうなら俺じゃなくて、隼人だろう？」

「勿論隼人様もそうですけれど、今私が笑えているのはお兄さんのおかげでもあるんですよ」

そう言われると照れくさくなるが、ずっと傍《そば》にいてクリスの心を癒し続けたのは隼人だ。

俺はきっかけを与えたにすぎず、その後の努力はクリスや隼人自身の力だろうよ。

「そうなのね……貴女も……」

「はい！　似たもの同士という事です。だから、よろしくお願いしますミゼラさん」

「ええ……よろしくお願いします。クリスさん」

「堅苦しいな。年も近いんだし、ミゼラ、クリスで良いんじゃないか？」

「ええ!?　それは流石にいきなりすぎませんか？　私は……ミゼラさんが良いならそう呼びたいですが……」

「私は構わないのだけれど……クリスさんはいいの？」

「勿論です！　同年代のお友達はレティさん達以外ほとんどいないので嬉しいです！」

「じゃ、じゃあ……よろしくねクリス」

「はい！　よろしくお願いしますミゼラ！」

うんうん。仲良きことは美しきかな。

という事で、自己紹介も済んだので俺、クリス、ミゼラ、ウェンディの四人でお菓子を作る事に。

「クリスさん、目を怪我されていたの!?　大丈夫なの!?」

「そうなんですよ……。目の怪我は私の不注意なのに隼人様が申し訳なさそうにしていて、つくづく私は駄目なんだな……と、もっと塞ぎ込んでしまって……。そこをお兄さんがほっぺをつねって救ってくれたんですよ」

「旦那様？　女の子のほっぺをつねったの？」

「ありましたねえ……。ご主人様がクリスさんの頬をむにっと」

「え？」

俺がクリスの頬をつねった……？

ああ、あれか。笑顔の方がいいと無理やりに笑った顔を作った時の事か！

「ま、まだ根に持っているとは……」

「ね、根には持っていませんよ？　ただ、なかなか衝撃的ではありましたけど……」

「あれは驚きますよ。女性の頬にいきなり触れるだなんて、反省してくださいね」

「はい……」

確かにあの時も反省はしたが、今更に反省いたしました……。

いや、でも笑ったら可愛いのになあと、勿体《もったい》ないという気持ちが爆発してしまい……いや、言い訳はすまい！

「ふふふ。旦那様は以前から変わらないのね。私の時は『俺はお前を幸せにすると決めた』って、私が拒絶しても諦めないの。『どっちが根負けするか勝負だな』って」

「わあ！　お兄さんらしい強引さですね。それで、ミゼラが根負けしてしまったんですね」

「ええ。おかげで私は幸せよ。それに、当時はムカッとしたのだけれど、今は思い出すと格好いい思い出なのよね。……旦那様はこの話をすると悶《もだ》えるけど」

「ええーいいじゃないですかお兄さん。格好いいと思いますよ？」

「他人に話されるのは違うと思うの……っ」

こういうのって当事者同士だけの秘密にすべきだと思うの！

その時の熱量ってものが分かるのは当事者だけなんだよ！

「うふふ。それでは私の時のお話もしましょうか」

「止《や》めてくれぇ……」

こっ恥ずかしいどころじゃない！

女子トークに男が交ざってはいけない理由が良く分かった気がする。

この後もお菓子を作りつつ、俺を恥ずかしめるトークが続いた。

その際に隼人が天然で格好いい台詞《せりふ》を言ってくれたという情報を聞けたのは良かったが、今度八つ当たりに隼人に恥ずかしい思いをしてもらおうと心に決めたのだった。

お菓子作りはなんとか俺の精神面がギリギリ無事に終わったので、いつも通り仕事で錬金！……ではなく、趣味がてらの作業をすることに。

ウェンディ達女性陣は全員でレティ達にアインズヘイルを案内しつつ買い物に行ってくるとのこと。

俺も誘われたんだが……丁重にお断りをすることにした。

『でしたら男一人になっちゃいますし、僕も遠慮しておきますね』

と、隼人も断ったので男二人でどこかに行こうかとも考えたのだが、それよりも優先すべきことがあったのだった。

「カレーの作り方ですか？　すみません。僕の家も普段はカレールーだったので……」

「だよなあ。まあ普通知らないよな」

「お役に立てずすみません……」

「いやいや。気にするなよ。俺も知らないしな」

スパイスからカレーを作れる高校生やご家庭とか、滅多にいるもんでもないのだから謝る必要はないさ。

しかし、そうなるとどうしたものか……一度カレーを食べたいと意識すると何が何でも食べたくなるんだよな。

「でもカレー……カレーかあ……カレーは良いですねー」

どうやら隼人も俺と同じカレーの魔力に囚《とら》われてしまったらしいな。

「だろう？　ロウカクで香辛料は沢山手に入れたから挑戦してみてはいるんだが……試行錯誤するしかなくてな……」

しかも恐らくだが出来るのは本格派のスパイスカレーになるんだよな。

そこから調整をしていけば、定番カレーも出来るとは思うんだが……いかんせん知識が足りない！

美香《みか》ちゃんに相談したいのだが、どうやら現在ダンジョン内にいるようで連絡が取れないんだよな。

「うう……なんとなくの材料は分かるんですけどね……名前だけですが」

「そう。名前はなんとなく聞き覚えがある程度には覚えてるんだが、それがどんな効果の香辛料かまでは分からないし、量も種類も何を使うのかまでは分からないんだよな。こっちの世界の物の名前は元の世界に近い感じが多いから分かりやすくはあるんだが……」

ターメリックやクミン、カルダモンなんかは聞き覚えのあるスパイスなんだが、どれがどれでどの程度の量を使うのかなども全く分からないのが困りようなんだよ。

ルーってどう作るんだよー……。水で煮ればいいのか？　スープが必要なのか、ドロッとした感じとかはどうすれば出るのか等々……問題は山積みなのである。

「ま、こうなったら長い時間をかけてまったりやっていくしかないかな」

幸いにも研究をするくらいの時間は取れるし、カレーの為ならば多少錬金の時間を削っても構わないだろう。

「そうなっちゃいますね……。僕も冒険の際は色々な街に行きますので、カレーに近しい料理が無いかとか調べてみますね」

「おう。ありがとうな」

「えへへ。僕もカレーが食べたいからなんですけどね。完成したら、僕にもお願いしますよ？」

「そりゃ勿論。出来次第すぐに連絡を入れるよ」

「ふふふ。楽しみですね！　ありがとうございますイツキさん！」

はあ……素直で良い子なこんな後輩が職場でも欲しかったなあ……。

今も嬉しそうにイケメンスマイルを俺に向けているのだが、垂れた耳と揺れる尻尾が見えるような気がしてワンコみたいだなと思う。

俺がそんな事を思いながら隼人を見ていると犬っぽく隼人は首を傾《かし》げたので、軽く笑って話題を切り替える。

「さて。それじゃあカレーは無理として、昼飯は適当に食べるとするか」

「はーい。と言っても、僕はイツキさんにお願いする事になっちゃいますが……。それとも、どこかに食べに行きますか？」

「それもいいけど……隼人が来るって事で、色々作っておいたんだよ。だから、今日はそれを摘《つ》まんでいかないか？」

「おおー！　良いですねえ！　イツキさんの手料理は美味しいですからね！」

「じゃあとりあえず揚げ物からだな。コロッケ、メンチカツ、後はなんちゃって健太《ケンタ》君チキン」

「おおー！」

コロッケとメンチカツはまあ定番だな。

美味しいお芋とひき肉を使って、良質な油で揚げただけのシンプルなものだが、何かで優勝してそうな美味しさの自信作である。

「コロッケホクホクですね！　あ、ひき肉が入っていて旨味がじわってお芋に染みてます！　食感がクリーミーですね。イツキさんの定番はこっちですか？」

「いや、色々作ってみただけで、どっちも好きだぞ。ほら、こっちはお芋がごろごろ系」

「うわあ！　こっちも美味しいですね！　お芋の味わいが濃い！」

「こっちはコーン入りな。甘みが強いし、芋にも合って美味いぞ」

コロッケは色々中身を弄《いじ》れるから楽しいが、結局シンプルなものが一番美味いんだよなあとそこに落ち着くんだけどな。

まあでも、今日は試食会みたいなものだし気にせず食べよう。

「んんー！　メンチカツも割っただけで肉汁が溢れ出てきます！」

「メンチカツの方はスパイスも入れてあるんだけどどうだ？」

「んんっ本当ですね！　お肉の臭みが消えて旨味が増していて美味しいです！　ゴロゴロの玉ねぎも食感と甘みが！　んふっ、どれも凄く美味しいです！」

「美味しそうに食べてくれるのは嬉しいけど、コロッケやメンチカツなんかはこっちの世界にも似たようなものがあるんじゃないか？」

「確かに似たようなものを食べた事はありますね。でも、見た目から予想して期待と違う事が多々ありまして……」

あー……異文化ってそういうものだよな。

見た目普通なのに物凄い激辛だったり、しょっぱいのかと思ったら思い切り甘かったり、形容しがたい味がしたり……。

「だからイツキさんの料理はいつも期待通りというか、期待以上に美味しいから大好きですよ。今回のコロッケもメンチカツもですけど、そしてこれはまさか……！」

「見た目はちょっと違うんだけどな、味は健太君チキン風になってるぞ」

健太君チキン。健太君という老人が目印の、赤と白を基調としたフライドチキンの有名チェーン店であり、クリスマスやお祝い事等にも定番と言える俺達に慣れ親しんだチキンだ。

美味さの秘密はオリジナルのスパイスにあり、ハーブや香辛料を混ぜ合わせたあの味は多くの人々を虜《とりこ》にする味わいだ。

当然俺もオリジナルスパイスに何が使われているか知らないのだが、カレーの研究をしているうちに何故か近しいものが偶然出来てしまった産物なのであった。

「健太君！　うわっ、うわあ！　懐かしい！　流石に風ではありますが、ああこんな感じでしたよね！」

久しぶりの元の世界のジャンクフード感にテンションが上がる隼人。

なんだろうな。弟がいたらこんな感じなのかね？

でも、隼人と兄弟喧嘩《げんか》をするってのは想像出来そうもないな。

「ああ……皮が美味しい……。中のお肉もジューシィで好きですけど、やっぱり健太君は皮ですよね！」

「だな。そして、こんなものがあったりする」

「皮だけ!? 凄いです。ある種の夢じゃないですか！」

その気持ちは俺も分かる。分かる故に作りました！

確か元の世界で皮だけ食べられるサービスはあったと思うんだが、食べる機会はなかったからな……。

中の身があってこそ健太君というのも分かるのだが、一度くらいは沢山の皮を味わいたいと思うよなー。

「ああ、どれも美味しいなあ……。イツキさんといると元の世界の食べ物を食べられるから毎回楽しみなんですよね」

「まあ俺が出来るのはそれと……あと錬金くらいか」

「も、勿論食べ物だけの為に会いに来ている訳じゃないですからね？　イツキさんと会う事もとても楽しみにしていましたから！」

「分かってるよ。日々疲れやストレスもたまるだろうし、気を抜いてゆっくり心と体を休めて行ってくれよ」

英雄の上に伯爵だもんな……貴族との付き合いとか、絶対に息が詰まるだろうし俺には考えられん。

良くやってるよ本当……こういう時くらい、年相応に気を抜いてもらえればなと思う。

「イツキさん……。はい。めいっぱい楽しませていただきます！」

なんというか、隼人の良い所は善性が透けて見える事だよなあ。

こんなに懐かれて嫌な気分などするわけもなく、年は多少離れていても仲の良い友人として過ごす事が出来ているのだから、本当にあの出会いには感謝しかわかないな。

思えば、キャタピラスに襲われて助けられただけじゃあない。

レインリヒに紹介してもらった事、魔法の袋を渡してくれてその中の素材で助かった事もある。

アイリスとの出会いも、隼人と知り合いになっていたからこそであるし、何かと頼りにもさせてもらっているしな。

「イツキさん？　どうしました？　微笑ましく見られているようですが……僕何かしましたか？あ、ほっぺに付いてます？」

「いや。お前に出会えてよかったなって。ほら、まだ色々作ったんだから食べてくれよ。春巻き、餃子《ギョーザ》、それと……なんちゃって醤油《しょうゆ》ラーメンもあるぞ」

「え？　ええ、あ、食事はありがたくいただきますけど、え、えっとあの、ぼ、僕もイツキさんに出会えて本当に良かったですよ？」

「そうか？　そら嬉しいな」

「あ、は、はい……。えへへ……そ、それじゃあラーメンをいただきます！」

「ああ。俺も食べるとするかな」

こうして、昼飯は少し食いすぎなくらい食べてしまったが、その後は隼人に稽古をつけてもらったことで帳消しだろう。

隼人の稽古はどちらかといえばアイナに近く、実戦的な部分や基本的な事を丁寧に教えてくれて、実戦的な部分では直接肌で隼人の強さを感じられたのはいい経験になったと思う。

その後の温泉は気持ちの良いものであったし、たまには男二人で過ごす日も良いものだなと思いつつ、充実した一日を過ごしたのであった。

※※※

埃臭《ほこりくさ》い部屋を掃除し、全体を見回して無事に綺麗になったのを確認する。

「よし。完璧。はー疲れたー！」

体力的な疲れはなくとも、なんか疲れた気がするのでベッドにダイブ。

んんー……こんな場所でもベッドにはこだわりを持っておいて正解だった。

お外に出るのはビクビクものだったけど、無理して外に出て材料を集めて良かったなー。

「ん……はあ……普通なら眠くなるんだけど……」

細すぎるくらいのお腹《なか》を撫《な》でると、くぅー……と音が鳴りそれが何度も繰り返されている。

ああ……お腹空《す》いた……。

頭がふらふらする……これは流石にもうダメダメだね……。

「ゆっくり行こう……。なるべくエネルギーを消費しないようにして、ひっそりと行けばギリギリバレずに済む気がする……」

頑張ったけど我慢の限界……でも私よく頑張った方だと思う。

というか、お外に出たら討伐されるかもしれないけれど、お腹が減りすぎて死んじゃうかもしれないのならどちらにしても待つのは死！

それなら、割り切ってお外に出るしかないもんね……ああ、でもお外に出てもどうしよう……とはいえ、動けなくなったら元も子もないもんねえ……。

……よし。とりあえず、街までは行ってみよう。

顔を隠して大人しくしていれば多分……大丈夫だと思う。思いたい……。

第三章　収穫祭に不穏な影

（I wish）


隼人《ハヤト》達《たち》が泊まりに来てから数日の朝を迎え、本日から収穫祭が始まる。

前回のアインズヘイル記念祭の時は開会の挨拶があったのだが、今回は早朝からイベントが始まっており途中でオリゴールが挨拶をするとの事。

そのタイミングで俺達は計画を実行する予定なのだが、その前のイベントに気になるものがあったので行ってみる事に。

そのイベントとは『ゴールデンモイ掘り』。

ようは芋掘りだな。中身がきっと金色と比喩できるほどに美しいのだろう。

芋掘りなんて幼稚園かなんかでやったような記憶がある気がする程度で、懐かしさを感じて楽しみにしていたんだが……。

「ひゃっはあああああ！　そのモイは俺様の物だぁぁぁ!!」

「どきなさい！　あんた達の手には余るわ。私にこそそのモイは相応《ふさわ》しいのよ！」

「お前ら……俺のモイに手を出したな。後悔させてやろう。立ち上がれもせぬ貴様らの前でモイを食す俺を見るが良い！」

「モイを焼くついでにあんた達も焼いてあげるわよ！　汚物は消毒よー！」

……どこの世紀末なのだろうか。

そんな冒険者達が暴走気味の光景を俺は囲いの外から見て思った。

そして走り回るゴールデンモイを追いかけ、魔法やスキルまで使って奪い合う冒険者達のどこに『掘り』の部分があるのだろう？

和気あいあいと、アイナ達とお芋を掘りたかったのにな……。

しかし、ゴールデンモイも凄《すご》いな……。

足が生えているのはいつも通りの事ながら、頭が蔦《つた》で繋《つな》がっている個体がおり、その蔦を使い襲い来る冒険者を縛り上げるなど反撃している。

「くっ！　この！　モイの癖にちょこまかと！」

「ちょ、ちょっと待って！　スカート！　スカートまくり上げたまま縛らないで！　見えちゃう！　あと食い込ませるのは止《や》めてええ！」

などなど、ゴールデンモイの蔦は頑丈なのかそれを使って冒険者を雁字《がんじ》搦《がら》めにするなどなかなかの奮闘ぶりだ。

……ただ、雁字搦めにしたはいいが当のゴールデンモイも動けなくなっているんだけどな。

「お。兄ちゃん来てたのか」

囲いの中から声をかけてきたのはポーションの男。名はバリー。

相変わらずの厳《いか》つい顔だが、流石《さすが》にこれだけ見ていれば、いくら強面《こわもて》には緊張してしまう小心者の俺とてもう慣れたものだった。

「おう。お前はアレに参加しなくて良いのか？」

「いや参加してたぞ？　ほれ。俺の成果だ」

囲いの中から囲いの外にいる俺に向けてバリーが見せてくれたのはかなり大きめのモイ。

形が丸っこいものではなく横長で両端がすぼんでいるような形のモイだ。

そう。サツマイモのような形をしているモイである。

つまり、ゴールデンモイとはサツマイモに限りなく近い芋だった。

「おおー立派だな。でもそれで終わりなのか？　あいつらみたいに、いくつも取ろうとしないのか？」

「おう。カミさんと二人で食える分だけで充分だよ。兄ちゃんこそ参加しないのか？」

「……俺に死ねと？」

「はっはっは。相変わらずひ弱だなあ」

うるせえやい。俺だって本当は参加しようと思ったんだけどさ……。

「えぇー？　せっかくのイベントだよー？　もっと楽しまないとー！」

バリーの後ろから現れたのは可愛《かわい》らしい女の子……もとい、冒険者のフレッダだ。

ふわふわ癖毛の女の子で、それを気にしているようだがそれがいいと冒険者の中で隠れ人気の高い女冒険者である。

「フレッダ。お前……また大量だな」

「そりゃそうだよ！　何て言ったってゴールデンモイは収穫祭でしか手に入らないんだもん！　それにお砂糖を使ってないのにものすっごい甘い貴重な甘味なんだから！」

ふんすふんすと鼻息の荒いフレッダは、両手いっぱいのゴールデンモイを抱えながら言う。

まあ、サツマイモ美味《おい》しいもんな。その気持ちはよくわかる。

もしかしてお菓子店が撤退したのってゴールデンモイがあるからなのかもなと思った。

「で？　お兄さんは参加しないの？　ゴールデンモイは食べた事ないでしょ？　戦闘が苦手なら配布列もあるのに」

そう言ってゴールデンモイを抱えて大変そうにしながらも、なんとか指を差した先にあるのはゴールデンモイの配布列。

当然ながら街の皆が皆戦闘職という訳ではないので、そういった人達もゴールデンモイを食べられるように配布所があり、そのために皆並んでいるという事だ。

今から並ぶとなると……数時間はかかりそうだな。

で、俺が参加せず列にも並ばない理由なんだが……この二人は一応仲の良い知り合いだし助言はしておこうかな。

「お前ら、もうこれ以上取らないなら早く精算した方がいいぞ？」

「ん？　なんで？　まだまだ私は取る予定だよ？　あ、こんなに抱えて取られるんじゃないかって？　大丈夫。こう見えて私だってBランクの冒険者よ？」

へえ。フレッダってBランクだったのか。

アインズヘイルでトップなのは、アイナ達の『紅い戦線《レッドライン》』のAランクだったはず。

となると、結構ランクが高かったんだな。

とはいえ、だ……。

「あー……フレッダ。ここは従った方がいいかもしれんぞ」

「えぇー。バリーまで保守的だなあ。私はもっと取る予定だよ。ゴールデンモイをお腹《なか》いっぱい食べるんだもん！」

両手いっぱいにゴールデンモイを抱えながら、どうやってまだとるつもりなんだろうか……。と思ったら、フレッダのゴールデンモイを狙って近づいてきた冒険者を蹴り飛ばし、その冒険者が手放したゴールデンモイを器用に上に乗せる形で増やしたようだ。

フレッダはどうよ？　と、ドヤ顔を見せると、新たな獲物を求めて争いの中へと突っ込んでいった。

「あーあー……知らねえぞ」

「甘味の前じゃ仕方ねえよ。でもお前は信じてくれるんだな」

「おう。兄ちゃんが言うって事は、それ相応の理由があるってこったろ？　俺もこのでかいのは狙われやすいし、早速精算してくるとするわ」

そう言うと足早に精算所へと向かうバリー。

それから程なくして他の冒険者達の様子がおかしくなった。

どいつもこいつも先ほどまでは暴れまわっていたのだが、その全員が動きを止めて一方向に注目しているのだ。

その方向から誰が来たのか俺は顔を向けずとも分かる。

あいつらに忠告した理由、それが来たようだ。

「お待たせしました！　ゴールデンモイは神官騎士団副隊長の私がいただきますよー！　おや？　ダーリンさんじゃないですか。お久しぶりです～！」

「……違う」

「な、何が!?　なんでいきなり否定されたの!?」

俺が期待した相手ではなかったって事だよ副隊長。

胸を張り、自信満々で揺らすおっぱいは相変わらず立派ではあるんだがなあ。

「まったくもう。相変わらずのダーリンさんですね。このツンデレさん。お家《うち》では亭主関白なんでしょうね。視線も露骨すぎますし……このむっつりさん！」

いや、俺はどちらかと言えばオープンスケベだと思う。

副隊長……相変わらず自信通りのプロポーションではあるのだが、これで中身が伴えばなあ……はあ。

そういう意味でもオリゴールと似たところがあるんだなあ。

「あ、なんですか？　また気になってるんですか？　視線がスリットを見ているのは分かっていますが今日はちゃんとしてるよ！　残念でした！」

「そうか。今日はちゃんと穿《は》いているんだな」

「まるで私が普段は穿いていないかのように言わないでください！　普段からちゃんと穿いてるよ！」

そうなの？　てっきりもう完全に目覚めたのかと……。

特殊な性癖はほどほどにな？　俺は嫌いじゃないが、一般的に受け入れられるかは分からないからな？

「な、なんですかその視線は？　まるで残念な子を見るような視線は！　憐《あわ》れみの視線は止めてくださいよ！　理由が分からないから余計に悲しくなるよ！」

「理由が分からない方がおかしいでやがりましょう……」

「お。テレサおはよう」

「おはようでやがりますよ」

俺の後ろから来たって事は、テレサはゴールデンモイ掘りに参加しないんだな。

でも、相変わらず武器である巨大な十字架は背に背負っていると……目立ってますよ聖女様。

「テレサはゴールデンモイ掘りに参加しないのか？」

「手加減が難しいでやがりますからね。いくら武器が木製とはいえ……間違いがあれば祭りに水を差すでやがりますし」

「とはいえゴールデンモイは食べたい……という訳で、私が参加するという訳です！」

あーテレサは女神様から加護で超パワーというか、今も担いでいる巨大な十字架すらも軽く振り回せる力を持っているからか。

日常生活ならば気を付ければ大丈夫なのだろうが、戦闘中だとその加減が難しいとか大変そうだなあ……。

「なるほどな。そういえば副隊長結構強いんだっけ？」

「自慢じゃないですがそこらへんの冒険者よりは強い自信がありますね」

「まあ伊達《だて》に副隊長ではないでやがりますしね」

「ふふーん。流石にこの街のトップである紅い戦線《レッドライン》のお三方には敵《かな》わないかもしれませんけどね。それじゃあ、そろそろ参加してきますね。良い物を持って精算に走られたら困りますし。ではでは！」

そう言うと木製のメイスをくるくると振り回しながら冒険者達の争いの中へと入っていく副隊長。

さて副隊長はどう戦うのかと見ていると、小さい木の盾の使い方が上手《うま》く、相手の攻撃をいなしてバランスを崩すと、瞬時に地面すれすれにまで体ごと伏せて相手の脛《すね》を木製のメイスで強打……。

あれは痛いぞ……。現に脛を叩《たた》かれた冒険者は足を押さえてしまいゴールデンモイを手放してしまった。

副隊長はその中から一番大きなものだけをひょいっと拾い上げ、次の獲物へと向かって行った。

「えぐいなー……」

「あれも戦術でやがりますよ。器用でやがりますし、体も柔軟で視野も広いでやがります。ちゃんとした装備なら、私の聖なる巨大十字架《セイクリッダー》もいなすでやがりますからね」

「マジかよ……」

凄いな副隊長。本当に強いんだな……。

それなりに強いと思われる冒険者達が次々と副隊長に倒されていくのに驚きを隠せない。

そして、テレサの武器って聖なる巨大十字架《セイクリッダー》って名前があるんだと初めて知った。

「ああ、そう言えばアレは領主様の挨拶の最後の方でいいんでやがりましたか？」

「おう。急なのに手伝ってくれてありがとうな」

テレサにはソーマさん達と話した浄化の演出をお願いしたのだが、快く引き受けてくれた。

聖女に助力を頼む場合、教会で何らかの手続きとか必要なのかと思ったのだが、別に大丈夫らしい。曰《いわ》く、

『問題ないでやがりますよ。こんなでも一応聖女でやがりますからね』

との事。テレサは自分自身がどうして聖女なんだと、卑下している傾向があるんだよな。

言葉遣いもそうだが、神気を減らしてお嫁さんに……っと、これを口に出すと聖なる巨大十字架《セイクリッダー》で潰されるかもしれないから控えよう。

「そういえば主さんはゴールデンモイは要らないんでやがりますか？　食べたいのであれば、副隊長が取ってきたものを分けるでやがりますが」

「ん？　ありがたいけど――」

俺がテレサに応えようとすると同時に、冒険者達がざわざわと騒ぎだす。

その異様さに俺とテレサが視線を奪われ、彼らが見ている方に目を向けると……。

「……なるほど。要らぬお世話だったようでやがりますな」

どうやら俺が答えるまでもなく察してくれたようだ。

まあ囲いの外で手続きを終え、囲いの中に入ってくる4人の姿を見れば一目瞭然だろうけど。

「……嘘《うそ》だろ？　なあ、嘘って言ってくれよ……」

「おかしいと思った！　おかしいと思ったのよ！　普段は警備をしてくれている紅い戦線《レッドライン》の皆さんがいないからおかしいと思っていたのよ！」

「ちょっと待てよ……。アイナさん達と一緒にいるあの男……まさか！　英雄隼人!?　Sランク冒険者がなんで……っ！」

「精算……精算だ！　もう精算をさせてくれぇぇぇぇえええ！」

阿鼻《あび》叫喚《きようかん》の冒険者達。

アイナ達紅い戦線《レッドライン》と隼人達の登場により、一瞬にしてこの場に困惑が生まれてしまった。

これこそが、俺が参加しない最たる理由である。

イベントにゴールデンモイ掘りがあるのを見つけて、もしやこれはサツマイモかと思ってテンションが上がったんだけどな……。

久しぶりに食べたいなと思って俺も参加しようとした訳なんだが、それはアイナ達によって止められてしまったという訳だ。

「ゴールデンモイ掘りか……主君には少々危険だな。ここは我々に任せてもらおうか」

「そうね。主様は危ないから参加しちゃ駄目よ」

「自分達にお任せっす！　でっかいの取ってくるっすよ！」

と、言うので俺は見学する事にしたわけですよ。

見ていたら三人が危ないと言っていた理由は理解したが、どうやらゴールデンモイ掘りは毎年怪《け》我人《がにん》も多く出る危険なイベントなのだそうだ。

ルールとしては簡単で、囲いの中にゴールデンモイを放ち走り回るゴールデンモイを捕まえるというもの。

個数制限はなく、いくらでも捕まえて良いらしいのだが……奪うのも良いらしい。

囲いから外に出ると失格となり、強制的に2個までの参加賞が配られるそうで、毎年怪我人が多いが盛り上がるイベントなのだそうだ。

参加するのは冒険者がほとんどで、木で出来た武器を使うとはいえスキルの使用も可能。

魔法の使用も大規模なものを除いて許可されており、俺が参加したら……お察しの結果になりかねないという事だそうだ。

ちなみに、長蛇の列を作っている配布列ではお一人様3つまで購入することが出来るようになっている。

お値段は御一《おひと》つ5000ノールで割高ではあるのだが、貴族が食べるようなお菓子に比べたら量を考えれば安いものらしい。

普段であればアイナ達は危険なスキルを使いそうな輩《やから》を抑えたり、事故を防ぐ役割をしていたそうだが、今回は参加者という事で冒険者達は困惑してしまったのだろう。

賢い冒険者は皆が驚愕《きょうがく》の表情を浮かべているうちに精算に走ったようだが、出遅れた冒険者達はというと……。

「すまないが、主君が楽しみに待っているのでな。ルールに従って奪わせてもらうぞ」

「ひ、ひぃぃぃぃぃ！」

アイナが籠手《こて》を打つように木剣で手首を打ち、持っていたゴールデンモイを落とさせる。

「ああ！　俺の二股で微妙にえっちぃ感じのゴールデンモイが！」

……ああ、大根とかでたまに見るやつね。

こっちの世界じゃあゴボウの様な足が既に生えているから変な感じだと思うんだがなあ。

「あらフレッダ。沢山持ってるわね。分けてもらおうかしら」

「い、いくらソルテさんといえど渡しません！　これは私のゴールデンモイです！」

「精算するまでは違うわよ？　その左手のゴールデンモイが一番大きそうねえ」

「これは！　これだけは渡しませんよ！」

「そう。それじゃあ奪う事にするわね」

「くそうー！　やってやる！　やってやるぞー！」

破れかぶれになって持っていたゴールデンモイを落とし、ソルテへと向かうフレッダ……。

しかし……いくら木製とはいえAランクとBランクの冒険者の差は大きかったうえに、普段から鍛錬を欠かさないソルテを相手に瞬《まばた》きをする間に倒れこんでしまう。

健闘……したかどうかもわからないが、むごいな……。

「よし。それじゃあ、これとこれはいただくわね。あとは頑張って守り切りなさいよ」

「ああー……私の一番と二番目に大きいゴールデンモイがぁぁぁああ……」

ソルテの慈悲なのか大きいのを二つほど奪った後はフレッダの近くに他のゴールデンモイを残し

てあげていた。

俺がそれに気づくと、ソルテは大きな二つのゴールデンモイを自慢げに掲げてきたので、音を出さない拍手でその成果を称《たた》えておく。

そして、副隊長はというと……。

「……えっと、英雄伯爵の隼人卿《きょう》でお間違いないでしょうか？」

「あ、はい。確かテレサさんの所の……副隊長さんでしたよね？」

「は、はい！　そうですそうです！　隊長の副隊長です！　いやあ、やはり隼人卿でございましたか！　覚えていてくださったとは光栄ですぅ。噂《うわさ》にたがわぬイケメンですねえ！　あっはっはは！」

「えっと、ありがとうございます。それでその……そちらにお持ちの大量のゴールデンモイをいただこうかと思うのですが……」

何時《いつ》の間に集めたのかフレッダよりも大量のゴールデンモイを、盾を皿のようにして積み上げていた副隊長。

周囲には死屍《しし》累々《るいるい》の冒険者達がいるのだが、レンゲやアイナ、ソルテ達によって問答無用で場外へとたたき出されており段々と数が減っていっている。

「あは、あははは……英雄隼人ともあろうものが人さまからゴールデンモイを奪うつもりですか!?」

「そういうルールですからね……。それを言うのであれば神に仕える神官騎士団の副隊長さんは許されるのでしょうか……？」

「ぐぬぬぬ！」

どうする事も出来ないと唸《うな》る副隊長が、諦めたように盾からゴールデンモイを落として武器と盾を構える。

「いくら隼人卿といえど、このルールではスキルは使えないはず！　であれば、私にも幾分かの勝機があるは――」

「隙ありっすー！」

「ず――ごっふぁあああ！」

構えが完了する間際、突然横から現れたレンゲによって腹を蹴られ、成すすべなく吹き飛ばされてしまう副隊長。

副隊長は一度水平になり空を仰ぎ見てから後転を繰り返す様にゴロゴロと転がり、俺達のいる目の前の囲いにぶつかってようやく止まったようだが、大丈夫だろうか？

「お、大量っす！　貰《もら》っていくっすよー！」

「えっと……レンゲさん？」

「ん？　なんすか隼人。あ、もしかしてこれ狙ってるっすか？　駄目っすよ。これはご主人用なんすから！」

「あ、はい。イツキさん用なら手を出す気はないんですけど……今の、神官騎士団の副隊長さんで今まさにこれから戦おうって所だったんですが……」

「そうだったんすか？　でもこれ乱戦っすし、そんなのいちいち気にしてられないっすよ！　周囲への警戒が甘いのが悪いっす」

まあレンゲの言い分はもっともなのだが……ほんの少し可哀想《かわいそう》だな副隊長……。

レンゲは適当に近場にいる奴《やつ》を攻撃してゴールデンモイを奪っていたようで、ソルテやアイナ達のようにターゲットを決めていたわけではないようだ。

副隊長はというと蹴られた拍子にスリットから破けてしまったのか切込みが広がり、転がった際にまくれ上がったせいで現在の状態が……なあ。

「あ痛たたた……うう、不意打ちなんて卑怯《ひきょう》……なあっっ!?」

副隊長も今の自分の状態に気付き驚きの声を上げる。

どんな状態なのかと言えば腰を下にして体を丸め、足と足の間から顔を覗《のぞ》かせている状態。

更には足が囲いである柵にはまってしまっていて、スリットが破けているせいで布地が役目を果たしておらず、黒い僅かな布とそこの両脇に備わるお尻の丸さとそこから伸びる太ももがばっちりと視界に入ってくる。

「いやー！　ご主人の知り合いっすし、少し返すっす……うおわ！　副隊長下着エッロエロっすね！」

近づいてきたレンゲが正直に感想を言うと、未《いま》だに争っていた冒険者、精算の列に並ぶ冒険者、囲いから吹き飛ばされた冒険者や配布列に並ぶ者達の視線が一瞬にして副隊長に向けられる。

同じ男として反射的に動いてしまう気持ちはとても良く分かる。が、

「おっと」

そう言うとレンゲは地面の砂を巻き上げるようにして足を素早く動かし、砂煙を起こした。

すると、こちらを向いた冒険者が舌打ちをしたのだが、レンゲが睨《にら》みつけると全員が顔を逸《そ》らし、少し震えているように思える。

……多分過去、レンゲの男嫌いが発動したのを知っている奴らなのだろうな。

「ふう。いやあすまなかったっすね！」

「狙ったんですか!?　狙ったんですね！　こんな辱めをよくもぉ……！」

「狙ってないっすよ！　あと大丈夫っす！　ご主人にしか見られないようにしたっすから！」

そう言うともくもくと更に砂煙を起こすレンゲ。

ゴールデンモイを奪い合う冒険者達は迷惑そうにしているが、ソルテやアイナがレンゲを援護しているのか襲いかかってくるのでそれどころでもないようである。

「どんな気遣いですか!?　どうせなら主さんにも見えないようにしてくださいよ！　やあ！　ちょ、囲いに足が引っかかって取れないです!?」

起き上がろうとあたふたしている副隊長だが、すっぽりと足首から先が柵に入ってしまっていて抜けずに焦っている。

そのせいで腰やお尻が揺れ、黒い布地と肌が多種多様な変化をもたらし、俺の視線は自然とそちらへと向けられてしまう。

「……見過ぎでやがりますよ」

「っ、すまん。ついな」

丸みってエロさに通ずるというか、丸さはエロさみたいな所があるなとふと思ってしまい、副隊長の臀部《でんぶ》付近をつい注視してしまったな。

俺は紳士。意識すれば目を背ける事も可能な男。

テレサもいるので呆《あき》れられぬよう頑張って目を背ける努力をしよう。

「まあ、でかい尻でやがりますし見応えはあるとは思うでやがりますがね」

「でかいとか言わないでくださいよ！　あ、レンゲさん砂煙が薄くなってきました！　早くまた巻き起こして！」

ええー……次行きたいんすけどって顔をしているが、やってやってくれと無言で示すと仕方なさそうにレンゲが頷《うなず》く。

「んじゃあ魔法で壁作っとくっすね。残ったゴールデンモイは置いておくっす！　じゃ！　自分はもっと奪ってくるっす！」

そう言うと小さめの壁が地面からせりあがり、囲いの内側方面からは見えないようになった。

だが、俺らがいる囲いの外側からは角度によって見えるのだが……それはテレサが聖なる巨大十字架《セイクリッダー》を振り下ろす事で何とかなったみたいだな。

……俺からはいまだに見えるのだけども。おっと、俺は紳士。今は紳士であらねば。

「ダーリンさんは早く手伝って！　足！　足を抜いてー！」

「……いや、見ないようにしてるから難しいんだが……」

「一度見たんだから二度も一緒ですよ！　早く！　ああ！　レンゲさんの魔法が崩れ始めてるぅ！」

良いのか？　良いんだな？　見るぞ？　見ちゃうからな？　紳士だけどこれは致し方ない事だからな？

……うん。えっちぃ体勢だな……。

おっと約束通り足を外さないと……硬いなこれ……がっちり嵌《はま》ってますね。

「ちょっとぉ！　いくら見ている時間を延ばしたいからってゆっくりやらないで！　後でいくらでも見せてあげるから！　早く！　早くこの恥ずかしい体勢から脱出させてくださいー！」

わ、分かってるって……えええ……これどうやって入ったんだよ……。

恥ずかし固めのような体勢で居続けるのは流石に可哀想だし、早く解いてあげたいんだが……。

「痛い！　そこ捩《ね》じっちゃ駄目ですって！」

「す、すまん。ええ……難……」

足をピンってしてもらっても通らないぞ？

恐らく勢いよく角度などがばっちり合うという奇跡的な出来事が起きたんだろうけど、外すとなるとこれは……。

「何をやってるでやがりますか……」

「隊長も手伝ってくださいよう！」

「私がやると、柵が壊れてお祭りのイベントが台無しになるでやがりますよ。……主さんが取れないとなると、このままイベントが終わるまで待機でやがりますかね……」

「そんなあ！　こんな恥ずかしい姿を多くの人に見られちゃう！　そんな……獣じみた男達の視線がぁ……っ！」

「……少し興奮してないでやがりませんか？」

「し、してませんよ!?　ダーリンさん早く！　早く取ってくださいー！」

ああ、取っていいかどうか迷ったんだが続けて良いんだな？

本当に、露出趣味に目覚めたとかではないんだよな？

もし目覚めたのだとしたら、その発端は大聖堂での出来事かもしれないので一応謝罪しようかとも思ったんだが大丈夫なんだな？

「んんー……あ」

鉄柵なんだから、錬金で曲げればいいのか。

手形成《ハンディング》を使用して鉄柵を指で歪《ゆが》ませて穴を広げ、副隊長の足を外す。

「おお！　流石はダーリンさん！　さあ！　もう片方もお願いしますー！」

片足だけ取ると大分バランスが悪くなり、また違った見え方がしてそれも良い……っと、またテレサに見過ぎだと怒られてしまうのでもう一方もさっさと外そう。

足首を握ってそっと穴から外して手を離すと、副隊長は仰向《あおむ》けの体勢となり疲れながらも安堵《あんど》した表情を浮かべた。

それとほぼ同時にレンゲが作った土壁が崩れ、余計に安堵の息を漏らしたようだ。

「はあ……酷《ひど》い目に合いました……。うう……ダーリンさんだけに見えるようにするとか、随分と躾《しつけ》が出来ているようですね！　何か言う事があるのでは？」

「ん？　ああ、可愛い下着だったぞ？」

「だから別に下着を褒めてほしい訳じゃあないんですよ！　買ったばかりで気に入っている物なので地味に嬉《うれ》しいとは思いますがそうじゃない！」

黒は基本的に上品で艶《あで》やかなイメージだが、白い糸で描かれた刺繍《ししゅう》が可愛らしいものであったので、出来ればどこで買ったかを教えてほしい。

王都ならば納得なのだが、アインズヘイルにも良い服飾関係のお店があるのか知りたいんだが、この感じだと教えてくれそうにないか。

「まあすまなかったな。レンゲも悪気があった訳じゃあないんだ許してやってくれ」

「気にしなくていいでやがりますよ」

「なんで隊長が答えるんですか!?」

「普段からあんな感じでやがったでしょう？　下着だって見せつけるくらいでやがりましたし。天罰でも下ったんじゃないでやがりますか？」

「なんで私に!?　そりゃあダーリンさんを誘惑するために穿いてきた下着ではありましたけど、レイディアナ様は子作り推奨しているんですから天罰なんて起きるわけないじゃないですか！」

「元々見せる気だったんじゃないでやがりますか……。なら尚更《なおさら》気にしなくていいじゃないでやがりますか」

「見せるのと見られるのとじゃあ全くと言っていい程違うんです！」

「……大して変わらないでやがりますよ。それより、いいんでやがりますか？　そろそろ精算の締め切りみたいでやがりますが……」

「え？　え？　わあ！　待ってくださいまだいます！　こんな目にあってゴールデンモイも食べられなかったら踏んだり蹴ったりじゃないですか！」

慌ててレンゲが置いていったゴールデンモイをかき集め、精算所へと走る副隊長。

……まあなんだ。俺個人としてはとても楽しいイベントになったかな！


ゴールデンモイ掘りが無事に終了し、隼人とアイナ達はホクホク顔でやってくる。

アイナ達に吹っ飛ばされて参加賞の二つしか貰えなかった冒険者達から恨みのこもった視線を向けられるかと思いきや、皆悔しがったりはしているものの仲間同士で楽しそうに笑っているので、問題はないみたいだな。

一つのイベントとして、皆しっかり楽しんでいたのだろう。

ついでに副隊長もやってきたが、ひどく疲れたような顔をしていた。

「さて、早速食べるか？　火なら出せるぞ」

「ここでやっていいのか？」

というか、取れたてを食べられるのか？

確かさつまいもだと取れたては水分が多いから微妙とか聞いた覚えがあるんだが……。

まあでも、ここのゴールデンモイは土に埋まっていた訳ではなく土から引っこ抜かれた後に走り回っていたので大丈夫なのかもしれない。

走り回る事で水分が抜けるのであれば、随分と合理的なイベントだと感心できるな。

「いいのよ。今日は特別にね。当然だけど、火の管理はしっかりとすること。それと直火《じかび》をするなら下に何かを敷いて道に焦げ跡を残さないよう注意してね」

確かに周囲を見回すとそれぞれ仲間同士でゴールデンモイを食べる準備をし始めているようなので、それじゃあ俺達も遠慮なくいただくとしようか。

「どう食べるのが一般的なんだ？」

「炭火で焼くか、特殊な石を熱してその上に置くかだな。直火は火加減が難しく、石焼がオーソドックスな焼き方といったところだな。私の火であれば火加減は可能だから、それなりの確率で上手くいくとは思うが……貴重なゴールデンモイだし石焼の方が良いと思うぞ」

おお、一般的な焼きいもと同じと考えてよさそうだ。

しかし、直火はこっちの世界特有の物という感じかな？

濡《ぬ》らした新聞紙を巻いてその上にアルミホイルを巻いて焚火《たきび》に突っ込むとかは出来ないだろうし、直火だとぱさぱさになる気がするんだがな。

「ちなみに、石はあそこでレンタル可能っす！　いるなら並んでくるっすよ！」

わあ、列ながーい。

うーん。やっぱり石焼が無難なのか大人気だな。

「一応頼めるか？」

「了解っす！　副隊長の分もさっきのお詫《わ》びって事で取ってくるっすよ！」

「え、あ、ありがとうございます」

「あ、そうだ。壺焼《つぼや》きも試してみるか」

「良いですねえ。個人的にはアレが一番甘くなる気がしますね！」

サツマイモを美味しく食べるには一定の温度かつ低温でじわじわっと熱を通す事が重要だと、店舗販売のおばあちゃんが聞いてもいないのに以前教えてくれたんだよな。

その点壺は構造的に中で巡回する上に、火元から遠いので温度を一定に保ちやすいという理由で甘い物が出来やすいらしい。

……こういうことは何故《なぜ》か覚えているのに、カレーのスパイスについては知らないんだよなあ……。

人の知識ってもんは偏りがあるもんだし、仕方ないと割り切ろう。

という訳で列に並び始めたレンゲを呼び戻してから作業を開始。

材料は耐火性と耐熱性に優れる紅蓮石《ぐれんせき》を使い、少し大きめの壺を速攻で作る。

本来であれば模様などもこだわりたいところだが、美術品として使う訳でもないのでただの耐火性に優れた壺である。

「ほぉ……早い上に滑らかでやがりますね」

「凄いですよねイツキさん」

「錬金の腕前は流石の一言でやがりますね。エリオダルト卿と繋がりが出来るのも頷けるでやがります」

「凄いですよねえイツキさん……。どんどん人の輪が広がって行くんですよ」

「隼人卿もその輪の一人と？」

「テレサ隊長もでしょう？」

「……そうかもしれないでやがりますね」

「隼人ー。悪いけどもう一つ作るから運んでもらえるかー？」

「はーい！　今行きます！」

「……英雄を荷物運びに使うでやがりますか。そら、大物でやがりますね」

立ってるものは親でも使え、って元の世界で言うもんでね。

壺の内側につるす用の金具もつけてっと、これで完成。

あとは炭を使って放置すれば、甘くて美味しい焼きゴールデンモイが出来上がるだろう。

「良いですね良いですね。さっきの事なんか忘れて楽しそうにしちゃって……。ふん」

「あ、副隊長のもやるか？」

「え、良いんですか……？」

「勿論《もちろん》。駄目な理由が無いだろう？」

何でここで副隊長達だけ除け者《のけもの》にすると思ったんだ？　と、少し笑ってしまう。

せっかくのゴールデンモイだし、美味しい方が良いだろう？

「っ……そ、そんなんでさっきの減点は取り消せませんからね！　これはただのお詫びですからね！」

「ん？　うん。お詫びお詫び」

減点は良く分からないが、迷惑をかけたのは事実だしな。

……別に、パンツやお尻や太ももへのお礼という訳ではないからな。

「……もう。そうやっていきなり優しくなるのがずるいんですよ……。はい。それじゃあ私と隊長の分もよろしくお願いします」

「おう。多分きっと美味しいはずだから期待しててくれ」

「はーい。美味しくなかったら、なんでも一つ言う事聞いてくださいね」

「なんでもはちょっと……」

俺知ってるんだ。なんでもは駄目なんだよ。

たとえ美味しくなるであろう確率が99％でも、間違いなく美味しくなるであろうとも、なんでもって約束は駄目なんだよ。

「期待してくれって言ったじゃないですか……。そこは自信を持ってよ……。それで、どれくらいやるんですか？」

「んんー………1、2時間くらい？」

「長いっ！　普通2、30分ですよ!?」

仕方ないんだよ。ゆっくりと、じわじわーっと火を入れるというか、熱を与えた方が美味しいんだから。

まあゴールデンモイもそうなのかは分からないので、経過は見つつ試していけばいいかなって。

「それって……間に合わないんじゃないでやがりますか？」

「あ……あー……そうだった。この後だっけ？」

オリゴールの開会式があり、そこで俺達のイベントの開始を知らせるんだった……どうするかな……。

このまま置いておくわけにもいかないし、魔法空間にしまうのも手ではあるが……。

「主様。こっちは私達が見ておくから行っていいわよ？」

「良いのか？　そうなるとお前達は見られないけど……」

「構わないぞ。なあに、料理は得意ではないが、火の番くらいは出来るさ」

「それじゃあ悪いけど頼めるか？」

「了解っす！　それじゃあ、隼人とテレサはそっちをしっかり頼むっすよ」

「はい。ばっちりこなしてみせます」

「分かったでやがりますよ」

この後のイベント、隼人にもテレサと二人で協力してもらう約束をしているので、二人はここを離れなければいけない。

英雄と聖女。この二人が協力してくれるというのだから、なかなか壮大なイベントになりそうだ、と少し緊張しちゃうな……。

「あのー……私もお手伝いするんですけど？」

「あ、副隊長もよろしく頼むっすー！」

「しくしくしく。どうせ裏方ですよ。どうせ添え物ですよ……」

「いやいや。手伝ってくれてありがたいよ。重要な役割だしよろしく頼む。頼りにしてるぞ」

「……じゃあ何かお礼してください！」

「あー……じゃあお菓子を——」

「お菓子以外でぇ！　何でもいいから優しくしてください！」

「わ、分かった。約束するよ」

なんか今日は扱いというか、運も含めて悪かった気がするしな……。

特に何も悪い事をしていないというのに可哀想という感情が湧いてしまい、お礼は元々するつもりではあったが、何か考えておくとしよう。

うん。だからあんまり過度な期待はしないでくれよ？


前回同様大きなステージが噴水広場に建てられその上にオリゴールが登ってくるのを待つ人達が集まっている。

俺は隠れたところで様子を見ているのだが、ただ開会の宣言を行うだけなのに大勢の人が集まっておりオリゴールの人徳が窺《うかが》えるようであるのに驚いた。

普段アレな所が多いんだが、しっかりと認められているのだと再認識せざるを得ないな。

「お、来た来た。始まるのかな？」

オリゴールがステージに登り、首にかかったアクセサリーの様子を確かめるように手に取って口を開く。

「あーあー。こほん…………野郎共ぉ！　盛り上がってるかあああああ！」

「「「「おおおおおおお!!」」」」

……領主としての挨拶らしさは全くないが、盛り上がっているのであれはあれで良いんだろうな。

個人的には校長先生の長いお話と比べて好感が持てる。

まああれも大人になった今に思えば、大切な事を話していたのだろうが……立ったまま長々と聞く必要はなかったのではないかと今でも思うな。

「ん。主」

「お、シロ来たかって、おいおい口元凄い事になってるぞ……」

口元真っ赤っかだぞ……何食べてきたんだ？

あーあー拭うな拭うな。ついちゃうぞ。

「ん。来る途中にレッドリボンパスタの特盛があった。食べたら無料って言ってたから食べてきた」

「あー……レッドリボンパスタってあの赤いスープに浸された幅広のパスタか。あーあー衣装にまで赤いのが沢山ついてるじゃないか……」

「ん。でも、それっぽくなった」

確かにと思うのと同時にシロが腕を広げくるくると回ってみせる。

「リアリティは確かに上がったな」

「ん。似合う?」

「似合う……って言っていいのか?」

「ん。とってもセクシー。まさかこんな前衛的な服装があるとは思わなかった」

前衛的な服装……というか、包帯でぐるぐる巻きにしただけなんだけどな。

「ん。主メロメロ?」

「ああ。可愛いぞ。この姿を大勢に見られるのが嫌になるくらいにな」

「大丈夫。大事な所はしっかり隠した。激しく動いても絶対に見えない。それに、主の背中にくっついておくからローブで隠れる」

「そっか。それで、アレは持ってきたか?」

「勿論」

アレというのは俺が冒険者達に襲われないための秘策である。

シロが取り出した木の板が秘策であり、そこにはこう書かれている。

『シロの主です』

……えっと俺確か『お祭りのイベントです』って書かれたプラカードを発注したはずなんだが。

あと、字が恐らくウェンディの物とは違うんだが……?

「シロー?」

「ん？」

「これ誰が書いたんだ？」

「シロ」

「そうか――……でもこれだと、勘違いを生む可能性があるぞ？」

シロは今ミイラの格好だからな？

ミイラの主がジャック・オー・ランタンという魔物！　みたいになる可能性も否定しきれない。

冒険者は手が早いと、実体験も残念ながらあるからな。

「ん？　大丈夫。もう一個ある」

そう言って取り出したのは『お祭りのイベントです』と書かれているプラカードだ。

どうやら二つあったようだが……何故？

「シロの主であると街中の人に知らしめるチャンス。逃すわけには行かない」

「そ、そうか……」

まあ間違っていないし、プラカードが二つある方がポップに受け止めてもらえるかもしれないし構わないか。

ただその……今どうやって取り出した？

シロは今包帯ぐるぐるぴったんこミイラな訳で、魔法の袋も持っているようには見えないんだが……不思議だ。

あと、二つだと思ったんだがごそごそしていた際にもう一つあるのを見た。

「ま、まあいいか。そろそろだし、屋根の上まで運んでくれ」

「ん」

シロにお姫様抱っこされて屋根の上へと行く。

すると、広場を挟んで反対側の屋根にテレサと隼人の姿を確認し、準備は良いかと頷くと二人も返してきてくれた。

「今日から三日間！　収穫祭だー！　飲んで食って大いに騒げ！　来年の豊作を願いつつ生産者の皆さんへの感謝を忘れるなよ！」

「「「「「おおおおおお！」」」」」

よし。このタイミングだな。

「行くぞシロ」

「ん」

不可視の牢獄《インビジブルジエイル》を使いひっそりと空へと浮かぶ。

そして、俺らの影がオリゴールに重なるようにするとオリゴールが上を見上げ指を差した。

「それじゃあ皆！　トラブルはご法度だぜ！　迷惑をかけずに楽しく騒いで……ん？　ア、アレはなんだー！」

オリゴールが指差した事で民衆の視線が集まり、ごくりと喉を鳴らす。

初めてのプレゼンの時のように緊張は十分。だが、堂々とやらねば逆に恥ずかしいので声を張り上げて大声で行くぞ。

「はーはっはっは！　お初にお目にかかる。吾輩《わがはい》の名はジャック・オー・ランタン！　食べ物を粗末にした貴様らへの怨念が集結し生まれた存在だ！　野菜を残す子はいねーがー！」

「……シロのことかっ！」

そうだね。シロも当てはまるね。

それよりほら、プラカード出して出して。

あとついなまはげっぽい口調になってしまったので注意しないとな。

隼人が笑ってしまっているようだから気を付けないと。

「なっ……なんだあの仮面は！　魔族か!?」

「確かに魔族のように見えるが……。いや待て……あの仮面の横にいるのは……シロさんじゃないか？」

「ん？　何か持って……ああ、なる程。イベントって事か」

どうやら冒険者達も理解したらしく、血気逸《はや》りそうな輩には注意しあってくれているようだ。

「吾輩の目的はただ一つ！　この祭りを妨害し、好き嫌いをする輩には腹が膨れるまで嫌いなものを食べさせてやることだ！　勿論お残しは許さんぞ！」

あんまり要求が怖いと子供達のトラウマになるから控えめに……というか、全く怖くない目的なのだがどうやら子供達にはクリティカルヒットしているようで、ショックを受けた顔で口を開いて固まっているのが見受けられる。

「な、なんだってー!?　ボクにバナナナを食べさせる気だと!?　バナナナをボクの小さなお口に奥まで詰め込んでおえってさせる気だな！」

……オリゴール。お前バナナナ嫌いだったのか？　いや、多分俺の演出に乗っただけなんだろうけど、何故バナナナなんだよ。

別の意図があるようにしか思えず突っ込みたくなるが、今は出来ないので我慢する。

「ひぃ！　ピギーマンは嫌だ！　ピギーマンだけは無理なんだ！」

「そうよ！　ピギーマンは駄目よ！　苦いのよ！」

「お前には人の血が流れてないのか!?　ピギーマンを無理やり食べさせるなんて……っ！」

続けて冒険者達が叫び声をあげるのは盛り上げる為《ため》だとは思いたいんだが、きっとマジだなこれ……。

お前らはいい大人なんだから苦いのくらい克服しなさいよ。

皿の端に追いやられたピギーマンの気持ちも考えなさいよ！

こっちの世界のピギーマンは逃げ回っているのに捕まえられてそんな扱いをされるなんて可哀想だろうが！

「主。ピギーマンは駄目だと思う。鬼畜の所業」

「本当にするわけじゃないから……。あと、ピギーマンは肉詰めにするととても美味しいぞ」

「肉だけ剝いで食べる……」

まずシロから目的を果たした方が良いかな？

肉だけ食べたらただのミンチ肉だよ……。

「と、とにかく！　貴様らがこの祭りで食べるのは嫌いなものばかりになる！　食べ物たちの恨みを知るが良い！　あーっはっはっはー！」

「そこまでだっ！」

キリっとした通る声と共に屋根の上に現れたのは当然の如《ごと》く隼人とテレサ。

装備もしっかりしてくれており、光の聖剣《エクスカリバー》まで出してくれてサービス精神旺盛だな。

「え!?　ねえもしかしてアレって英雄隼人じゃない!?」

「嘘でしょ!?　隼人様がいるの!?　ちょっと見え……キャアアアアア！　格好いい！　初めて見た！　超格好良い！」

「隣にいるのはまさか……聖女テレサ様？」

「英雄隼人と聖女様がなんでこんなイベントに……っ！」

そして二人の登場に大きな歓声とどよめきが民衆から溢《あふ》れ出るのでそれが収まるまで待機。

……と、思ったのだがアイドルを目の前にしたファンのように歓声が鳴りやまず、隼人が少し困ったような表情を向けてくる。

「確かに食べ物を粗末にするのは良くないでやがります。でも嫌いなものを無理やり食べさせるのは間違っているでやがります！」

テレサが歓声よりも大きな声で場を制すと歓声が徐々に落ち着いていき、皆が事の進展を待っているようだ。

……あと、シロがもう一つの『ご静粛に』という文字が書かれたカードを取り出して周囲に見せていたのも効いているらしい。

なんだろうと思っていたのだが、先ほどの騒ぎを予期してウェンディが書いてくれたようでありがたいなと思う。

「元々は豊作の妖精のようなものでやがりましょう。悪《あ》しく穢《けが》れたその魂を浄化し、元の善良な者へと戻してやるでやがります！」

「ほう……英雄と聖女、か。相手にとって不足なし！　やれるものならやってもらおう！　行け！　我が眷属《けんぞく》一号よ！」

「あいあい主ー。とう！」

「この子は僕が……はあああっ！」

シロが隼人達の居る屋根へと向かって飛び込むと、隼人もこちらへと飛んできて空中で鍔《つば》迫《ぜ》り合《あ》いが始まる。

足元に不可視の牢獄《インビジブルジェイル》を張り空中で静止したまま二人が斬り合いを見せるのだが……勢いが凄《すさ》まじい！

ミイラがナイフで素早く動いて切り合う事が変だと思わせない程の迫力がある！

「んっ、まだまだ上げる」

「良いですよ。お付き合いします」

と、二人の小さな声が聞こえ、先ほど以上に速度を上げる二人。

より激しさを増していく二人の切り合いは見る者を驚かせ楽しませて盛り上げてはくれているの

だが……足元にまで剣戟《けんげき》を繰り広げないでくれよ？

不可視の牢獄《インビジブルジェイル》は脆《もろ》いからすぐ壊れちゃうからな？

「す、すげえ……隼人卿の剣速速すぎるだろ……」

「やだ……格好いい……好きぃ……」

「それについていけるシロさんもやばくないか？」

「あ、主さんには二度と立てつくな。絶対だぞ！　冒険者ギルドで共有するんだぞ！」

と、二人のあまりに見ごたえのある戦いにギャラリーは大盛り上がり。

冒険者じゃない人達にとっても貴重な光景のようで、子供達は勿論の事皆興奮気味に二人の戦いを見守っているように思える。

「良いぞ良いぞー！　もっとやれー！」

と、オリゴールも小ジャンプをしながら拳を突き上げておおはしゃぎのようだ。

「……では。こちらも始めようか」

「良いでやがりますよ」

テレサが胸の前で指を結び祈りのポーズを取り、俺はランタンを前に掲げる。

ランタンに闇属性の魔力を注ぎ込むと、限りなく黒に近い紫色の魔力球《マジカルボール》が生み出され、一つ一つを不可視の牢獄《インビジブルジェイル》で囲って空中に停滞させる。

テレサは祈りのポーズを取ったまま目を瞑《つぶ》ると背中側から強力な光を生み出していく。

その光はまさしく聖女テレサの力が目に見える形で顕現したように思える程に神々しい光であり、

神秘的な光景であった。

それに対応するように俺は掌《てのひら》をテレサに向けて広げ、それと同時に空中で止まっていた魔力球《マジカルボール》がテレサに向かっていく。

しかし、俺の魔力球《マジカルボール》はテレサの光によって軌道を逸らされていく。

だが俺は魔力球《マジカルボール》を操るかのように差し向けた掌を動かし、何度も魔力球《マジカルボール》をテレサへと向けて放つような動作を見せる。

無数に放たれ意思を持ったように動く魔力球《マジカルボール》と聖女テレサの神々しい光の攻防。

見ごたえのある演出だなと当事者側にいながらも思っていると、同じように感じたのか見学者からも歓声が上がっている。

子供達も『聖女様頑張れー！』と、応援が聞こえ、それに呼応して光が強くなるなどなかなか憎い演出まで行われている。

……凄いな。信用していなかった訳ではないが、ここまで正確に魔法を操れるのか……と、テレサがいる屋根の上の奥の方へと目を向ける。

すると、伏せた体勢の副隊長がドヤっ！っとした顔をして見せた。

そう。今魔力球《マジカルボール》をテレサの方へと動かしたのは副隊長の魔法。

更に、テレサが神々しく光を放ったのも副隊長の魔法なのだ。

『何ですか何ですか？　面白そうなこと考えてますね！　ではでは、私も手伝ってあげましょう！より盛り上がるように演出してあげます！』

と、自信満々に手伝いを買ってくれただけはある。

「おお。副隊痴女う意外とやる」

「ですね。素晴らしい魔力操作です。……え？　今なにか変だったような？」

シロと隼人も鍔迫り合いをしながら副隊長の魔法に興味を持ったらしく、そんな呟《つぶや》きが聞こえたのでそちらを見ると、二人は慌てたようにもう一度斬り合いを開始した。

しかし、二人が絶賛するだけの事はある魔力操作の繊細さ。

魔法を二つ同時に発動しつつ、これだけ巧みに操るのだから本当に副隊長は実力者なのだろう。

これは認識を改めなければならないかもしれない……と思っていると、副隊長が何やらニヤリと悪い顔をした気がした。

しかし、その表情は俺からしか見えず、テレサは気づいていないまま目を瞑り祈りのポーズを続けていた時だ……。

「っ！　んなっ！」

「……」

……俺の魔力球《マジカルボール》が光によって逸らされたように見え、屋根でバウンドしてテレサの修道服の内側をめくりあげるようにして跳ね上がったのだ。

元々深めにスリットが入っているテレサの修道服はひらりとまくり上がる……ところが、テレサの持ち前の反射神経による超反応によって太ももまでしか見えないですんだようだ。

そして、後方を睨もうかと思ったが今はまだ演技中という事で思い直すテレサ。

「……らちが明かないでやがりますね。こうなったら物理的に……おっと」

そう言ってテレサは足元に置いていた聖なる巨大十字架《セイクリッダー》を持ち上げようとしたのだが……それがすっぽ抜けて後方へと飛んで行ってしまう。

「ふぁっ!?　ぬおおおおおお！！！」

そして運悪く……悪く？　うつ伏せの副隊長の頭上へと落ちるところで、なんとうつ伏せのまま頭上で真剣白刃取りをしてぎりぎり止める事が出来た副隊長には素直に賛辞を贈りたい。

……あれ、相当重いんじゃなかったっけ？　副隊長力持ちなんだな……それとも火事場の馬鹿力だろうか？

「馬鹿隊長！　屋根に落ちたらどうするんですか！　というか、私に落ちたらどうするんですかぁー！」

と、ひそひそ声で非難の声を上げる副隊長。

「ざまあでやがります」

それに対して観客たちには見えない角度でほくそ笑むテレサ。

お互いに声は潜めてくれているのだが、ボロが出る前にそろそろ終わらせた方が良さそうだと判断し、隼人達に合図を送る。

「これで終わりです！　はあああああああ！」

「っ、うわああ。負けたー」

若干棒読みのシロが隼人の横薙《よこな》ぎの剣に吹き飛ばされる形で俺の下へと帰ってくる。

「ぐっ、我が眷属を倒すとはやるではないか！　だが、このままでは終わらんぞ！」

シロが戻ってきてぐったりとした真似《まね》をし、俺は両手を天に掲げて広げる。

ランタンは持ったままであり、そこに魔力を注いでいくと濃い紫色の魔力球《マジカルボール》がどんどん膨らんでいく。

「野菜達の思念よ！　吾輩に力を分けてくれ！」

「ぶふっ……！」

こら隼人。どこかで見たことがあるからと吹き出すんじゃない。

これは……あれだ。思念玉とでも名付けておこう。

元気ではなく思念を集めて放つ超必殺技なのだ。

ちなみに、当然ながらどれだけ大きくても闇の魔力を込めただけの魔力球《マジカルボール》なので殺傷能力はない。

ただただクライマックスにふさわしい見栄えの為のド派手な演出というだけである。

「アレは強力でやがりますね。隼人卿、力を貸すでやがります」

「ええ。『光の聖剣《エクスカリバー》』よ。聖なる力を解き放て！」

「天にまします我らが神よ。慈愛と豊穣《ほうじょう》の女神レイディアナよ。不浄なるものに慈愛を与えたまえ……」

二人が力を合わせると隼人の持つ光の聖剣《エクスカリバー》の光が大きく力強く変化する。

ちなみに、これも副隊長の演出だ。

実際に隼人に光の聖剣《エクスカリバー》を使われたら危ないので、副隊長の魔力操作で光の聖剣《エクスカリバー》に力が宿ったように見せている。

「はあああああああああっ！」

隼人が叫び、巨大になったように見える光の聖剣《エクスカリバー》を振り下ろし、巨大な魔力球《マジカルボール》を俺ごとぶった切ったように見せる。

勿論、副隊長の魔法の光は俺にダメージがないものをお願いしてあるので俺はノーダメージだ。

でもちょっと怖かった。

「ば、馬鹿な……」

「汚れた魂よ……元の善良な姿に戻るでやがります！」

「うぼああああああああああ！」

俺が叫ぶと、光の聖剣《エクスカリバー》にまとわりついていたまばゆい光が俺を包み込む。

ちらりと一方向を見ると、副隊長が親指を立てていたので信用して目を瞑り、項垂《うなだ》れる体勢へと変えておく。

「……浄化完了でやがります」

その言葉を合図に目を開き、ゆっくりと体を起こして意識をはっきりとさせるように見せるために頭を振りテレサを見据える。

民たちが固唾をのんで見守っているのを感じつつ演技に集中。

「……おお、生まれ変わったようだ。すまない。私は……どうやら間違いを犯してしまったようだな」

「……全てが間違いではないでやがります。食材を大事にすること。残さず食べる事は間違いなんかじゃないでやがります。世の中には食べたくても食べる事が出来ない人達が大勢いるでやがります。だからこそ我々が日々の恵みに感謝し、食材に感謝することはとても大切な事でやがります。ただ、嫌いなものを無理やり食べさせるのは間違っていたでやがりますがね」

「そうですね。苦手を克服することは良い事です。ですが、無理やりにではなく自発的にすべきことです。食材を無駄にしない事も大切ですが、美味しく食べる事も大事だと思いますよ」

「そうだな……すまなかった。心を入れ替えた私は、君達にお詫びがしたいのだが……そうだな。では、嫌いなものではなく、君達皆に菓子を振る舞おう！　当然お祭りを妨害してしまったお詫びなので無料で提供させていただこうではないか！」

俺がそう言うと一拍置いた後に民衆から大歓声が聞こえてくる。

お菓子の人気凄い。皆やはり甘い物に弱いんだな。

「また兄ちゃんのお菓子が食えるのか！」

「前回のわたあめも美味しかったわよね……」

「しかもただよ、ただ！　どこ！　どこに行けば食べられるのお兄さん！」

おい、俺はジャック・オー・ランタン。忍宮一樹《シノミヤイツキ》ではないという扱いなんだけど……。

どうせなら最後までこれで通させてくれ。

あとシロ、さっき使った『ご静粛に』というプラカードをもう一度頼むぞ。

「それでは皆この顔をよく覚えてくれ。この顔のチャプキンを一部の店に置いておいたので探してほしい。そしてその店でこう唱えておくれ、『トリック・オア・トリート』と」

お菓子をくれなきゃ悪戯《いたずら》しちゃうぞ。って意味だけどな。

定番の呪文でありハロウィンといえばだと思う訳よ。

とはいえここは異世界だから定番も何もないとは思いつつ、それでもここまでハロウィン色できたのだから最後までこだわるべきかなと思ってそうしてみた。

「そうすると、菓子の包みとスタンプが貰えるようになっている。ん？　スタンプが気になるか？　スタンプを8つ集めた方には、スペシャルなお菓子をプレゼントしようと思ってね。8つのスタンプを集めた後、この顔のチャプキンが大量に置いてある家を探してくれ。そこで、スペシャルなお菓子をお渡ししよう。勿論、老若男女誰でも参加可能だから安心しておくれ。あ、一度貰ったお店じゃあお菓子をもう一度は貰えないからな。それでは皆……収穫祭を始めようか！」

ばっと手をあげ、それと同時にランタンへと魔力を注ぐ。

ごくごく薄めの魔力を注ぎ続け、火、水、風、土の四種類の小さな魔力球《マジカルボール》が大量に生まれていき、それを副隊長の魔法で空へと飛ばし、天から降り注がせていく。

隼人、テレサ、シロと俺で頭を下げたあとは屋根の上からフェードアウトし、俺が手をあげると三人がそれぞれ手を叩いてお互いを労《ねぎら》っていく。

「大成功だったな！」

「大盛り上がりですよ。こんな盛り上がりのあるお祭り、王都でもなかなか見られませんよ！」

「ん。楽しいがいっぱい溢れてる。とっても素敵。主凄い」

「こういうのもたまにはいいでやがりますね。気分が上がるでやがりますよ」

確かに気分が高揚しているのを感じてしまう。

だがこれはきっと、緊張から解き放たれたというのも大きく影響していそうだな。

「ちょっとちょっとぉ！　皆さんだけで労いあわないでくださいよ！　私も頑張ったんですけど？」

「ああ副隊長。魔法本当に凄かったな！　驚いた！　いやあ見直した！」

「ん。意外とやる」

「ええ。見事なものでしたね。流石は神官騎士団の副隊長です」

「え？　えへへ？　や、ま、まあ？　あれくらい朝飯前ですけどぉ？　うひうへへ。何ですか何ですか。皆さん私を真っすぐ褒めて！　私の好感度爆上がりですかあ!?」

いやあ好感度はわからないが、評価は大きく上がったな。

オリゴールと同じでやれば出来るというか、やると出来るというか、テレサの言う通り本当に優秀だったんだなと感心しきりである。

「あっはっは！　ほらほら隊長！　隊長も私を褒めてください！」

「はあ？　私は副隊長をまずぶっ飛ばさにゃならないでやがりますが？」

「え？　なんでそうな、あ……ああ……」

どうやら魔力球《マジカルボール》を操作しておふざけをした事を思い出したらしい副隊長。

それにつられて俺もまくれあがった際に見えたテレサのおみ足を思い浮かべたのだが、空気の読める俺はそこで想像を振り払う。

理由は簡単。テレサが聖なる巨大十字架《セイクリッダー》を担いでいるからだよ。

「民衆の前で恥をかく所だったでやがりますよ？　覚悟は出来ているんでやがりましょうな」

「いや、アレは盛り上がるかなって!?　私の心に宿る旅芸人魂がお客さんを盛り上げないとって騒いだ結果と申しますか!?」

「御託はいらねえでやがりましょう？　天罰！」

「天罰じゃなくて物理じゃないでわぎゃあああああ！」

こうして、無事に収穫祭は始まった。

副隊長の叫びは、祭りに盛り上がった民衆の歓声にかき消されたようで誰にも届かなかったことだろう。

うーん……今回はとてもありがたい程に手を貸してくれたので庇《かば》ってあげたいところなんだが、自業自得過ぎてどうしたものか。

「お」

それにしても、大盛り上がりのスタートが切れたようで今いる裏路地にまでまだ大賑《おおにぎ》わいの様子が聞こえてくるな。

「に」

やって良かったかな。この盛り上がりようなら皆興味もなく参加者が少なすぎてお菓子が全然減らなかったとかいう惨状も起きない事だろう。

「い」

そう言えばお返しとしてはどうなんだ？　と、テレサの方を見るとにっと笑ってくれたので、どうやら十分といった様子で安心する。

「ちゃあああああああああああああ」

「おっと。危ないでやがります」

「ん！……ん？」

……突撃してきたオリゴールと、そのオリゴールの頭を受け止めてくれたテレサ。

「……テレサちゃん？　これはどういうつもりかな？」

顔を摑《つか》まれたまま話せるって冷静に考えると凄いな……。

まあ、片手で顔を摑んで突撃を防いだテレサの方が凄いのかもしれないけど……。

「領主様こそ、あれだけこの街の為にイベントを成功させた主さんに突撃をかますとはどういうつもりでやがりますか？」

「いやいやこれはお兄ちゃんを労うためなんだよ！　お兄ちゃんの股間にボクが顔を押し付けるというボクとお兄ちゃんの定番のスキンシップなんだよ！」

何時の間にそんな言葉だけを切り取ると変態的な内容が定番になったのだろうか？

テレサ？　そうなのでやがりますか？　と確認しなくても、そんな奇行を俺がするわけないと分かるだろう？　分かるよな？

「違うみたいでやがりますが？」

ありがとう。分かってくれて嬉しいよ。

「そんなことあるもんか！　ボクがお兄ちゃんの股間に顔を埋《うず》めてすーはー呼吸をして頬ずりして唇を押し付けるとお兄ちゃんは反応するんだぞ！」

……さっきは信じてくれたじゃないかテレサ。

そんな事実はないから、今回も信じておくれよ。

「……違うっぽいでやがりますよ？」

「そんな馬鹿な！」

「馬鹿はお前だ……」

なんだ？　お前の目的は俺の評価を下げる事なのか？

周りからの好感度を下げ続け、誰もいなくなった後に優しく声をかけてくる作戦か？　簡単に落ちるぞ俺は？

「はあ……テレサ。手を放してやってくれ」

「いいんでやがりますか？」

「この距離じゃ突撃も無いだろうしな。ああ、勿論また突撃してくるようなら遠慮なく割っていいぞ」

「何を割る気なのかな!?　ぷはあっ！　あー生きた心地がしなかったぁ……まったくもうテレサちゃんったら。ボクとお兄ちゃんの逢瀬《おうせ》を邪魔するなんて、大罪ものだぜ？」

大罪なのはこんなお前がこの街の領主をやっている事だろう、と思ったのはきっと俺だけじゃないはずだ。

出来れば普通に労ってくれる格好いいお前が見たかったなあ……。

「うわあ……領主様ってアレだったんですね……」

ほら見ろ。地面でぐったりしていた副隊長にまで残念なものを見る目で見られているぞ。

あと……テレサもこの前言っていたが、アレな所は君にとても良く似ていると思います。

「オリゴール様……後の予定も詰まっておりますゆえ……」

ソーマさん、ウォーカスさん。本題に戻していただきどうもありがとう。

出来れば次からはあいつが突っ込んで来る前にお願いしますね。

「はーい。さてお兄ちゃん達！　やってくれたねえ！　凄い盛り上がりだよ！　これは歴代の収穫祭と比べて最も盛り上がるのは確定的だ！　どうもありがとう！」

そうだよそう。素直に褒めるだけであれば、俺も純粋に嬉しく思えるのだから最初からそうしてほしいね。

あとは年齢と性格さえ知っていなければ小さな子供にお礼を言われたようでほっこりできるんだがな。

「ああ。無事に成功して良かったよ。やっぱり、隼人達に手伝ってもらえたのがでかかったな」

「そうだねえ。英雄に聖女のスペシャルコラボレーションだなんて、王都でもお目にかかれないしね」

だよなあ。贅沢《ぜいたく》なコラボレーションだよ本当。

役者が一流の有名人だからこそ、大成功になったと俺も思う。

「でもでもお兄ちゃんの堂々とした演技も良かったよ！　声も通っていたし、凄い格好良かった！　展開を知っていてもドキドキしたもん！」

「お見事でございました」

「私もつい魅入ってしまいましたよ」

オリゴールに褒められたのも嬉しいが、ソーマさんとウォーカスさんに褒められると妙に嬉しいな。

レインリヒもそうだが、年上で落ち着いている方に褒められると認められた感がとても心地よい。

「ですよね！　イツキさんが凄く声を張っていらしたので、僕も堂々と演技が出来ましたよ！」

「緊張しているようにも見えなかったでやがりますね。あまりに堂々としてるもんだから、早とちりしそうな冒険者もいたでやがりますよ」

「ん。襲ってきてもシロがいるから大丈夫。それにお知らせもしたから大丈夫」

いつもお世話になってます！　本当に助かってます！　という感謝と愛情をたっぷり込めて頭を撫《な》でると、シロは『んやー』と声を上げながら嬉しそうな表情を見せてくれる。

「あ！　でもでもあれはいただけないよ！」

「ん？」

「開会の宣言だよ！　最高のタイミングで最高の盛り上がりを見せてくれちゃってさ！　ボクの見せ場だったのにぃ！」

そんな事かよ……いやでも、あのタイミングで俺が言うべき流れだったと思うぞ？

まあ手柄を横取りされた気分だったのかもしれないが……一応領主だしな。

っていうか、嬉しそうだからただの冗談か。

「これはアレだね。この後すぐボクと宿屋で二人だけの開会式を行うしかないようだね！」

「ちょっと何を言っているのかわからないですね」

「え？　具体的にって事かい？　こんな人が見ている中でなんて鬼畜ぅ……。でも好き！　えっと、まずはお兄ちゃんのお兄ちゃんをボクがお口で――」

「ソーマさん。ウォーカスさん。あとお願いします」

「「かしこまりました」」

「え？　待って？　まだ序章だよ？　ほんの序の口だよ？　お口だけに！　もっとハードでねっちょい事をする予て――ああー！」

……ふう。変態は去ったな。

「ダーリンさん……領主様にまで手を……っ」

「今の話の流れを見聞きしてどうしてその結果にたどり着いたんだ副隊長？」

「え？　そりゃああわよくば――」

「テレサ」

パチンっと指を弾《はじ》き合図を送る。

「了解でやがります。ほら、行くでやがりますよ副隊長」

別に打ち合わせをしたわけでもないが、速攻で理解してくれたテレサが副隊長の足首を持って俺達に『では』と一声かけて歩き出した。

「え？　これから皆でゴールデンモイで祝勝会じゃないんですか？　あとダーリンさんのお菓子は貰えるんじゃないんですか!?」

「ああ、じゃあまずゴールデンモイだけ貰いに行くでやがりますよ。主さんのお菓子はどうせならイベントに参加したいと、辞退したでやがります」

「ええっ!?　何でですかー！　絶対並びますよ!?　今回は絶対並びますよ!?　くださいって言えば今全種類貰えますよきっと！　あと足掴んで引きずらないでください！　めくれる！　裾もお尻の皮もめくれちゃう！　あおあざ出来ちゃうよー！」

副隊長の叫びなど意に介さずに進んでいくテレサ。

そんな二人を見送り、隼人はレティ達との待ち合わせ場所に向かい、俺はゴールデンモイを焼くソルテ達のもとへと足を運ぶのであった。

※※※

……なあにこれ。騒がしい。

元々人の多い大きな街だったけど普段よりも人の気配を感じる気がする。

ええー……まだ街の外なんだけど、大歓声が聞こえた後もざわざわしてるような感じがする。

というか街に入る為の列がとんでもなく長かった……ペースは速くて助かったけど、空腹で倒れそうだった……。

ええー……困るなあ。人が多いのはとても困る……。

いや、一概に困るだけではないのだけど、うわあああ……。

人が多い＝強い人がいる可能性が高い＝私ピンチ。

人が多い＝話が分かりそうな人がいる可能性が高い＝私チャンス。

ピンチとチャンスが同時に来た！　でもピンチの方が致命的すぎるっ！

でもなあ……もう限界だもんなあ……。

「大丈夫ですか？　顔色が悪いようですが……」

「っ、ア、エ？　ア、ダ、ダイジョウブデス……」

びっくりしたぁ！　久しぶりに話しかけられたからきょどっちゃったよ！

なんか話し方も変な感じになっちゃったよう！

「わ、美人……っ！　お、お祭りをお目当てにやってきたんですか？　良ければ僕がご案内しましょうか！」

「あ、ずるい！　俺俺！　俺の方がこの街の事を良く知ってますぜ！」

二人の門兵さんにナンパされちゃった。残念だけど好みじゃない……。

好みじゃないし、この二人は駄目。門兵なんて絶対駄目……。

「こらお前達！　お前達の業務はなんだ？　仕事に戻れ！」

「は、はいいい！」

どうやらこの人は立場が高い人らしい。若いし割とイケメン……。

「大丈夫ですか？　私はこれであがりなんですが、もしよろしければお食事などいかがでしょう？」

「ス、スミマセ、ヤクソクアルノデ……」

そう断りを入れて街中へと入る。

若いし割とイケメンではあった。でも駄目。若いイケメンでも門兵は絶対に駄目なのよ。

門兵は一番上がお偉いさん。お偉いさんに目を付けられたら今はどうにかなっても破滅しかないのが分かる。だから駄目。

「ああ、やっぱり人が多……え？」

街に入ると案の定お祭りの最中らしく、大勢の人々が楽しそうに騒いでいた。

どうか勘の鋭い強い人に見つかりませんように……と、思っていると驚きの品があり目を見開いた。

「……ジャック・オー・ランタン？　え？　ハロウィン？」

なんでこの世界にハロウィンの文化が？

もしかして私と同じような境遇の人がいるのかもしれない。

その人なら、もしかしたら話を聞いて協力してくれるかもしれない！

いや、待って待って早合点はいけない。

もしかしたらもっと過去の人が残しただけのものかもしれないから確認をしないと……。

こういう時は……子供が良い。

子供は無邪気だし、綺麗《きれい》な人には優しくしてくれるから男の子が良いと思う。

大人に話しかけるのはちょっとまだ怖いし……。

ちょうど何やら木の板を持って走り回っている子供がいたので、手招きをして聞いてみよう。

子供相手なら、緊張してカタコトにならず頑張れば話せると思うし……。

「ネ、ねえねえ僕。ちょっと良いかな？」

「え？　あ、はい。わ、綺麗な人……あ、何ですか？」

「褒めてくれてありがとう。それで、あのカボチャ？　は何なのか分かる？」

「カボチャ？　あ、チャプキンの事？」

「あ、チャプキンっていうんだ。そうそう。なんで顔が彫られているの？」

「アレはジャック・オー・ランタンっていう悪い何かに取りつかれたチャプキンのお化けが、あ、今は浄化されて良い奴になってるんだ……ですけど、それでそいつがお菓子を配ってくれる事になって、そのお店の目印です！」

ジャック・オー・ランタンがお菓子を配るの？

あれ？　そういうお話だったっけ？　もしかして、こっちの世界ではそうなっているとかなのかな？

「えっと……これなんですけど」

「あ、お菓子ってクッキーなのね」

「へえ。クッキーっていうんだこれ。僕達庶民にはお菓子なんて高級すぎて関わりがないので知りませんでした！」

あ、そうなんだ。お菓子って高級品なんだ。

ああ、いいよいいよ。私は大丈夫だから沢山お食べ。

優しい良い子だ。君はきっとイケメンになるぞ。

「トリック・オア・トリート！」

突然聞こえた聞き覚えのある言葉にばっとそちらを振り向くと、小さな子供が店主からお菓子を受け取っていた。

「あの言葉は……？」

やっぱりハロウィン……だよね？　定番のだよね？

「えっと、兄ちゃん……じゃなかった。ジャック・オー・ランタンがお菓子を貰う合図だって言ってました！」

「兄ちゃん？　ジャック・オー・ランタンは人なの？」

「うん！　流れ人っていう異世界から来た人！」

「異世界から？」

「そう！　毎回お祭りのときは兄ちゃんがお菓子を作ってくれたり、食べた事のない料理をくれたりするんだ！　今回も兄ちゃんのお菓子は美味《うま》いから楽しみなんだ！……です」

「ふふ。無理して敬語じゃなくていいよ。そっか……ありがとうね」

「あ、はい。あ、うん！」

「おい！　早く行こうぜ！　あと6つ集めないと！」

「うん！　すぐ行く！　じゃあね綺麗なお姉さん！」

「あ、うん。ごめん最後に一つだけいい？　あと6つって何？」

「これ！　お菓子を貰うと印を押してもらえて、8個集めるとスペシャルなお菓子が貰えるんだって！　確か噂だと……もんぶらん？　とか言ったかな？　全然なんだか分からないお菓子！」

「おーい置いてくぞー！」

「あ、それじゃあ置いてかれちゃうんで！」

「あ……ありがとうねー」

駆け足で去っていく少年の背中を見送りつつ、情報を整理する。

えっと……有力な情報が得られすぎな気もするけど、気にせずに……まずは顔を彫られたカボチャ……チャプキンは、やっぱりハロウィンのものらしい。

ジャック・オー・ランタン……に扮《ふん》している人がお菓子を配ってくれるお店の目印にしている。

それで、お菓子はクッキーと……スタンプラリーみたいに8個印を押してもらうとスペシャルなお菓子……モンブランが貰える。

そして、ジャック・オー・ランタンは流れ人といって異世界の人……。

これはもしや……？　もしやな感じ？　運命的な出会いの予感？

お菓子やご飯を子供に振る舞うって事は、優しい人の可能性は高い。

頭がひゃっはあで、血の気の多いタイプではまずないと思う。

いやもうこれはこのタイミングは、きっとその人しかいないと思う。

希望が見えた……が、同時に絶望も見えた。

「ん……？　もし？　顔色が悪いでやがりますが、大丈夫でやがりますか？」

「ううう……お尻痛い……。あとで確認しないと……私のぷりちぃなお尻がぁ……ん？　どうしました隊長。あれ？……その方……何か変な感じが……」

「副隊長？……っ！　確かに違和感が……」

っ、やばい。聖職者だ！　相性最悪大ピンチ到来！

空腹とか関係なくダッシュ！　猛烈ダッシュだ！

「うわあ！」

「なっ！」

なんで聖職者が！　しかもアレ強い。二人とも強い人！

あ、そう言えばさっき浄化されてって言ってた！　え、じゃあジャック・オー・ランタンって元々悪い人？　でも、兄ちゃんって言ってたって事は街に馴染《なじ》んでるんじゃないのかな？

……うーんそれも含めてイベントって事かな？　じゃああんなに強い聖職者がいたのはたまたま？

と、とりあえず！　今は真昼間だし、お腹も限界だからどちらにせよ無理！

三十六だか八だか忘れたけど逃げるに……なんとか！

でも人探しはしないと死んじゃう！　どうか件《くだん》の人が早く見つけられますように!!

ゴールデンモイを受け取りにシロとソルテ達のもとへと向かい、無事に合流する事が出来た。

隼人のゴールデンモイは後で届けてやる事にして、あいつらはデートをしてくるとのことで別行動。

俺達もデート！　とはいかなかった。

「わー！　チャプキンのお化けー！」

「ばっか！　お菓子をくれる良い人だよ！」

「そっかー！　チャプキンの良い人ー！」

「ジャック・オー・ランタンだ。よろしく」

「ジャックー！」「ランタンって持ってるそれ?」「ジャック・オー！」

と、道行く人や子供達に俺大人気です。

開幕イベントも終わったので外そうかとも思ったのだが、マスコットキャラクターのようになってしまったので外せないでいる。

仮面ではあるが中の人などいないという夢を壊す訳にはいかないのだ。

「よう兄ちゃ……ジャック・オー・ランタン！　お菓子いただいてるぜー！」

「とっても美味しいわー！　ありがとうー！」

「満足いただけたなら幸いだ」

ベンチで菓子を食べる冒険者にも声をかけられ、お爺《じい》ちゃんがお孫さんと手をつなぎながら笑顔でお菓子を食べている姿などはほっこりした光景で良いな。

「声音まで変えてんのかよ。こだわってんなあ」

「何のことだか分からないが、今の私はジャック・オー・ランタンだからな」

「渋めの良い声してるわねえ。普段からソッチの方が良いんじゃない？」

「私の普段を知っているのか？　ふむ……まあ、素の声の方が楽なんだろうさ」

「徹底してんなー。ははは。まあ頑張れよー」

こういう着ぐるみ的な物ってこの世界じゃあ根付いていないだろうし、子供っぽくて少々小ばかにしていったな冒険者め。

あとで冒険者はスタンプ量を二倍にしないといけなくしてやろうかあ……。

「主様大人気ね」

「ソルテ。今のご主人はジャックさんっすよ」

「おっと、そうだったわねジャックさん。それにしても、また主様とお祭りデートできなかった……」

「あーそれはすまんな」

おっと、つい素が出てしまった。

私はジャック・オー・ランタン。子供の夢を壊すわけにはいかない存在なのだから気を付けねば。

「ま、仕方ないっすよ。一応領主様からの正式な依頼っすしね。これから何度もお祭りはあるんすし、レアケースって事で今は護衛を楽しむっすよ」

本来であれば俺もジャック・オー・ランタンの仮面を外して、家でスタンプを集めた人達を待ちつつ交代制でお祭りを楽しむ予定だったんだが、思わぬ人気に仮面が外せなくってなあ……。

急遽《きゅうきょ》デートではなく、開会式を見ておらず俺を魔族と思った奴が襲ってくる可能性も踏まえて護衛となってしまったのだ。

現に先ほどびくっと驚いて剣に手をかけた冒険者もいたしな……。

まあ、周りの知っている人達も含めて説明をしてくれるおかげで、徐々に広まっているらしくそういうのは減ってきているんだが。

「護衛とはいえ、主君と共にお祭りを歩けているのだから良いではないか。くじで負けたウェンディとミゼラは家でお菓子の用意をしつつお留守番なのだぞ？」

まあこんな開始早々からスタンプを8個集めてくるものはいないとは思うが、一応という事でお留守番を誰か立てなければならず、一人でというのは寂しいので二人となりその結果ウェンディとミゼラがお留守番に決まったのだが……その落ち込み様は凄かったなあ……。

ウェンディはくじで外れを引いた瞬間に膝から崩れ落ち、ミゼラもミゼラでロウカクに行っていた間ずっと一緒にいられなかったから、ため息をついてとても残念がっていたな……。

アイナ達が気を遣ってミゼラは……としたのだが、『くじの結果は結果だから。それに、アイナさん達も旦那様と行きたいのでしょう？』と、潔く諦める姿を見て、俺達は最高のお土産を買って帰ると決めたのだった。

「何がいいっすかねえお土産」

「食べ物が多いけど、アクセサリーや日用品も結構売ってるわね」

「アクセサリーならば主君が作ったものの方が出来としても気持ちとしても良いだろうな。となると……やはりこの時期にしか食べられない食べ物が良いのではないか？」

そうだなあ。ゴールデンモイもあるが、それだけってのは寂しいしな。

何を食べてもミゼラは喜びそうではあるが、特別感があり何か限定的でお土産にふさわしい物があると良いのだが……。

「それなら良いのがある」

「うおう!?　シロ!?」

ソルテ達と合流するまでは一緒にいて、その後は各協力店舗へ追加のクッキーを配ってもらっていたのだが、もう終わったのか。

既に包帯ぐるぐるミイラからは着替えており、ジャックさんの手下ではない姿である。

「お疲れ様。早かったな」

「ん。速攻で配り終えてきた」

よしよし、と、頭を撫でて褒めると目を瞑り気持ちよさそうな表情を浮かべるシロ。

耳の付け根をこちょこちょっと撫でると、もっとというように頑張って首を伸ばしてきたのでご要望通りもっと撫でてやる。

「それで、良い物ってのはなんなの？」

「ん。あっちの方で四人参加の催しがあった。商品はなんとびっくりレジェンディアー」

「「レジェンディアー!?」」

レジェンディア……？　ああ、ディアー。鹿か。

んー……名前からして伝説の鹿という感じか？

「まさかそんなのが景品で出てくるの？　あれ一頭でブラックモームのお肉が一か月分くらいは買えるわよ？」

え？　そんな高いの？　ブラックモームだって結構高いお肉ですよ？

元の世界の黒毛和牛くらいはするお肉なのだけど、それを一か月分と同じくらいのお値段なの？

「ん。流石に一頭はない。足を二本。それと、角一本」

「角も含まれているのか。それならば十分に土産になるな」

「そっすね！　薬にも使えるっすし、お土産はそれに決定でいいっすかご主じ……ジャックさん！」

「ん、ああ、んんっ。良いのではないかな？」

俺、置いてけぼりだけれど話を聞く限りかなり貴重な感じだし、薬にも使えるのであればお土産に持って行けばミゼラも喜ぶ事だろう。

足はウェンディへのお土産かな？　一緒に料理を作る事で、機嫌を直してもらうとしようか。

「それじゃあシロ……君。案内を頼めるかね？」

「ん」

と、シロを先頭に目的の場所へと進むのだが……。

「ジャックさーん！　お菓子美味しいのー！」

「よ！　大旦那！　太っ腹だねえ！」

「ただよただ！　あの人が振る舞ってくれてるのよー！」

「んまっ！　お菓子をタダで配るなんてお金持ちなのねえ！　お近づきになりたいわ！」

「光の聖剣《エクスカリバー》ー！」「ぐわあああ！　あははは！」

と、ジャックさん大人気でなかなか進めないの……。

牛歩だよ牛歩。町民に声をかけられたら足を止め期待に応える。

そしてまた一歩進むと別の人に話しかけられる。

人だかりも出来てきているし、まさかこんなにも人気になるとは思わなかったな……。

とはいえ、皆がスタンプカードの板を見せてきてこれだけ貰ったー！　と、嬉しそうに話しかけてくる姿は嬉しいものだ。

仕掛けは大成功と言っても良いだろう。

……まあ今日を乗り越えてもあと二日もあるから、しっかりクッキーの供給はこなさないとだな。

で、時間はかかったもののシロが言っていた催しなのだが……狂暴で毒のあるサーペンデッドという蛇を素手で摑むとかいう無茶苦茶なものだ。

しかもそれをバケツリレー形式で手渡しし別の容器へと移し、その数を競い合うとかいう馬鹿げたものであり、いくら商品が豪華であっても参加者はあまりいない……。

というか、恐らく挑戦に失敗した結果、毒でうんうんと唸っている奴らがいれば誰も挑戦はしないわな……。

そして店主側は困っている様子ではなく、ニヤニヤと笑っているところを見ると噂のレジェンディアーは客寄せパンダという訳か……。

参加料と解毒薬で儲《もう》けを出しているようだが、参加費は商品の値段を考えれば分からなくもないが、解毒薬の値段がお祭り価格のようで随分と高い。

阿漕《あこぎ》な商売してるなあ、それに景品を見て目を輝かせたものの挑戦内容を見て諦める人達を見てニヤニヤと見下しているのは腹が立つ。

「という訳で、やっておしまい！」

「ん。あいあい」

「どういう訳か分かりやすいっすねえ」

「そうだな。悪趣味な輩には灸《きゅう》を据えるべきだろう」

「冒険者は禁止してないのね。じゃあ……初日から完売御礼にさせてやりましょうか」

と、いう訳で手下ではないのだが俺の宣言によってやる気満々で四人が参加ですよ。

流石はシロとAランク冒険者である紅い戦線《レッドライン》のお三方、毒蛇だろうが問題ないらしく自信満々である。

俺は……毒蛇キャッチとか無理だろうし、ジャックさんはお疲れなのでベンチで休憩中。

いやあ舐《な》めてました……テーマパークのマスコット達の中身……ではなく、マスコット達は本当にすごいと改めて思いました！

あっつい……これマスクじゃなかったらもう脱いでるぞと思いながら回復に努めますが、手を振られたら振り返しますよ。

いやあ本当に大人気。ジャックさんグッズとか作ったら売れるんじゃなかろうか？

作るか？　いや、今日は帰ったらゆっくり休みたい……。

今は家で頑張ってくれているウェンディとミゼラを労って、一緒にお風呂に入ってぐっすりベッドで眠ろう……。

ふわあ……もうすでに眠くなってきたが、ソルテ達の奮闘ぶりは見ておかないとなあ。

『ミ、ミツケタ！』

……ん？　何か女性の声が聞こえた気がしたんだが……気のせいか？

『スコシ、ツキアッテモラウネ！』

やっぱり聞こえ……んん？　ん!?　あれ？　なんか視線が低くなってないか？

寝ぼけて……じゃない！　流砂に呑《の》み込まれた時のような感覚が再来し、意識を覚醒させると……自分の影に呑み込まれてる!?

だが、前回と同じ過ちをするわけが無い……『座標転移《ポイントゲート》』を呑み込まれる先に配置して、どこでもいいから適当に……って、発動しないんだけど!?　なんで!?

「っ！　主！」

「「「っ！」」」

気付いてくれたシロが俺を呼び『被装纏衣《ひそうてんい》・壱被黒鼬《いっぴくろいたち》』を使って猛スピードでこちらへと近づき、手を伸ばしてくれたので俺も手を伸ばしたのだが影の中から腕を摑まれ、そのまま影の中へと引きずり込まれてしまい――

「うわ、わああああ！」

「主っ！」

「主様！」「ご主人！」「主君！」

シロに手は届かず、三人が駆け寄ってくる姿を見たのを最後に俺の意識は影へと呑まれ真っ暗な視界へと落とされる。

目は見開いているのに真っ黒な景色で光一つ無い光景に鳥肌が立っていくのを感じ、それと同時に恐怖心が溢れかえる。

『テ、テイコウシナイデネ』

「ひぃ！」

また聞こえた女性の声。だ、誰なんだよう、と、思っていると足の方から体を這《は》うようにして上に何かが登ってくる感覚がする。

心臓がバクバクと音が聞こえるほどに鼓動し、真っ暗な世界の中ではっきりと見える金色の髪が徐々に近づいてくるのがただただ怖い。

い、一体何が……と、恐怖心がどんどん高まる中で、這い上がってくる金髪の正体が顔を見せる。

深紅の瞳を持ち、アルビノのような真っ白い純白の肌を持つ絶句する程の美人の女性が俺の体に抱き着くように腕を絡め、体を密着させて俺の正面で顔を見据えていた。

この世のものとは思えないような、一般的とはかけ離れた存在が目の前に現れて息を呑んでしまう。

『ソウ。ヨウガスンダラ、ブジニカエスカラ』

片言のように聞こえるが、恐らく用が済んだら無事に帰すと言われたのだと思う。

用……？　無事に帰す……？ってことは、一先《ひとま》ず今すぐの危険は無いと思っていいのだろうか……？　いや、そんな単純に考えてはいけないか。

空間魔法は依然発動する気配がないので、ここは言う通りに大人しくしている方が良いだろうと判断するが……相手が美人とはいえ未だに恐怖心が残っている。

何で？　ミツケタって……どうして俺？　俺を探してたって事か？　だが、生憎《あいにく》だがこんな美人一度見たら忘れる訳がないので心当たりなどない。

用が済んだら無事に帰れる……ならば、無事に帰る為の行動を心がけなくてはならない。

シロも、アイナも、ソルテも、レンゲも、隼人達やテレサもいないのだ。

そして、どうやらこの暗闇の空間を移動しているような気がする。

つまり、アインズヘイルから出て別の所へと向かっているのかもしれない。

隙を見て逃げられれば良いが……この金髪の美女を信用するならば、下手な事はしない方がいいかもしれない。

ふと、リートさんに言われたアインズヘイルのトラブルメイカーという言葉が蘇《よみがえ》るが……今回も俺が起こしたトラブルじゃないだろうと思うのであった。

第四章　攫われた主

アインズヘイルで一番高い塔の上……。

被装纏衣《ひそうてんい》・三纏《さんてん》・白獅子《しらじし》を発動して感覚を向上させ、全神経を集中して街中の気配を探る。

人の気配がとんでもなく多い事が鬱陶しく思うけれど、主の気配を見逃す事なんてあり得ない
……けど、何処《どこ》にもいない。

つまり、街の外……？　それなら、街の外にまで感覚を広げるしかない。

「……っ」

匂いでも何でもいい、一瞬でも構わないから、主への手がかりが欲しい……。

焦る気持ちを必死に抑えながら、限界を毎秒更新し続け頭痛に苛《さいな》まれても主を捜す。

大丈夫。まだ生きている。それは奴隷であるからこそ分かる。

主との繋《つな》がりはまだ解けていない。つまり、主は生きている。

でも……全然見つからない事実に泣きそうになる。

やだ……いやだよう……。主がいない世界なんて、絶対に嫌だ……。

でも泣いちゃ駄目。泣くのは諦めの証拠。シロは絶対諦めない。

なんで、主の傍《そば》を離れたんだろうと、あの時の自分を殺してしまいたくなる……。

神頼みに意味がないなんて、エルデュークの森で知っているのに、すがりたい気持ちが溢《あふ》れてく

る。

滲《にじ》む視界が気になるがすぐさま拭って振り払い、もっと限界を超えて感覚を外に外にと広げていく。

鼻血が出る……視界が赤く染まる……頭の中はハンマーで叩《たた》かれているかのように痛いけれど、主が無事でいるのならそんなものは構わない。

だから……お願い…………………っ！

「……いた！」

突然現れた二つの気配。

アインズヘイルから少し離れたところに、間違えようもない主の気配を感じた。

何の手がかりもない中で見つけた奇跡に喜びの感情が溢れてくるが、まだだと振り払ってそっちに視線を送り、方向を確認。

そして、確認が済んだと同時に力がふっと抜けた。

三纏・白獅子が切れ、力が抜けて塔から落ちて行くのが分かる。

……しまった。下に降りるだけの体力を残し損ねた……。

あとちょっとなのに……せめて、誰かに主の居る場所を伝えられたら……。

一刻も早く主を捜すために一人で動いたのがあだになった。

ぎゅっと、主が消えた後に残ったジャック・オー・ランタンのマスクを抱きしめる。

本当に、シロは馬鹿だ……。

「っ、シロちゃん!?」

聞いた事のある声が聞こえ、体がふわりと浮いた感覚がした。

「どうしたんだい!? 血が出ているじゃないか！ 何があったんだい!?」

「……オリゴール？」

「ちょっと待って！ 喋《しゃべ》らないでくれ！ すぐにポーションを――」

神様……って、信じられるくらいのナイスタイミング。

「いい！ 要らない！ シロは大丈夫だから、ソルテ達《たち》に伝えてほしい。あっちに真っすぐって……！」

「え？ どういう――」

「お願いオリゴール。急いで……主が……攫《さら》われ、っ！」

痛みで最後まで言えなかった。

体を動かすことも難しい今、オリゴールに一刻も早くソルテ達に伝えてもらうしかない。

もう間違えない。他人を頼る。お願いする。

「っ！ ソーマ！ ウォーカス！ シロちゃんを頼む！」

「「はっ！ お任せを！」」

「っそだろおい。お兄ちゃん……くそ。あっちって事は、東門の少し南だね」

そっと床に降ろされた後、オリゴールが宙に浮いて飛んでいくのを確認し、急いで伝えに行ってくれた事にほんの僅かな安堵《あんど》感《かん》を感じた。

でも……シロも……行かないと……。

「シロさん？　無理をしてはいけません！」

「しっかりしてください！　ポーションは飲めますか!?」

ソーマとウォーカスが適切な処置をしてくれているのだが、シロにとっては適切ではない……。

負傷して倒れた訳ではないので、ポーションはいらないの。

「お……」

「お、何ですか!?」

「ポーションのおかわりですか!?　しっかりしてください！」

違う……こんな時に言う言葉じゃあないのだけど……。

シロが復活するためには、これしかないの。

「お腹《なか》………空《す》いた………」

動けない原因は、極度の空腹感。

被装纏衣《ひそうてんい》の無茶な使い方で沢山貯《た》め込んでいた貯蔵がすっからかんになってしまったのだ。

だから、ポーションよりも……。

「お肉………沢山………」

これが一番回復するので、お願いします……。

※※※

……参った。で、やがりますな。

「お兄さんが……？」

「それで、イツキさんがどこに行ったのかは分からないんですよね……」

「ああ……。あっという間に影に呑《の》み込まれてしまったから……」

「そうですか……」

隼人卿《ハヤトきょう》は冷静……に、見えて内心は相当焦っているでやがります。

どうやら親交が深かったようで、レティ嬢達隼人卿の仲間たちも心配そうにしているでやがりますね。

紅い戦線《レッドライン》の三人は目に見えて顔色が悪く、それでも現状の共有の為《ため》にどうにか話せている程度……。

とはいえ、相当なショックを受けているようでやがりますね……。

まさか……主さんが連れ去られるとは……。

「なんなんすかあれ!?　影に呑み込まれるとか……そんなスキルを使う魔物なんて聞いた事ないっすよ！」

「魔物ではない……のかもしれないな」

「……恐らく、さっき見かけた女でやがりましょうな」

「あっという間に逃げて行ったあの美人ですね。かなり希薄なものでしたがやはり魔族でしたか……。ちっ、あの時もっと早く気づいていれば……」

副隊長の言葉の通り、しくじった……でやがります。

あの時迅速に対応できていればと悔やまれるでやがります……。

「魔族……?っ、は、早く主様を助けに行かないと……っ」

魔族と聞いてソルテが目に見えて焦りを見せ、ふらふらと何処へともなく走りだそうとしていたので前に出てそれを止める。

「落ち着くでやがりますよ。助けると言ってもどこに行く気でやがりますか?」

「手あたり次第駆けずり回るしかないじゃない！　主様が魔族に連れ去られたのよ!?　早く助けに行かないと！」

「私が北、ソルテが東、レンゲが南で、隼人卿が西でどうだろうか。テレサ殿たちも手伝ってくれるなら――」

「落ち着くでやがります。そんな行き当たりばったりで見つかるわけが無いでやがりましょう！」

「それに、それだとお一人で魔族と戦わねばなりませんよ。主さんを人質に取られた状態で、魔族と戦って勝てますか?　主さんは無事でという条件で……」

「だからって何もしない訳にもいかないでしょ！」

混乱しているでやがりますね。

とはいえ、行き先については何の見当もつかないのも事実でやがりますし……今何もできないもどかしい気持ちは分かるでやがりますが、焦って闇雲に捜してもどうなるとも思えないでやがります。

「……そういえば、シロはどこでやがりますか？」

「わかんないわよ！　主様が影に呑み込まれた後、そのままどこかに行ったまま帰ってこないの！」

追いかけたでやがりますか？　でもどうやって……それか、何か考えがあると見た方が良さそうでやがりますね。

「いた！　ソルテちゃん！」

あれは領主様？　どうして空から……。

それに、何やら慌てている様子でやがりますが……。

「領主……様？　何よ。今は構っていられる状況じゃ――」

「いいかい良く聞いておくれ。シロちゃんからの伝言だ。この方向に真っすぐ。これで伝わるかい!?」

「「「っ！」」」

ああ、伝わったでやがりますよ。

それと同時に、自分も含めて弾《はじ》かれるように駆け出したでやがります。

……思っていた以上に、自分も焦っていたようでやがりますな。

「全速力で行きます。悪いけどレティ達は街にいてください」

「……分かったわ。迅速行動だもんね。後衛の私達じゃあ足手まといになるわよね」

「うう……ミィも行きたいのです。でも大食い大会のせいでお腹がぁ……」

「お兄さん……。お兄さんを、お願いします隼人様……」

「勿論《もちろん》。絶対にイツキさんを助け出して帰ってきます」

たった、と速度を緩めて行くレティ嬢達を一瞥《いちべつ》もせずにただただ真っすぐに指示された道を進む。

街から真っすぐ進むと当然でやがりますが、街を守るための高い壁がそびえている。

屋根から飛んでも届かない程の高さでやがりますが……。

「順番に聖なる巨大十字架《セイクリッダー》に乗るでやがります！」

先に進んでいき一人を武器に乗せて城壁の上へとかちあげると、続けて回転する力を利用して次々に吹き飛ばしていく。

こちらはタイミングを合わせる気はなく回し続けているのだが、流石手練《さすがてだ》れと言うべきか誰も戸惑う様子さえ見せはしない。

一糸乱れぬ速度で全員を上げ、最後は上に上げた副隊長が垂らしたロープにつかまると副隊長が引き上げてくれる。

「副隊長。行くでやがりますよ」

「はい。隊長」

任務の時でも滅多に見られないような真剣な様子の副隊長と共に前を走る4人に追いつくように全力で走る。

どこまで進めばいいのかは分からないが、ただただ真っすぐに言われた通りに突き進んでいく。

魔物が現れても足を止めず、駆逐しながら真っすぐに進んでいくと4人が足を止めておりようやく追いついた。

そして……目の前には廃棄された城の様な建物が……。

「……あそこ、ですかね」

「そうみたいっすね。まだご主人の匂いが残ってるっす」

獣人であるレンゲが鼻を動かして指を差した先にあったのは城の入り口……だがこれは……。

「こんな所にこんなのあったかしら？　記憶にないんだけど」

「最近浮上したのだろうか？……どうやらダンジョン化しているな」

ダンジョン化……元々はただの廃棄された城だったのが、魔族が住みつく事でダンジョンと化したのでやがりましょうな。

「前人未踏のダンジョンか。事前対策も無し……だが」

「行くわよ。どんな敵が出ようと関係ないわ」

「はい。全速力で行きましょう」

あと気になるとすればどれほどの階層なのか……ということでやがりましょうね。

とはいえ英雄に紅い戦線《レッドライン》、それに自分達もいれば踏破出来ないダンジョンもないでやがりましょう。

「油断せず、迅速に進むでやがります」

紅い戦線《レッドライン》のお三方は主さんの奴隷。

奴隷であれば、主に何か不幸があった場合に伝達されるはず。

それがないという事は生きているという事でやがりましょう。

6人でダンジョンの中に入ると、数メートル先すらも見えない程に真っ暗であった。

「……副隊長」

「はい。『導きの淡き光《トワイライトビット》』」

副隊長が魔法を唱えると拳程もない小さな光の球が現れ、淡い光を放ち伸ばしていきダンジョン内を照らしていく。

明るすぎず、視界を確保するには十分な程度なのは副隊長が調整をしているからでやがりましょう。

「隊長。この匂いは……」

「分かってるでやがりますよ。ここは……『不死者のダンジョン』のようでやがりますな！」

そう言うと現れたのはゾンビの集団。

本来であればわざわざ近づいて倒すのは憚《はばか》られる相手であるが、今は進みながら倒していくしかない。

それに、不死者であれば聖職者である自分達にとっては相性のいい相手だから、進むのは容易
……と思っていると、自分の横をすり抜けてゾンビへと突進していく三人の姿が見えた。

そして、目の前にいたゾンビたちが細切れになり、壁にたたきつけられて殲滅《せんめつ》される。

「……道中は私達がやるわ。テレサ達と隼人は力を温存して」

「強行軍っすからね……。相手が魔族なら、疲弊した状態じゃあ戦えないっすし」

「情けない……が、これが最善だ。三人には主君を攫った相手に万全の状態で挑んでもらわねばならん。確実に主君を救うために」

冷静に適材適所を見出《みいだ》してそれを実行に移すとは流石はAランク冒険者でやがりますね。

……本来であれば、自分達の力で主さんを助け出したいでやがりましょうに。

「分かったでやがります。ただし……副隊長はそっちにつけさせていただくでやがります」

「私達だけの方が連係は取りやすいんだけど……」

「大丈夫でやがりますよ。副隊長なら」

「はい。お任せください」

「っすか。攻撃が当たっても知らないっすし、倒れたら置いていくっすよ」

それで構わないでやがります。と、こくんと頷《うなず》いて前に向かう。

「……倒すのが遅かったら、手を出すでやがりますからね」

「言ってなさい、よ！」

ソルテが真横に跳ねるようにしてまた現れたゾンビの群れへと突っこむと、その勢いのままに弾けるようにゾンビが千切られ、跳ね飛ばされていく。

「とどめは要らないっす！　とっとと行くっすよ！」

と言いつつ、ソルテは真っすぐに進み、レンゲは右の道、アイナは左の道へと進んでいく。

「あんた達は私についてきて」

と言うので、大人しくソルテが切り開く道を進む。

……見事、と言うしかない程の槍捌《やりさば》きで速度も落とさず不死者を切り捨てて行く。紅い戦線《レッドライン》はこんなに強かったのかと驚いたでやがります。

王都の大会の時からそこまでの時間は経《た》っていないはずだが、この短期間でこれだけ強くなったという事でやがりますか？

そんな事を考えていると、後方からダンダン！　と、強く地面を鳴らす音が聞こえてくる。

「……レンゲの方ね。戻るわよ」

なるほど。散開して次の階層の探索をしていたという訳でやがりますか。

確かにゾンビ程度に不覚を取るようなメンバーではないでやがりますが、本来であればダンジョンで行うにはリスクが高い探索行為でやがります。

が、そのリスクを冒してでも速さを求めて行くわけでやがりましょう。

戻る途中で気づいたが、壁に傷がつけられておりそれも目印と取り決めているのでやがりますね。

流石はダンジョン攻略の本職である冒険者、これは頼もしいでやがりますな。

「理解しました。次の階層からは、私も探索に行きますね」

副隊長もシステムを理解したようで、これでもっと複雑化しても効率化出来る事だろう。

……主さん。すぐに、助けに行くでやがります。

だから……生きているんでやがりますよ。

※※※

現在の状況を整理しよう……。

何もわからず暗闇の中に引きずり込まれ、光もないのにキラキラと輝く正体不明の金髪紅眼の色白美人に攫われた。

暗闇の中から抜け出たと思ったら古城の前におり、中に入るとぶわっと鳥肌が立つような感覚を感じたと思ったら、色白美人さんが壁に触れると同時に足元に魔法陣が現れ、気がついたらベッドやカーペットのある一室にいた。

そして、色白美人さんにベッドに座らされたと思ったら何をされるでもなくじーっと見つめられている。

空間魔法は……理由は分からないが使えないようだ。

何故《なぜ》だか分からないが、座標転移《ポイントゲート》の為の座標が分からないのである。

不可視の牢獄《インビジブルジェイル》……は、自分が視認出来る所であれば発動はできそうではあるが、座標が分からない以上盾として展開する事も出来ないので、あまり意味を成さないだろうな。

つまり！　絶体絶命の大ピンチ！

この前のロウカクでも絶体絶命の大ピンチが訪れたが、あの時のカサンドラは友好的であったから九死に一生を得られた訳で……この人を相手にそれが望めるのだろうか？

ただ何故俺を攫ったのかの理由が分からない上に、まだ死んでないという事は何らかの理由があるのだろうという希望はある……か？

それに、抵抗しなければ無事に帰すと言ったが、それを信じて良いものかどうか……。

「……」

「……」

お互いに沈黙。だが、情報が得られない訳ではない。

今分かっている事は、髪の色は金色であり肌の色は色白でシミ一つなさそうで、瞳の色がソルテのように真っ赤であり、意外と胸が大きく、ぎりぎりおっぱいかどうかという事が分かった。

……外見の事しかまだ分かってないな。

「うーん……」

そして今の状態としては俺の方を見つつ、どうしたものかと悩んでいる。

もしかして人違いだったりしました？　でしたらすぐに帰していただけると幸いなんですが……。

「んんんっ！　あーあー……」

今度は咳払《せきばら》いと……発声練習らしき行動をとっているのだが、全く先が読めないのですが……。

「ふう……よし！　ねえ」

「はいい！」

突然声をかけられ、返事が裏返ってしまった……。

「かしこまらないでー。貴方《あなた》の方が年上……年上かな？　あれ？　もしかして私の方が年上になるのかな？」

そんな事を聞かれても分からないというか、見た目で言えばそちらの方が年下だと思いますが、この世界ではオリゴールのように見た目の常識にとらわれてはいけない事も多々あるのでそうとも言い切れない。

「あのさ。本当に危害を加える気とかはないから安心してね」

「……」

「って、言われても信じられないか。私吸血鬼だし、俗にいう魔族だしね」

「え？」

「え？ あれ？ 気づいてなかったの？」

吸血鬼……っていうか、魔族!? 魔族ってあれだろ？ あの、人類の敵とか言われている悪い奴《やつ》！

詳細はあまり分からないのだが、ただ漠然と悪い奴！って印象の！

「あーあー待って待って警戒心を強めないで。魔族で吸血鬼なのは事実だけど、本当にちゃんとお家《うち》に帰す……っていうか、自己紹介した方が早いかな。久しぶりに人と話すから緊張するなあ……」

……悪い奴……なんだよな？

なんというか、俗っぽいというか、そうは見えないというか……。

どことなくだが、軽いノリのせいでそう悪いように思えなく感じてしまう。

「んーと……我が名はレッドキャッスル・セブンリーフ！ 夜天の女王にして『吸血鬼の真祖』である！ そしてここは私のダンジョンだ！……なんちゃって」

「……」

「あーあー引かないでよ。こっちに来てから日本名の吸血鬼じゃあ変だろうなって一生懸命考えたんだから……。まあ直訳だからなんの捻《ひね》りもないんだけどさ……私馬鹿だから英語駄目なんだよね」

「…………ん？」

い、今なんて言った？　馬鹿なのか、ってのはどうでもいいとして、日本名？　それと、英語って言ったか？

この世界の言葉を俺が自然と理解出来ている謎を考えた際に、自動翻訳が流れ人にはデフォルトであるのかな？　と思ったのだが、その自動翻訳の誤作動って訳じゃあないだろう。

「まあ警戒を解くためならこっちの方がいっか。改めて、吸血鬼で魔族だけど、元日本人の赤城七菜《アカギナナ》だよ。お兄さんも日本人であってるよね？」

「……はい？」

「ハロウィンの企画者みたいだったし、黒髪に黒目。それとこの世界にそぐわない日本人顔。ね？日本人であってるでしょ？」

日本人顔って……あれ？　そう言えばジャック・オー・ランタンのマスクがいつの間にか外れている……。

「いや待った。俺は確かに日本人だけど、赤城七菜？　え？　超日本名だけど、え？　はい？　あんた、流れ人って事か？」

「流れ人って、元の世界……日本から転移された人の事だよね？　じゃあちょっと違うのかな？　私は記憶を持ったまま吸血鬼に転生した感じ？」

「……まじか」

転移、ではなく転生？

俗にいう前世の記憶を持ったまま転生したってやつですか？

「まじです。それで、お兄さんのお名前は？」

「あ、ああ……忍宮一樹《シノミヤイツキ》26歳。元サラリーマンだが……」

「イツキさんね。年上かどうか分からないからイツキでもいい？　それで、私が元日本人だっていう確信が欲しいなら、こっちの世界の人じゃあ分からない質問に何でも答えるよ」

いきなり呼び捨てとはなかなかに距離を詰めてくるのが早いな。

まあそのくらいは構わない……それよりも話の流れからこの子もマジで元日本人だとは思えるのだが、確信を得るのは悪い事じゃあない。

99％と100％では、天と地ほどの差があるものだから、しっかりと質問させてもらおう。

とはいえ、何を聞けば日本人だと分かるだろうか……。

「あー……じゃあ味噌汁《みそしる》の具材と言えば？」

「お豆腐？　わかめ？っていうかそれ、人によって答え変わらない？」

「日本人の国民食と言えば？」

「カレーライスとかラーメンかな？　あ、納豆ご飯？　あーお兄さんの世代だと焼き魚とかお刺身とか？」

「関ケ原の戦いに参加した主な武将――」

「あ、ごめん。それは分からない。私頭良くない」

「スリーサイズは？」

「上から80……って、その質問答えなきゃいけないかな？　あと、転生してから測ってないから分からないよ！」

「今何問目？」

「あ、知ってるそれ。え？　何？　私回転させられるの？」

「おお……まじだ」

「なんでその質問で確信を持てたのかな？　というか質問のセンスが変！　あと、途中変な質問があったね。ナチュラルに人のスリーサイズ聞くから答えそうになったよ。イツキはエッチな人なんだね……」

いや、話の序盤でもう日本人だなって分かったので流れで言うかな、と……あと、今の君のスリーサイズは80ではなく、もっと上だ。間違いない。

「それでどう？　これで元日本人だって分かったかな？　安心してもらえる？」

「元日本人だってのは分かったが、安心はまだ無理だ。何の目的で、俺を連れ去ったのかが分からないからな」

「あー……そだよね。じゃあ、単刀直入に言うけど………あ………」

くらっとしたのか体に力が入らなくなったように崩れ落ちそうになるレッド——赤城さん。

そんな赤城さんを抱き留め、支えになるようにしたのだがどうやら顔色がかなり悪く見える。

「お、おい大丈夫か？」

「あー……うん。大丈夫……でもないかも。最後の力を使っちゃった感じだし……見ての通りふらふらなの。連れてきた理由もこれなんだけどね……」

「病気か？　俺が錬金術師だから、治してほしいって事か？」

「あ、イツキって錬金術師なんだ……って違う違う。あー……まずい……力があ……」

「じゃあ何を……」

「あー……限界……っ。イツキ……理由は後で話すから……はあ……はあ……あああ……。でも、謝らないと……これじゃあ危害になるかも……ごめん」

そう言うと腕を首の後ろに回し、正面から抱き着いてくる赤城七菜。

「へ……？っ!!」

何を!?　と、思っていると首筋に一瞬痛みが走る。

何が……と思うと同時に、赤城七菜が吸血鬼であったことを思い出し、今俺は血を吸われているのだと理解した。

そして、なんとか足掻《あが》こうとするも抱き着く力が強くて離れようがない。

「お、おい、離れ——」

「はぁぁぁぁぁ……ん。ん……ちゅぅ……ちゅる……んなあ……」

首筋にかかる熱い吐息と舌使い、痛みは麻痺《まひ》したかのように感じず、俺の声も届いていない程の熱を感じてしまう。

「やば……美味《おい》し……ごめん。ごめんね。吸い尽くさないようにするから、ちょっとだけ……凄《すご》……ああっ、血……いっぱい……んぅ……あ、ぺろ……あむ……」

舌を這《は》わせ、唾液なのか血液なのか分からないが首筋を伝って行くのを感じる。

それと同時に血が減る事で体が寒さを感じ始め、本能的にこのままじゃあまずいとは思うのだが、相変わらず抗《あらが》う事が出来ないでいた。

「っ……く……あ………」

視界が揺れ、意識を保とうとするも頭がぐらんと揺れて行き、体が怠《だる》くなっていき——意識が途切れる。

「はあ……ああん……ん？……イツキ？……っ！　わあ！　ごめん！　大丈夫!?　生きてる!?　死んでないよね!?　大丈夫だよね！！？」

意識が完全に途切れる寸前、恐らく正気に戻った赤城七菜が慌てたようにして離れるのを感じるのであった。

見上げた天井は暗く、見覚えが全くない。

ベッドの感触も感じたことがないが、普段よりも堅めだなと感じていると視界の横からひょこっと美人が顔を出した。

「あ！　気づいた？　良かったぁ……」

心底心配しましたよという泣きそうな顔でも美人は美人なんだなあ……とか、場にそぐわぬことを思ってしまう。

「赤城……七菜？」

「なんでフルネーム？　七菜でいいよ。私もイツキって呼んでるし」

「ああ、じゃあ七菜」

「おお躊躇《ちゆうちよ》ない……手慣れてる感じだね。意外とちゃらめ？」

馬鹿を言うな。俺は硬派……な方だと思いたい。

って、そんな話をしている場合じゃないよな。

「はあ……でも起きて良かった。無事に帰すとか言っておいて死んじゃったかと思ったから……」

「あー……色々聞かせてもらえるんだろうな？」

「うん。ちゃんと話しますし答えます。でもまずはごめんね？　本当は理由を話して許可を貰《もら》ってからにしようと思ったんだけど、我慢の限界が来ちゃった……耐えられなかった……」

「我慢って……吸血行為のか？」

「うん。というか、食事だね。もう十数年食事を我慢していたから限界の限界だったんだよね」

十数年……。

食事は生きるのに必要な事であり、ある種の娯楽でもある。

それを十数年我慢していただなんて、想像を絶するな。

「なんで我慢してたんだよ？」

「そりゃあ私魔族だもん。人を襲ったら討伐されちゃうじゃん？　こっちじゃ世間知らずだろうけど、魔族が人類の敵って事くらいは知ってるんだよ」

「……あー」

それもそうか。

俺も魔族と聞いて漠然とだが、悪い奴ってまず思ったしな。

今まで魔族に出会ったことはないが、基本的には七菜のような感じではなく、もっと悪悪しい感じがするのだろう。

「それに魔族ではあるけど人としての倫理観？っていうのが残っているからさ、吸血鬼としての衝動はあるけど、知らない人を襲うっていうのに抵抗があって……」

その気持ちも分からなくはないがなあ……。

「イツキはほら、流れ人でしょ？　同じ日本人なら話せば分かってくれるかなー？　と思ってね。だから、本来であればちゃんとお話をしてから、許可を貰ってから血を分けてもらおうと思ってたんだけど……」

「我慢の限界が来て、俺に話す前に襲い掛かったと……」

「うん……。それは本当にごめん。危害を加えないとか言ってたのにごめんなさい……」

しょぼんと頭を垂れて謝る姿から、本当に限界ギリギリだったのだろう。

痛みもあり、血を失って気は失ったものの七菜の立場に置き換えれば、分からなくもないと思ってしまう。

空腹状態で目の前に食事があり、食べなければ死ぬかもしれない状況で我慢など俺にも無理だなと納得してしまった部分もあるだろう。

とはいえ、いきなり吸血は……ちょっとなあ……。

「ま、まあ生きているからそれは良いけど……いや、良くはないんだがまあ良いとして、重要な事を聞きたいんだが……」

「うん。何でも聞いて。ちゃんと答える！」

良いお返事。というか、やはり年下の様な感じがするな。

実年齢は分からないが、精神年齢は隼人や美香《ミカ》ちゃん達と同じくらいじゃなかろうか？

だが、今はそんな些細《ささい》な事よりも重要な事を聞かねばならないんだった。

「血を吸われたって事は、俺は吸血鬼になったのか？」

「へ？　ああ、眷属《けんぞく》って事？　なってないなってない。イツキは人間のままだよ！」

「そうか……良かった……」

吸血鬼に血を吸われたら吸血鬼の眷属になり、吸血鬼になる……。

一般的な知識の一つだとは思うんだが、どうやら吸われたら強制的になるという訳でもないみたいだな。

「眷属にすることも出来るんだけど、勝手に血を吸っておいてそんな事出来ないでしょ……。まあなりたいならしてあげるけど」

「いや、俺は人がいい」

「だよね。うん。その方がいいよ。魔族なんてなるもんじゃないしね……。人としての倫理観を持っていると、私みたいに食事もままならないからね」

「……あー普通の食事は出来ないのか？」

「出来なくはないかな？　でも、味がしないから気持ち悪いし、体が受け付けないんだよね。パンはスポンジみたいだし、お肉は布とか粘土みたいだし……。初めて食べた時は口の中が最悪だったなあ……」

「おおう……」

それは……きついな……。

元々吸血鬼であれば、パンや肉の美味《うま》さを元々知らないのだろうが、元日本人という事は見るだけでも味の予想はついてしまうのが余計にしんどそうだ。

「そっか……で、やっぱり血は美味かった、と」

「うん。やばかった……。生まれて初めてって訳ではないんだけど、イツキの血は半端じゃないね。美味しすぎて我を忘れちゃったくらい、元の世界でも味わったことが無い幸福感で頭がぽわあ！ってなっちゃった！」

ぽわああってなっちゃったから止まらなかった……と。

しかし、大袈裟《おおげさ》な反応かとも思うのだが、十数年間味覚とおさらばしていたらこんなもんなのかもしれないな。

「なるほどなあ。鉄の味がするわけじゃあないんだな……って俺の血はって事は、血を飲んだこと自体はあるのか？」

人は襲えないから俺を攫ったんじゃないのか？

「うん。あ、勿論人は襲ってないよ。フード被《かぶ》って冒険者に偽装して臨時パーティーについて行って、味方が怪我《けが》をしたらポーションを渡すふりをして、指に血をつけてちゅぱってたの！」

「ちゅぱってって……」

「そうそう。こうやって指についた血をちゅぱちゅぱって！」

そう言って自分の人差し指を口に入れ、ちゅぱちゅぱ吸ったり舌を這わせて見せたりする七菜。

……無自覚って怖い。恐らくまだ自分の姿に慣れていないのだと思うが、相当な美人が指を丁寧に舐《な》めている姿は男には危険な光景だという事を理解してほしい。

「あとは動物の血も飲んだことあるんだけど、生臭いというか、獣臭いというか飲めたものじゃないというか……。それでいて渇きは潤うんだけど、お腹は膨れないからどうにもっていうね……」

「ああ……なんか本当壮絶だな……」

「いやあ、まあ仕方ないよね。こんな魔族は他にいないんだろうし、身を任せて破滅するまで人を襲ってしまうのも仕方ないよね！　とも思ったけどさ、人様に迷惑をかけるなって親に散々言われてたからねえ……」

「良い親御さんからの教育があったんだな」

「うん。自慢の親！」

満面の笑みを見せてくれる七菜だが、その笑顔は少し悲しそうにも見えた。

だが、すぐにそんな気配は消し去って話を続ける。

俺がベッドに腰かけているため、俺の方が下にいるのだが上目遣いをしてくる七菜。

「でさあ……ちょっとまた厚かましくもお願いがあるんですけどぉ……」

「ん？　なんだよ。まだ飲み足りないってか？」

「あ、うん。凄いねイツキ。その通りなんだけど……」

まあそんなところだろうとは思ったさ。

小食っぽく見えなくもないが、十数年ぶりの食事だというのなら足りないって可能性は高かったしな。

「うーん……」

「出来れば！　出来ればお願いします！　もうイツキが倒れるまで吸わないからあ！」

「今は……無理だな。食事をとって、血を作らないと多分すぐ倒れると思うぞ」

あとは薬で血を増やすなどしないと今は無理だろう。

速攻で倒れるというか、死ぬ可能性が高いと思う。

「あ、うんうん！　そうだよね。じゃあ後でならくれるの？」

「まあしょうがないだろう。ああでも、首は勘弁してくれ……ちょっと怖い」

「あはは。うん指でも腕でもどこでも大丈夫！　えへへ。イツキありがとうー！」

そう言うと抱き着いてくるのだが、俺はまだ全快していないので力の向きのままに倒されてしまう。

「わぷっ。あははは。ごめん押し倒しちゃった！」

「別にいいけど、まだ回復しきってない上に俺は冒険者達と比べても雑魚だから気を付けてくれ」

「はーい！　あ、血を作るってどうしよう？　ここ何も食べ物ないよ！」

「ん、ああそれなら大丈夫だ」

「とっと……ひゃあん！」

体を起こすとどいてくれたのだが、その際につい腰に手を当ててしまい、驚いた声を上げられてしまった。

一応弁明をするのであれば、起き上がった際に七菜が落ちないようにと考慮したとだけ言わせてほしい。

「うう……イツキやっぱりエッチだあ。いきなり腰を摑《つか》むなんて……」

「事故なんだよ……勘弁してくれ」

「ふふ。そうだね。気遣ってくれたんだよね。ありがとう。それで、なんで食材が無くても大丈夫なの？」

どうやらからかわれたようだ。

で、食材だったな。えっと多分魔法空間なら……っと、やはり大丈夫のようだ。

どうやら座標を用いるスキルの使用が出来ないみたいだな。

しかしなんで使えないんだろう？　七菜がダンジョンだと言っていたが、だからだろうか？

ここに入る時も変な感覚があったし、ダンジョン内は異空間のようなもので、座標が分からないのだろうか？　とか思いつつ、とりあえず食材や調理道具を取り出していく。

「わあ！　凄い凄い！　手品みたい！」

「俺のスキルに空間魔法ってのがあってな」

「へぇえ！　スキルなんだー！　何でも入るの？　凄く便利そうだね！」

「生き物は無理かな？　時間経過の有無も決められるし、温度調整も出来るんだぜ」

「え、何それ凄い。じゃあじゃあ長時間煮込み料理とかも作れちゃうわけ？」

「作れちゃうわけよ」

「ええー！　ずるいー！って、私料理作っても食べられないんだった……あーもー魔族うざい！」

凄くテンションが上がっていたのに自分は食べても味がしないんじゃ、そりゃあそうなるわな。

「それじゃあパパっと作っちまうが……火は使っていいのか？」

「うん？　勿論良いよ。焚火《たきび》みたいにするのかな？　あ、じゃあ端の方にしてくれると嬉《うれ》しいです」

オッケーオッケー。という訳で、調理を開始。

まあ、キッチンがある訳ではなく野外料理の様な物だから凝ったものは作れないので、とりあえず血肉になると思われる肉料理やレバーを使って適当に焼くか。

味付けは、シンプルに醤油《しょうゆ》と胡椒《こしょう》をベースに、塩で味を調整するとして、野菜を適当に火の通りが良くなるサイズに切り分ける。

「へぇえ。イツキって料理出来るんだ！　女子力高いんだね」

座って料理を作る俺の肩に手を当て、顔の横からひょこっと顔を出して手元を覗《のぞ》いてくる七菜。

整った顔立ちが物凄く近い所にあって一瞬ドキっとしてしまうのだが、段々と七菜の事が分かって来たな。

かなりノリが良くボディタッチも多いし、距離感が近いフレンドリーな明るめの女の子。

もしかして生前はギャルっぽい感じだったのかな？　とか思ってしまうな。

「まあ一人暮らしもそれなりだったからな。簡単なもんだけだけど」

「いいじゃんいいじゃん。料理男子！　イツキモテたでしょ」

「残念ながらそうでもないな。普通に恋人がいた事はあるけど、会社と自宅の往復の毎日だったしな……。それに、頻繁に料理を作るようになったのはこっちの世界に来てからだし」

「そうなの？」

「ああ。こっちの世界の食材ってあっちよりも美味くてさ。こっちの世界の食材で色々作ってみたくなってって、すまん」

「うう―……いいないいなあ。うあああ……」

七菜は味を感じる事が出来ないのに、こっちの世界の食材は美味いだなんて話は配慮に欠けていたな。話題を変えてっと……。

「七菜こそ、話しやすいし結構モテたんじゃないのか？」

このフレンドリーな感じだとか、さりげないボディタッチを素でしていたのだとすると、勘違いしてしまう男子はきっと多かった事だろう。

まあ？　俺はもうとっくに成人を迎えている立派な大人なので、子供のボディタッチなどに惑わされたりはしない。

心にはいつもウェンディ達を想《おも》っているので、どれだけ七菜が美人であろうと、ギリギリサイズ的におっぱいを押し付けられていようとも惑わされたりはしないのさ！

「んんーモテてたのかな？　あ、告白はよくされたかも。でも学生ってなんか子供っぽいし、エッチする事しか考えてなさそうだったから全員振っちゃった。女子からのやっかみとかも怖いしねえ……」

「あー……女の子はそういうの怖そうだなあ」

「怖いよー。誰々が好きな男子に告られただけでハブとかあるしね。知らないっつの。だから私は年上の彼氏がいるって事にして、噂《うわさ》をわざと広めて事なきを得ましたよ……」

女子にしか分からない世界だなあ……。

理不尽極まる事もあるのだろうが、男子たる俺はきっと一生分からず生きて行けるのだろうな。

「大変だなあ……っと、よし。肉野菜炒《いた》め風レバニラ炒め完成」

やはり血を作ると言えばこれだろう。

まあ、野菜炒めにレバーを交ぜて作っただけだが、簡単に作った割には上出来である。

「おおー！　お見事ー。うわあ、美味しそう！」

「食べるか？って、言いたいけど味しないいんだもんな」

「そうなんだけど嗅覚は利くからさあ……。あー料理男子の手料理食べたかったあ」

「あとで血は分けてやるから、ちょっと待ってな」

「はーい。んふ。んふふ。イツキ、やっぱりモテてたでしょ」

「んあ？」

ちょっと今食べているのでコメント出来ないんですけど……。

とりあえず首を振っておく。

「気を遣ってくれるところ、やっぱり大人だなーって思うな。優しいし、あんなことしたのに許してくれたし」

「ん……んっ、まあそれなりに色々経験してきているしな。他人に頼るのは悪い事じゃあないし、若者の失敗は許してやるのが大人ってもんだしな」

「おおー。なんか格好いい事言ってる」

「惚《ほ》れんなよ？」

「惚れないよ！……ぷっ。ふふふふ。久しぶりに人と話したけど、やっぱり楽しいなー！」

もぐもぐと食事の手は止めないが、突然笑い出した七菜に釣られて微笑《ほほえ》んでしまう。

「こっちに来てからずっと一人ボッチなのか？」

「うん。生まれた頃から基本寝てたからね。魔族にもなりきれず、人としても生きられない。何とも困ったもんだよね」

誰にも迷惑をかけずに生きるための選択肢だったのだろう。

ただ、結局寝て過ごしても空腹が満たされる事はないので、先細りの未来しか待っていなかったとは思うが……。

問題を解決するために時間が必要という事もあるが、アインズへイルまで来ていたという事は俺がいなかったらどうなっていたんだろうか……。

「……それにしては、明るいなあ随分と」

「そりゃあそれが私のとりえだもん。生きていればこうして良い事もある訳だしね」

「良い事？」

そう言って自分で自分を指差しておく。

「良い事」

そう言って俺を指差す七菜。

お互いに顔を見合わせ、くっくっと笑い合う。

そして、野菜レバニラ炒めを食べ終わり、増血薬を飲んでからベッドに腰を掛けて水を一口飲んで一息。

「それじゃあ、腹ごなしも出来たしそっちの食事と行くか」

「いいの？　食べたばっかりじゃん」

「んじゃあ、おやつ程度って事で。場所は……首は駄目として、指で良いか」

近くにあった包丁で軽く指先をすぱっと……薄《うっす》らとだが、当然痛い。

「うわあ……イツキ、思い切り良すぎでしょ……」

「こういう時は思い切ってな。何度もする方が怖い。それよりほれ」

「ああ、うん。ありがとう。わわわ、垂れちゃう垂れちゃう！」

キチンとお礼を言いつつ、俺の手を取ると手首の方にまで垂れてきてしまった血に舌を伸ばす七菜。

「んっ……れろ……」

俺がベッドに座っているせいか、七菜は床に座って俺の手を両手でしっかりと持ち血が垂れてしまった手首から掌《てのひら》へ、そして指先へと舌を這わせて行くのにゾクッとしてしまった。

「あむ……んふ。やっぱり美味し……んちゅぅ、ちゅる……んはあ……」

なんだか興奮しているような恍惚《こうこつ》とした表情を浮かべながら血を舐め取り、舌を絡ませてくる七菜。

舐めているのは指なんだが……エロティック！

服装と俺達の位置のせいか、バスト80では間違いなくないおっぱいの谷間がばっちりと見えています！

「はあぁん……もっろぉ……もっろ欲ひいろぉ……」

指を口に含みながら血を舌で舐め取っているせいか、ろれつが回っておらず七菜が放つ言葉すらも別の意味に聞こえてくる気がして俺も頭がぼーっとしてきた。

指を切った痛みも感じなくなり、むしろ気持ちよさが……いやいやいや、そういう気分になるな俺。

「……そろそろ一旦、いいか？」

「ふぇ？　うう………やらぁ………」

「またあとであげるから……」

血の量は大した事ないので大丈夫だとは思うが、別の意味を含めるとちょっとこのまま続けるのはやばいかもしれないからね！

その前に中止というか、延期させていただこう！

「うう………ふぁい」

名残惜しそうに指から口を離すのだが、しっかりと口をすぼめて血の一滴すら残さぬように搾り取っていく七菜。

ちゅぽっと指から口を離すと、もうすでに血は流れてはおらず指はふにゃふにゃ。

そんな手を持ったまま、先ほどまでの美味の名残を堪能していらっしゃる七菜さん。

「ほわあ………」

「あー………っ、わわわ、ちょっと待ってね！」

と言って、自分の唾液が付いた指を丹念に拭き取っていき、それが終わると一仕事終えたようにふうと一息ついたようだ。

「はああ……美味しかったあ！」

「お粗末様？　で良いのかな？」

自分の血を粗末と言っていいのかなとも思うが、日本人の常套句《じょうとうく》というものだしな。

「うふふ。お粗末じゃなかったよ？　それにしても……イツキはやっぱりエッチだねえ……指を舐めさせるとか……エッチだね！」

「たまたまなんだがな……。それを言うなら、指を舐めてる七菜の方が艶《なま》めかしいというかなんというか……」

「え？　ちょっと待って？　私指舐めてるときそんななの!?　自覚ないんだけど!?」

「気付いて無いのか……もっろぉ……って言ってたぞ？」

「嘘《うそ》だぁ！　そんな媚《こ》び媚《こ》びの甘えた事を言う訳ないよ！」

「本当なんだなあこれが」

「ええぇ!?　ど、どうしよう？　この後もまだ飲ませてもらう予定なのにそんなの聞かされたら飲みにくいじゃん！」

頭を抱えてオーバーリアクション気味にショックを受けているのだが、やはり見た目とのギャップが凄いなあ……。

七菜はううう、と唸《うな》り声《ごえ》をあげて悩んでいたようだが、結局どう悩もうとも無理だと判断したらしく先ほど通り明るい状態へと戻ったのであった。

※※※

はあ……はあ……いったい何階層まであるのよ……っ。

基本的に走り回っているのだから息が上がるのはしょうがない。

それでいて階層を重ねるごとに不死者の魔物は強くなっていくのだから厄介極まりない。

階層の多さはそのままボスの強さに匹敵するのがダンジョンでは基本。

だけど……だからと言って足を緩める理由にはならない。

「はあああああ！」

俊敏に動くスケルトンドッグをバラバラに葬りながら次の階層への階段を探していると角を曲がった先に階段があった。

それを確認して、足を踏み鳴らして合図を送る。

速く確実に進むためとはいえ、待っている時間がもどかしい……。

「……焦りは禁物でやがりますよ。主さんはまだ生きているんでやがりましょう？」

「ええ……そうね。そうね……」

何度目になるかもわからないが、テレサのおかげで逸《はや》る気持ちをクールダウンは出来ている。

焦りは何も生まない。ただただ危険が増えるだけ。

そんな当然の冒険者の心得など分かってはいる。分かってはいるが……理屈じゃないのよ。

テレサの言う通り、主様との繋がりは途切れていない。

それはつまり、単純に主様を殺すために攫ったわけではないのかもしれないと、希望を交えて少しだけ思う。

相手は魔族……目的は一体なんだろう？

主様の特技というと……錬金？　何かを作らされているとか……。

でもそれなら、王国筆頭錬金術師のエリオダルトを狙うべきだと思う。

主様の錬金レベルは確かに高いけれど、名が売れている訳ではないから違う可能性が高いと思う。

「ソルテさんソルテさん。武器出してください。待っている間に聖水かけて付与魔法重ねますので」

「ありがとう副隊長。……あんた、意外とやるのね」

「いやいや、本職のお三方には負けますよ。サポートで精一杯です」

謙遜……ね。疲れは表に出してはいないだけかもしれないけれど、ここまで大分助かった所があるのは事実。

今してもらっている武器への聖属性の付与だけでも、不死者しか出てこないこのダンジョンではとてもありがたい。

敵が強くなっても特攻性能で軽々打ち滅ぼせており、最初の頃のペースと変わらぬ速度で走れているのは副隊長のおかげよね。

「ねえ副隊長。主様が攫われた理由って何だと思う？」

「主さんがですか？　うーん……魔族は思考の偏りが多い傾向がありますからねえ……。常人では想像の付かない理由がありそうな気はしますね」

「そうよね……」

「隼人卿に恨みを持つ魔族の犯行……という線も考えましたが、それであれば何らかのメッセージが残されていると思うのでその線は薄いかなと。つまり、主さんに何らかの有用性があったものだとは思うのですが……」

「うん……私もそう思った」

「それ以外で考えられるとすれば、錬金、料理……」

まあ、まずはそこからよね……。

見た目でひとめぼれ！……って、可能性もあるんじゃないかしら。

うん。あるかもしれない。最近の主様格好いいし。

「あれ？　でもあの時の主様ってジャック・オー・ランタンの仮面をつけていたのよね……」

「ん？　あ、同じ魔族だと思われたって事ですか？　魔族同士つるむことは滅多にないはずなんですけどねえ……」

そうなのね……じゃあ、別にあの格好は関係ないのかしら……。

「あと主さんを攫う目的としては……エッチな事ですかね？」

「エ、エッチな事？」

「ええ。ハーレムを築く主さんですから、当然夜の方もお強いでしょう。あの魔族が性欲に溢れる魔族であれば、狙ってもおかしくはないのでは？」

ありえない！って、言いにくい所なのが困りものね……。

確かに主様は……って、そんな情報が魔族にまで広まっている訳ないじゃない！

「ふふふん。何やら心当たりがありそうですねえ。やはり主さんって、夜の方も凄いんですね！」

「あんたねえ……」

「待たせたっす！って、なんでソルテ顔赤いんすか？」

「もうばてたのか？　だが、休む暇はないぞ」

二人が息を荒くして合流したのでここで副隊長との話は終わりにして頭を切り替える。

副隊長が二人の分の聖属性の付与を終えるまでを休憩とし、それが済み次第階段をまた駆けあがっていく。

これで15階層……見た目の城よりも上へと上がってはいるが、それはダンジョンだから仕方がない。

でもそろそろだとは思う、出来たばかりのダンジョンであれば、そんなに階層が多いという事は無いはずだから、少なくともあと5～10階層以内だろう。

「……少しは落ち着きましたかね？」

「ええ……気合入れ直して行くわよ。それと、命は大事にね」

「分かってるっすよ。死んだらご主人に顔向けできないっすからね」

「ああ。皆無事で、主君を助け出すぞ」

疲れはある。それでも、いくらでも体は動く。

主様を助けるためならば、どんなことでも諦めないでいられるだろう。

だから……どうか無事でいて。

生きていてくれさえすれば、必ず私達が助けるから……。

食事はとったが、まだ体がだるいのでベッドで横になって回復中。

ふう……と、目を瞑《つぶ》ったのだが七菜《ナナ》がそわそわとしているのが気になり、色々お互いの事を話しながら休むことにしたのだが………とんでもない発見がありました！

「ま、まじで!?　カレー作れるの？」

「作れるよー。スパイスからでしょ？　バターチキンカレーも出来るし、キーマも得意だよ。材料さえあればマッサマンカレーも出来るかな？」

「マジかよ！　作ってくれ！」

「あはは。それは無理かな？　味を感じられないから味見も出来ないし、こっちの世界の味が分からないと難しいよね」

ああああ、まじかよう……そうだったあ……。

「凄《すご》い残念そう……。まあでも、カレーが食べたい気持ちは分かるけどね」

「ああ……とても残念だ……。何で味を感じないんだよう」

「そう言われても……。そういうのは私の舌に言ってよね」

そう言ってべーっと舌を見せてくる七菜。

口を開いたので良く見てみると鋭い牙があり、これを先ほど俺の首筋に突き立てたのだなと観察し、その後伸ばした舌を見る。

「舌長いんだな」

「あ、本当だ。舌長いね。べーってすると舌の先がギリギリ見えるとか変な感じ」

「さっき舌這《は》わせてたのに今気づいたのか？」

「は、這わせてたとか言わないでくれるかな？　なんか卑猥《ひわい》だよ！　イツキのエッチ！」

今度のべーはあっかんべーといった感じで舌を出してきたので、とりあえず……摘《つ》まんでみた。

「っ!?　ふへぇ！」

「お、すまんつい」

「ついで人の舌を摘まんじゃダメだよ！　女の子の舌を何だと思ってるんだよ！」

「いやあ、ついな。摘まみやすそうだったから」

「摘まみやすそうでも絶対に駄目だよ？　イツキはおっぱいが揉《も》みやすそうだったら揉んじゃう人なの？　それは痴漢だよ！」

「おっぱいと舌は別だろう」

「どちらかと言えばハードルは舌の方が高い気がするんだけど……」

そうか？　まあでもそうか。

そういえば女の子の舌を摘まんじゃいけないと、副隊長にも言われてたな。

「もうイツキはすぐにエッチな方面に進むなあ」

「舌を摘まむのはエッチなのか？」

「どう考えてもエッチだよ！　まあでも確かに、今の私凄い美人だもんね。悪戯《いたずら》したくなる気持ちは分からなくもないかな」

そう言って自分の体のあちこちを触りだす七菜。

面白そうなのでじっと見つめておくことにする。

「腰は細いし、胸も大きくなってるんだよね。肩こりがー！って、言いたかったんだけど、十数年寝ててもこの体って凝り一つなかったんだよね」

「ナチュラルに肩こりいらずや腰痛いらずが備わってんのか。それだけは羨ましいな……」

「うん。埃《ほこり》とかも気にならない感じなんだけど……なんかイツキ親父《おやじ》臭いよ？　まだ20代の癖に……」

「ばっか。迫りくる年による体の劣化を感じ始める世代だぞ？　10代の時のようにはいかなくなってくるんだよ」

「やっぱり親父臭い」

けたけたと笑う七菜を見つつ、少し小腹が空《す》いたのでお菓子を取り出す。

「あ、クッキーだー！　お祭りで配ってたやつ？」

「ああ。俺だけ食べるのは申し訳ないが……あ……」

「イツキ？　どしたの？」

「いやさ、クッキーに血を垂らして食べたらどうなるんだろうって思ってさ」

クッキーは味がしないまでも、血は味がするのだから食べ応えとか生まれないだろうか？

「ほえ？　どうだろ？　試してみる？」

「試してみるか」

そう言ってまたまた指を切るためにナイフを取り出したのだが、ぱっと取り上げられてしまう。

「……なんか怖いからナイフは駄目」

「んん？　じゃあどうするんだよ」

「あーん」

と、口を開けて自分の牙を指さす七菜。

「……噛《か》むのか」

「大丈夫。下手なナイフよりも鋭いから、ちょっと噛んだら血が出るはずだから。あと、痛みを軽減させる麻痺《まひ》効果とか乗せられるから」

まあ、それがいいのならと指を差し出すと、またもや両手で掴《つか》んで指をぱくっとする七菜。

これってさっきの……と思った俺の視線に気づいたのか、片手を離して俺の目を塞ぐのだが、手が小さいから微妙に隠れ切れていない。

そして、口に含んだ後に位置を確認するためにもごもごすると、指の腹に尖《とが》った何かが当たるのが分かり、すぐさまずきっとした僅かな痛みが走った。

だが、言われた通り少し痺《しび》れた感じがすると、痛みはなくなっていった。

「ん……ちゅる……美味《おい》し」

ついてしまった唾液を口をすぼめてこそぎ取るついでに血も舐《な》めたのか、舌をぺろっと出したあとにまた念入りに拭くと手を解放してくれた。

「それじゃあ、クッキーに垂らすぞ？」

「うん！　お願いします！」

期待に満ち溢《あふ》れた視線を向ける七菜だが、成功するとは限らないので期待外れにならない事を願う。

数滴の血をクッキーに垂らし、なにやらおどろおどろしい見た目にはなったもののこれで完成。

「食べて良い？」

「勿論《もちろん》」

言うが早いか手が既に伸びており、目を輝かせてそのままパクリ。

「っ！　んんふー！」

瞳を輝かせ、手をパタパタぶんぶんと振るって今の感情を表しているのを見るに、どうやら成功したっぽい？

「凄い！　イツキ凄いよ！　血の味だけじゃなくて甘いの！　甘さを感じるの！　これカボチャ？　凄いカボチャの味がする！　しかも美味しいのー！」

ばさっと七菜の背中から羽根が生え、室内を飛び回って喜びを伝えてくる七菜。

頬に手を当てて久々の甘味を堪能しているらしく、その顔は蕩《とろ》けそうな程に見える。

あとついでにスカートで空を飛ぶからスカートの中身も見えている。

……下着は穿《は》いているんだな。

「イツキ！　もっと食べたいー！　あ！　そういえばモンブランもあるんでしょ!?」

「あーあるぞ。良く知ってたな」

「食べたい食べたいモンブランー！　食ーベーたーいー！」

ああ、もうテンションが上がりすぎて何も聞こえてなさそうだな。

まあでも、今まで味を感じられなかったのが甘味まで感じる事が出来るのであればこのテンションも頷《うなず》けるか、とモンブランを取り出しまた血を数滴かけようと思ったんだが、その前にさっとモンブランを奪われてしまった。

「お、おいまだ――」

「いただきまーす！　んふう。んふふふふ！　美味しい～。栗《くり》が嫌いな女の子なんていない！っていうかこの栗すごく美味しいね！」

おおお？　まだ血は垂らしていないのだが、味を感じられるのか。

つまり、かけずとも血を吸った直後であれば問題ない……のかな？

七菜の様子を見る限り、血の味がするという訳ではなくマロロンの濃厚な味わいも感じられているので恐らくこの考えは正しいとは思う。

という事はつまり！　血を吸ってもらえばカレーを作ってもらえるかもしれないという事じゃないか！

「んんー！　美味しい。美味しいようー！　イツキ天才！　もう女子力振り切って女子だよ！」

それはちょっとテンション上がりすぎていてよく意味がわかんないぞ？

俺、男の子。立派な男の子。

「……お菓子だけじゃなくて、他の料理も食べるか？」

「食べるー！」

……カレーの話はまた後程として、今は十数年ぶりの味覚で、たっぷりと料理を堪能してもらうとしようか。

「それじゃあ、何が食べたい？」

「んーと、んーっと……お肉と、ご飯と、えっとえっと――」

指を折りたたみつつ次々に料理名を言う七菜だが、残念ながらその半分も用意は出来ないなあ……。


とりあえず、普段から俺が食べているブラックモームのステーキを提供してみる事にした。

「ステーキだー！　じゅるるる……。絶対美味しいやつやないか！」

「変な方言が出てるぞ……」

「そげなこつ気にせんでよかたい！」

「あってるのかその方言……」

「なんでも良き！　食べるよ？　食べちゃうよ？　あ、イツキ！　血！　血かけて！」

「いや、かけるよりも……」

すっと、まだ血が滲《にじ》んでいる指を差し出してみる。

とりあえず、俺の推測に確証が欲しいからな。

「ん？　舐めるの？　別に血も美味しいから良いけど……イツキ、舐められる方が好きだからって事じゃないよね？　エッチ……」

「ちげえよ……ちょっと試したいことがあってな」

「ふーん？　分かったー。あーむ……んちゅ……れろ……ん……ちゅぱ……やっぱり、血も美味し」

別にそんなたっぷりねっとり舐《ねぶ》らなくてもいいんだが、まあいいか……。

「よし。それじゃあ、そのまま肉を一切れ食べてみてくれ」

「ええー……せっかく美味しそうなお肉なのに？　味がしないのは嫌だよう……」

「大丈夫大丈夫。お前さっき血をかけていないモンブラン食べたけど味を感じていたからな。俺の予想が正しければ、今なら味を感じるはずだぞ」

「え？　さっきのモンブランかかってなかったの!?　酷《ひど》いよイツキ！　私を上げてから落とす気だったの!?」

「いや、俺が血を垂らす前にお前がしゅばっと奪って行っただけなんだが」

「あ、あれえ？……さ、さあ！　それじゃあ食べてみようかな！」

おい。まず言う事があるんじゃないか？　俺にほら言う事あるだろう？　ん？

「うう……怖いなあ……お肉は粘土なんだよなあ……」

味の無い肉など俺も想像すらしたくないな。粘土を口にするのは確かに拒否反応が出るなとは思うが、ここは信じてほしい。

「大丈夫だと思うから、早く食べちゃいなさい。効果が切れたらそれこそ味がしないぞ」

「そ、そうだよね。うん。それじゃあ……っ！っっ！」

凄く小さく切った一口をまるで食用の虫を食べるかのように嫌そうに口へと運んだ七菜が、目をきゅっと瞑ったあと『カッ！』っと音が聞こえる勢いで目を見開き——。

「うまあああああああい！」

と、料理漫画のようなリアクションを見せてくる。

翼は限界にまで広げられ、目と口を大きく開けてビームでも放つかのようだが、現実ではビームは出ない。

「お肉しゅごい！　こんな美味しいお肉初めて食べたよ！　これは良いお肉の味がする！」

うんうん。ブラックモーム美味《うま》いよなあ。魔物だけど。

脂は上品でしつこくなく、赤身は旨味《うまみ》が詰まって弾力と歯切れの良さのバランスがとても良い。

肉を食らう！って、感覚がとても強く、旨味も多い良いお肉である。

「生臭さとかは感じないか？」

「ないない全然ない！」

拳を握って上下に振って興奮状態で揺れており、それに伴いおっぱいも揺れている。

「あ、そういえばガリオ……にんにくを使ってたかもしれないんだが大丈夫か……」

「にんにく？　全然大丈夫だよ！　大好きだし！」

にんにくって吸血鬼の苦手な物の一つだと思ったのだが、どうやら問題はないらしい。

「ふわあぁ……お肉ぅ……」

「泣くほど嬉《うれ》しいんだな」

「そりゃ嬉しいようー。食は三大欲求の一つなんだから」

「寝るのも十数年って欲が凄いな」

「あははは。あ、だからって性欲も凄い訳じゃないから！　イツキのエッチ！　すぐエッチな話する！」

「今のは俺じゃないと思うんだが……。何も言ってねえよ」

「まったくもう。それより、このお肉とても高いものじゃないの？　前世でも食べた事がないくらい美味しいんだけど……もしかして、特別な日に食べるお肉だったとか!?」

「いや？　普通に日常的に食べる肉だぞ」

「そうなの？　それでこんなに美味しいとか、この世界の人達《たち》は幸せだなあ……」

「あーでも、それなりにお値段は張るから、庶民的なお肉ではないかな？」

ブラックモーム結構高いんだよな。

でも美味いし、お値段以上の価値は当然あると思っているので良く買わせてもらっているのだ。

肉屋のおっちゃんとも懇意にしているおかげで、サービスも良いし俺の分を余計に仕入れてもくれるのでありがたい限りである。

「やっぱり高いお肉なんだ……って、イツキもしかしてお金持ちなの？　あ、そういえば錬金術師って言ってたね。土を金に換えられるとか？」

「そんなん出来たら最高だが、それは無理だ。んんー……分かりやすく説明すると、製薬とアクセサリー作りで稼いでる感じかな？」

「そうなんだ！　お薬と、アクセサリーを作ってるんだ！」

「ああ。あとは魔道具とかな。定期的に仕入れてくれる相手がいるから、お金には困ってはいない感じだな」

たまに作るアクセサリーは値段が高いのでそこまで多く売れる訳ではないが、ヤーシスと定期的に取引が出来ているバイブレータは安定収入の要である。

発注は留《とど》まる事を知らず、まったく貴族ってやつは……と、呆《あき》れるところではあるがありがたいお客様だから何も言うまい。

「魔道具！　ええーなんか格好いい！　私も魔道具欲しい！　イツキ一つちょうだい！」

「……え？」

「魔道具って、何だかこの世界っぽいし良いじゃーん！　一個だけ！　何ならお金も払うからー！

……って言っても、このお城に隠されてた古い宝石だけど。ねえ、駄目ー？」

古い宝石が駄目な訳ではないが……まずい気がするなあ。

今俺が魔法空間に入れている魔道具って……アレと魔力球《マジカルボール》のランタンくらいしかなかった気がするんだよ。

ランタンはエリオダルトがくれた大事なものだし、魔族の力で壊れ等したらとても困る……。

「ねーえー！　じゃあ見せてくれるだけで良いからー！」

「見せる……いやあ……」

「なんで!?　何で駄目なの？　見るだけだよう－！」

「あー……えっとだな。うーんその－……元の世界のものを作ったから恥ずかしいというか……」

「元の世界のもの？　あ、ズルって言われるかもって事？　言わないよう。便利な物を知っているんだからそれを作るのもしょうがないよね。だから、ね？」

「いや、その……ズルとかは別にいいんだが、その……七菜に見せるわけにはいかないというか……」

「なんで私には駄目なの!?　じゃあ、目瞑る！　目を瞑って、手で触るだけ！」

……アレを、目を瞑って触る？　余計アウトでは？

「おーねーがーいー！」

とは思うのだが、これはもう見せないと終わらない気がする……。

いや、待てよ？　そもそもあれはマッサージ道具であるのだから、セーフなのでは？　目を瞑って触るだけならばギリギリどころか、余裕を持ってセーフなのかもしれない。

「っ！」

俺がどうすべきか思考を巡らせていると、突然七菜がはっとして扉の方へと視線を向ける。

「七菜？」

その表情はいつになく真剣なように思え、声をかけたのだが……。

「……ううん。なんでもないよ。それよりほら、魔道具ー！」

なんでも……ないのか？　そうは思えない感じだったが、先ほどと同じ様なテンションで俺の肩をガクガクと揺らしているのでなんでもないのかな？

あーあー揺らすなよ……酔う酔う……。

「わ、分かったよ。……じゃあ、目を瞑って触るだけだぞ？」

「うん！」

そう言うと目をしっかりと瞑って、両手を合わせて器のようにして魔道具を心待ちにする七菜。

良いのか……？　いや、だが七菜はもしかしたらこれが何かを知らないかもしれないという、願望交じりの望みを持って七菜の手の上にバイブレータを乗せる。

「んんー？　四角形？　それからこれは……何かのコード？　で、その先は……丸……楕《だ》円《えん》？っっ！」

かっと目を見開いた七菜。ずるい。約束が違う！

「な、ななな！」

「七菜七菜？」

「違う！　私の名前じゃない！　な、何て物を持たせるの！　こ、ここここ、これえ!?」

そう言って楕円形の部分を摘まむ七菜。

その際に魔力がこもってしまったのか、楕円形の部分が振動し「うひゃあああ！」と、変な声を上げる。

「待て待て待て！　ちょっと待て？　大丈夫。ちゃんと新品だ」

「そんな事を気にしてるんじゃないよ！　こ、これだって、ピンク――」

「ああ。マッサージ器具である、バイブレータだ」

バイブレータである。決して、ピンクうんたらなどではない！

あくまでもマッサージ機能を主としたピンク色のバイブレータである！

これを通さねば、俺はセクシャルハラスメント野郎となってしまうから、絶対だ！

「バイ……バイブレータでも駄目だよ!?」

「なんでだよ！　それは高速振動を利用したマッサージ器具だぞ！　使い方は個人の自由だけど！」

「主な使い方が個人の自由だからだよ！」

何てことを……。

ヤーシスにもあくまでもマッサージ器具として売ってもらっているというのに何てことを……。

それではご購入いただいているお貴族様達が皆そういうことが特別大好きな人達になってしまうじゃないか！

俺もそう思ってはいるけどね。

「……というか、七菜もそれが何か知ってたんだな」

「ふえ?……っ！　し、知らないし！　知った事ないし！　使い方も分からないよ！　イツキのエッチ！　変態！　ばかばーか！」

顔を真っ赤にしてピン……バイブレータを握りしめ、語彙力少なく馬鹿馬鹿と言い続けている間も、バイブレータは魔力の限り震え続けている。

「まあまあ。あ、そういえば食事はもういいのか？　もう満腹か？」

「話はまだ終わってないんだけど!?　もう……本当、イッキはエッチだなあ……。お腹《なか》はまだ空いてるけど……」

「そっかそっか。それじゃあ、料理にするか？　それとも血を吸うか？」

「血を吸う。イツキは反省するべき。あーん！」

かぷっともう一度牙で穴を開けて血を吸う七菜。

更にもう一本の指にも牙を突き立て血を流させられてしまうと、二本とも七菜の口の中へ……。

「お、おい。ちゅーちゅーし吸い過ぎでは？」

感覚としてだが、傷から自然に出るよりももっと吸われている気がするんだが……あ……今、くらっと来たぞ……？

まだ完全に回復してないんだからそんな勢いよく吸わないでほしいんだが……。

「うるひゃい……。えっひないふひにふぁふなの」

「ふぁふ？　罰？　罰ってお前……あー……本当にまた……倒れちゃうんだが……」

頭を支えるのが億劫《おつくう》になる感じがするんだが？

っていうかこれ、貧血とは違って眠気のような感じがするんだが……？

「……ちゅぴ……んう……倒れて、いいよ……」

口を離してくれたようだが、貧血のように視界が揺れて体が勝手に倒れて行く。

まるで眠りについてしまうように瞼《まぶた》が落ちて行くのに抗《あらが》えない……。

「倒れるのは……嫌……なんだが……うっ……」

そんなに怒らせてしまったのだろうか？　と、思ったのだが意識が途切れそうな中で見えた七菜の顔は……どこか悲しそうな笑顔であった。

「良いの。少しの間、眠ってて……」

前髪をそっと撫《な》でられ、悲しそうな顔のまま笑う七菜。

それは、お別れの際に見せるような悲しい笑顔に感じた。

なんで、突然……もしかして、俺をこのまま……と一瞬思ったが、七菜がそんな事をするわけが無いと速攻で振り払う。

じゃあ、なんで？　と、思うも俺の意識はそこでプツンと切れてしまうのであった。

※※※

気絶するように眠ってしまったイツキ。

そんなイツキの横に、私もごろんと横になって寝顔を見つめる。

大人の男の人でこんなにもぐっすり眠っている姿を見るのはイツキが初めてかも。

血は……そんなには吸ってないから多分大丈夫なはず。

イツキが眠った原因は、私のスキルによるものだからね。

『血吸《ブラッドサッカー》いの印』。

誘惑とか麻痺とかあとは睡眠等々、私が血を吸った相手に限り、抵抗を無視して問答無用で状態異常を与えるスキル。

初めて使ったけど効果は抜群のようでイツキもぐっすりだ。

前髪を撫でてみるけど起きる気配もなくすやすやと眠っている。

久しぶりに、楽しいって思えた。凄く楽しかったな。

甘いお菓子を食べられて、美味しいお肉も食べられたし、この世界に生まれてきた喜びを知る事が出来た。

誰かとお話するのは久しぶりで少し緊張するかと思ったけど、イツキは話しやすくてとても楽しかった。

「まあ、イツキはちょっと……いや、凄くエッチだったけど、楽しかったな……」

うん。イツキはエッチな大人だ。

エッチなのはいけないと思うのだけど、不快ではなかったという不思議。

なんでだろ？　イツキが大人だからかな？

ううん。多分イツキの持つ雰囲気が原因なんだろうね。

えいえい……と、頬を押すと不愉快そうに眉をひそめてくぐもった声を出してちょっと可愛《かわい》い。

少し子供っぽさもあるけれど、思いやりがあって大人な優しい人。

好きか嫌いかで言えば勿論好きかな？　初対面であんなに話せたのはきっと、イツキの持つ温かい雰囲気のおかげだと思う。

「はああ……イツキと出会えて良かったというべきか、未練が残って困ったなと言うべきか……」

今回イツキの血を貰《もら》えたから、また十数年は寝て過ごせばどうにかなるとは思う。

でも、根本的な解決にはなっていないんだよね……。

いっそ魔族として振る舞おうかとも思ったけどそれも私の心が許さない。

つまりそれは……死んでいないだけで生きているとはいえない状態だと思う。

そして、魔族な私の末路は結局一つしかないのだと思う。

「……でも、やっぱり最期に会えたのがイツキで良かったかな。この人生で最初で最後の友達……友達で良いのかな？」

きっと、良いって言ってくれるとは思うけど、私魔族だしなあ。

拒否られたら心が死んじゃう……。

「もっと話したかったなあ……。次は……イツキの子供にでもなって、たっぷり愛情を注いでもらおうかな？　イツキ、子煩悩になると思うし、たっぷり愛してくれそうだよね」

きっと赤ちゃんの頃は毎日頬ずりされてしまうだろう。

イツキはずぼらそうだからおひげが少し伸びてたりして、痛いとか思いつつ嬉しく思うだろう。

あ、でもおむつ替えられたりするのは恥ずかしいかも。イツキのエッチ。

「さてと……」

そろそろ……かな？

誰かがこの城に侵入してきたのには気づいていた。

多分、イツキを助けに来た人達で、その中にはあの聖職者達もいると思う。

そうじゃないと、このダンジョンはこんな速さで攻略できるものではないと思うしね。

はあああ……魔族の末路なんて、こんなものだよね。

仕方ないよね。悪は滅びる運命だー、ってね……。

「あーあ……この人生でもまだエッチどころか、キスも未経験なのになあ……あ」

どうせなら、キスだけ今しちゃう？　寝ているイツキに……ラストチャンスという奴《やつ》なのでは？

ちょっとだけ、唇と唇が触れるくらいだし、イツキはエッチだし私今超絶美人だし、イツキは優しいからきっと怒らないでくれると思うし……。

私も実はエッチだったのかもしれない……イツキの事言えないかも……でも、前世と合わせて30年以上は経過していても寝てばっかりで心は成長しておらず思春期のままなんだから、気になるのもしょうがないよね！

だからちょっとだけ、ちょっと触れるだけなら……きっとイツキも神様も許してくれるはず。

「えっと……ごめんねイツキ……」

聞こえていないとは分かっていながらそう呟《つぶや》いて、ゆっくりと顔を近づけて行くとイツキの唇をはっきりと意識してしまって……やばい、なんか恥ずかしい。

や、止《や》めとこうかな？　うん。こんな意識の無い相手に勝手にするとか人としてやっぱり駄目な気がしてきた！

あ、でも私今人じゃないし……これを逃したらもうチャンスは……。

いやいやいや、っていうかイツキでいいのか私！　いや、嫌いじゃない！　全然嫌いじゃないけどさあ！　会ったばかりなのに!?

そうだよ！　ファーストキスだし、大事に……してたら、経験しなかったんだよね。

それにイツキは話していてとても楽しくて相性が良い気がしたし、たまに見せる大人の優しい顔とかは……うん。良かった気がする……。

今ラストチャンスだと思っているからイツキへ補正がかかっているのかもしれないけど……じゃあ……その……ちょっとほんの一瞬……うわあああああ！　無理だあああ！　自分からするとか恥ずかしい！

イツキちょっと起きて寝ぼけて頭をぐいっと引っ張って、ちゅっとかしてもいいよ？　今なら許すよ私？って、起きられたら困るんだった……。

はあ……はあ…………よし。諦めよう！　次の人生に賭けてしまおう！

ちょっと惜しいけど……うん。

はああああ……よし。それじゃあ……そろそろ行こうかな。

「えっと……あ、このスキル使えそう。『血の牢獄《ブラッディプリズン》』」

両手首を爪で斬り流血させ、流れ落ちた血がイツキが眠るベッドをドーム型に網目模様で囲んでいき凝固する。

これなら、万が一すぐに目が覚めてもイツキが私の所に来られないよね。

使った事は無かったのだけど、防御力最高！って書いてあったし、発動中はもう一度は使えないみたいだけど……うん。

「それじゃあ……イツキ。さようなら」

ご飯も血も美味しかったよ。ありがとう。でも、暫《しばら》く寝ていてね……。

だって起きたら、イツキは侵入者を止めようとしてくれちゃうから。黙って見ていられないと思うから。そういう人でしょ。イツキはさ。

でも、私は魔族だから庇《かば》うような真似《まね》をしたら、イツキも危険視されてしまうかもしれない。

それは駄目だよね。

……だから、イツキが起きる前に、魔族としての運命を受け入れに行かないと。

人を襲えない私の、最初から決まっていた結末を。

……次の人生は、もっと普通だと良いなと思いながら階下の広間へと向かう。

「……美味し」

唇の端についた血を舐め、改めてイツキの血を味わいつつ、私は自分の死へと向かって行くのでありました。

……出来れば、痛くないといいなあ。

※※※

階段を上り切った先にある大きな扉。

これが意味する物が何かは、ダンジョンをある程度潜った事がある者であれば分かる。

「はあ……はあ……着いたわね……」

「つはぁー……何とか、ギリギリっすね」

「……4人とも、凄い速さでやがりましたよ。流石《さすが》はAランクの冒険者でやがります。副隊長もご苦労様でやがります」

「はぁー……ひぃー……疲れましたあ……。それで、主さんはまだ生きているんですよね？」

「ああ。主君との繋《つな》がりはまだ感じられるぞ」

アイナの言う通り主様との繋がりはまだある。つまり、主様が生きている間にここまで来ることが出来た。

望みは十分にある。その事実に、思わず口元が緩んでしまうがまだ終わっていないと引き締め直す。

「こっからは、頼んだわよ二人共……」

「自分達には期待しちゃ駄目っすよ。もう自衛する力くらいしか残ってないっすからね……」

レンゲの言う通り、悪いけど魔族と戦えるだけの力なんて残っていないからね。

「はい。お任せください。皆さんのおかげで、何の疲労もなく戦えます」

「聖女として……魔族は滅ぼすでやがります」

本当は、私達が主様を助けたかったんだけど……主様が助かるのなら、なんだっていい。

それに……戦闘に関しては心配などしていない。

だって、隼人《ハヤト》が私達と同じくらい主様を心配しており、憤怒を心に押し込めているのが分かっているから。

戦闘があるからこそ頭はクールに心を熱くし、心も体も万全の状態にしている事に気づいていたから私達もそれに倣えたのだ。

英雄である隼人が鎮めても尚溢《なお》れてしまう殺気を感じさせる程に本気なのだから、ただの魔族などには負けないだろうと信じる事が出来るから。

そういえば、シロは追いつかなかったわね……絶対、来ると思ったんだけど……。

でも、シロのおかげで間に合った。あとで感謝してあげるわ。いっぱい。これでもかって程に……。

「それじゃあ、行きましょう」

「どんな魔族か分からないでやがります。皆油断はしないように」

ぎいいいっと、音を立てて扉を開けると、その先は闇のように真っ暗であった。

副隊長の『導きの淡き光《トワイライトビット》』でも、照らせないような闇の部屋。

これだけの闇だからと奇襲を警戒していたのだが、部屋の隅にある燭台《しょくだい》に火が灯《とも》り、部屋全体が明るくなっていく。

燭台の火だけではここまで明るくはならないはずだが、そういう仕掛けだったのだろう。

部屋は広間と呼べるほどの広さであり、そこには一人の女がぽつんと俯《うつむ》いてこちらを見つめていた。

「……」

「イツキさんを、取り返しにきました」

「……」

流石は隼人、こっちは魔族との対峙《たいじ》に息を呑《の》んだのに、まるで緊張した素振りすらないのは場数の違いかしらね。

それで……今一瞬、あの女が背後の階段を意識したわね。

……普通、ボス部屋であればボスを倒さないと次の部屋へは行けないはずなのに道がまだある。

恐らくは、あの女が先ほどまで主様のいる上の階にいて、降りて来たばかりだから……かしらね。

主様がまだ生きているのは感じるし、つまり今なら……。

「……副隊長。隙を作るでやがりますから――」

「お任せを」

どうやらテレサ達も気づいたみたいね。

「私達も行くわ」

「おや？　自衛する力くらいしか残っていないのでは？」

「主様が上にいると思えば、力なんて無限に湧いてくるわよ」

「愛の力……良いですねえ。私も欲しいですぅ……」

「大活躍だったっすからねえ……口利きくらいはしてあげるっすよ？」

「マジですか？　俄然《がぜん》やる気が出てきますね！」

レンゲ……勝手にそんな事言って、私知らないからね。

主様もだけど、ウェンディに知られても庇わないからね。

「そろそろ始めますか。一応の礼儀として……早川《ハヤカワ》隼人と申します」

「あ、赤……レッドキャッスル・セブンリーフ。夜天の女王にして真祖の吸血鬼《ヴァンパイアアンセスター》」

そう言って両手を広げると、天井が真っ暗闇へと変わっていく。

「……っと、『凶星の夜天《バッドナイト》』？」

暗闇の中に僅かに輝くものがあり、これは夜空を模しているものだと分かる。

夜天の女王が室内に夜を生み出した……つまり、自分に有利となる場を作り出したのだろう。

魔族の中にはこうした特殊なスキルを使える者がいるのは知っているが、相当な上位の魔族に限られたはず……。

「……夜天の女王に吸血鬼、でやがりますか。副隊長の知識に覚えは？」

「ないですが……あの羽根を見る限り、空は飛びそうですね。吸血種《ヴァンピール》の亜種からの魔族でしょうか……？」

私達も聞き覚えはないが、それでもこの女が危険な存在であると認識するには十分すぎる程の威圧感は感じる事が出来ている。

万全の状態であっても、私達で勝てるかどうか……。

「僕は聞き覚えがありますが……厄介な敵になるかと……」

隼人が冷静なのは流石ではあるが、心は熱くチリチリと眼光から本気が窺《うかが》えている。

「隼人卿《きょう》がそう言うのなら、気合を入れなおすでやがります。副隊長。そっちは頼んだでやがりますよ」

「はい。それでは、我々は行ってきます！」

副隊長が駆け出したので即時に反応して私達も階段へと向かう。

「おや。反応出来るとは流石。私だけダーリンさんの所へお迎えに行き好感度爆上げしようと思いましたのに」

「当然でしょ。っていうか、こっち見てないわね」

「流石に隊長と英雄隼人を前にしてよそ見は出来ないんじゃないですかね？」

「それか、相当自信のある罠《わな》があるかだが……」

「階段から巨大な玉が落ちて来るとかっすかね？」

なんにせよ警戒をしつつ階段を目指していくのだが、本当にこちらには目を向ける事すらしない。というか、隼人達の事すらも見ておらず、自分が展開した夜天の空を見上げてぽかーんと口を開けているように見える。

もしかして、何かの事前準備の動作なのだろうか……？　と、注意深く見ているが、全く分からない。

「ふおお……初めて使ったけど凄い。綺麗《きれい》な夜空作るとか私凄くない……!?」

……ん？　今何か聞こえたような気がしたのだけど……気のせいかしら？

なんだか、自分が使ったスキルに感動して驚いて自画自賛していたように聞こえたのだけど……。

ま、まあ魔族は大体がおかしい思考をしているし、今私達が階段の方に向かっているのに気付いていないのはチャンスなのだから突き進めばいいわよね。

……主様。今行くからね。

「私が先行する。何があっても耐えてみせよう」

と、アイナが警戒をしつつ階段を上っていくので、アイナが踏んだ場所を踏むようにして一列になって階段を駆け上がる。

トラップは踏み込み式などが多いので同じ場所を通るのは定石だからね。

と、警戒をしっかりしながら上っていたのだけど……何もなく扉の前へとついてしまった。

じゃあ、扉の方にトラップが！　とも思ったのだけど、普通にきいっと扉が開き、愛《いと》しい人の香りと普段食事で嗅いだことのある香り、そして血の香りを感じて、慌てて中へと入る。

「主様！」「ご主人！」「主君！」

勢いよく扉を開け放ち皆で中へと入ると、すぐさま目に入ったのは真っ赤な半球状の赤い網目模様の何か。

その中に……私達の愛しい人がベッドに横たわっていた。

「主様！」

生きてはいる。生きてはいるはずだけど、ベッドには僅かに血が滲んでおり安否がはっきりと分からない事に心がどうしようもなく騒ぎ立てる。

慌てて駆け寄るが、赤い網目状の何かが行く手を阻んでいて鬱陶しい！

「なによ、これ！……主様ぁ！　起きなさいよ！」

「どけソルテ！」

「っ！」

熱気を感じてその場から離れると、アイナが炎を纏《まと》わせて剣を振り下ろし、赤い何かを切り裂いていた。

だが、赤い何かは切り裂かれたはずなのにすぐさま結合して再生してしまう。

「剣で駄目なら自分が吹き飛ばすっす！」

と、今度は入れ替わるようにしてレンゲが拳を振るうとカーンと音が鳴り、

「っ！　痛ぁぁ！　これかなり堅いっすよ!?」

「む。私の時は水のように斬れたが……」

「打撃には硬化、斬撃には液体化……って感じですかね？　ふむ……」

副隊長が冷静に分析してくれたけど、何度切っても再生し何度殴ってもびくともしない。

主様がすぐそばにいるというのに、手が届かない……。

「主様！　起きなさいよ！　何時《いつ》までも寝でんじゃないわよ！」

「ご主人！　目を覚ますっす！」

「主君！　頼む、目を覚ましてくれ！」

お願いだから、目を覚まして……。

何度でも主様を呼ぶから、なんだってするから……っ！

「ん……」

願いが通じたのか、主様が僅かに反応した。

だから、私は大きく息を吸い込んで、渾身《こんしん》の一声をもって叫ぶ。

「主様ぁ！」

※※※

心地よい眠りのさなか、なにやら声が聞こえた気がした。

何度も聞きなれてはいるものの、愛情のこもったような心地の良い声が聞こえた気がしてゆっくりと瞳を開けると、見覚えのある天井が赤い何かごしに映る。

「ん……」

「主様ぁ！」

「ん？　んあ……ああ……んん？　おお……ソルテとアイナとレンゲ……？　それに副隊長も……？」

何で三人がここにいるんだ……？　と、まだ働かない頭で考えてみるがやはり頭は働いていないので成果は出ない。

「主様！　無事なの？　どこも痛くない？」

「ん？……いや、別にどこも……」

「洗脳や魅了の可能性は……なさそうですね。気配も感じません」

「ご主じぃん……」

涙声でというか、瞳に涙を溜《た》めているレンゲ。

「ずずっ……はあ……主君……良かった……」

って、アイナもか？　珍しいというか、なかなかに貴重過ぎてばっちり目が覚め体を起こす。

「お、おいおい。どうした皆。ど、どうした？」

あまりに急な出来事に語彙力なんぞある訳もなく、どうしたとしか言えない。

「どうしたもこうしたもないですよ……。主さんが攫《さら》われてしまったから、皆で助けに来たんじゃないですか……無事で良かったですけど」

「あ、そうか。ありがとう……体の方は大丈夫。何の問題もないよ」

「良かったぁ……」

そういえば俺攫われてここに来たんだったな。

特に不自由もなく、七菜と楽しくおしゃべりをしていたからつい忘れてしまって……って、七菜は……？

「七菜は……どこだ？」

「七菜？って誰？　分からないわ。主様以外には誰も見てないわよ」

「魔族ならいましたけど、今は階下で隊長と隼人卿が戦っていますよ。私達はその隙を見て主さんを助けに来たんですけど……」

「なっ……あの馬鹿。何やってんだよ！」

ふざけ、と思い立ち上がるが血を失っていたことを思い出してふらっとしてしまい、ベッドに顔から突っ込んで再度倒れてしまう。

「ちょ、大丈夫なの!?」

「ああ……血が足りないだけ……だと思う。あーくそ……」

眠さもまだ残っている感じがして体に自由は利かないが、腕を支えにしてもう一度体を起こす。

すると……赤い天井だけではなく、ベッドを中心として赤い何かに囲まれていることをはっきりと認識した。

「……なんだこれ？」

「魔族のスキルだと思うんすけど、ぶっ壊せないんすよ」

「っ……七菜のスキルか。あんにゃろう……」

あいつ、ソルテ達が来てたのに気付いていたんだな。

でも何で俺を閉じ込める必要があったんだ？

理由を考えて、あいつの性格を考えて最終的に思い至ったのはどう考えても俺の為《ため》……という結論に行きつく。

大方、今俺がしようと思っている事を止める為だろう。

確かに七菜は魔族だが……実害の無い魔族だろうが。中身は人。事情を話せば隼人やテレサ達なら……分かってくれるかもしれないと思えるのだが……。

「失礼。七菜とは……もしかして先ほどの魔族ですか？」

「……ああ。お前達にはレッドキャッスル・セブンリーフとでも名乗ったのか？」

「ええその通りです。七菜は真名ですか？」

「真名が何なのかは知らんが、本名は赤城《アカギ》七菜だ。俺や隼人と同じ世界の記憶を持った女の子だよ」

「……それは、流れ人が堕《お》ちて魔族になったという事でしょうか？」

「それは違う。七菜は吸血鬼として生まれたらしいが、前世の記憶を持ったまま転生したと言っていた」

「吸血鬼として生まれた？……ふむ」

顎に手を当て、少し考えたような様子を見せる副隊長。

数秒何かアクションがあるかと待ってみたが、何も反応がないようなのでこちらから切り出す。

「なあ……副隊長。一つ聞いていいか？」

「……何でしょうか？　凄く嫌な予感がしますね」

「七菜を見逃し――」

「無理です」

有無を言わさぬ拒否。

普段のおちゃらけた副隊長の気配を一切感じさせない程のきっぱりとした否定に一瞬びくっとし

てしまう。

「魔族は人類の仇敵《きゅうてき》であり、人にあだなす者達です。それを見逃すなど、出来るわけが無いでしょう」

きっぱりと、そして当然のように言って捨てる副隊長の気迫に圧《お》されそうになるが、それでも引き下がるわけには行かない。

「あだなす気が無いとしてもか？　七菜には人としての理性がしっかりとある。だからこそあいつは今まで誰も襲っていないし、俺も生きて――」

「それでも、魔族であるのなら無理なものは無理ですよ。というか、今の主さんの発言は教会的にはギリですよ。魔族と繋がっているなどと知られれば、異端の烙印《らくいん》を押されます。そうなると……もう何処《どこ》の街にも定住は難しくなりますし、下手をすれば命を狙われます。今なら……聞かなかった事にします」

「っ……」

「……主さんがそう言うのであれば、彼女はきっと人に害をなさないのでしょう。ですが、魔族というだけでこの世界では我々の敵なんです」

副隊長に真剣なまなざしを向けられ、簡単じゃないとは思っていたがこれほどなのかと改めて思う。

「流れ人である主さんには分からないかもしれませんが、長年に亘《わた》り多くの民が魔族によって苦しめられ、大切な人の命を奪われています。害をなさずとも魔族というだけで恨みが募り、それを庇うということは貴方にも貴方《あなた》の周りにも凶事が降り掛かる可能性があるという事なんです。貴方の最も大切なものは何ですか？　それを、はっきりとわかっていますか？」

そりゃそうだ……と、納得せざるを得ない至極真っ当な理由だ。

俺の人生はもう、俺のものだけではないなんて分かっている。

大切なもの……と言われて、ウェンディ達の姿が真っ先に浮かんださ。

どちらが大切で、どちらを守らねばならないのかと言われれば百も承知なのは変わらない。

だが、これはいけない事なんだろうか。

勿論魔族全体を擁護するつもりなどないが、理不尽すぎやしないだろうか……。

ただ人としての記憶を持ったまま魔族に生まれてしまったというだけで、ただそれだけなのに許されない事なのだろうか？

もう友達だと言っても差し支えないあいつを庇う事は、そんなにも悪い事なのだろうか？

「……ふむ。ではまず、主君を囲むこれを破壊する必要があるようだな」

そんな事を考えていると、アイナが剣に炎を宿して赤い何かに斬りかかる。

言っていた通り、赤い何かは斬撃で斬れはするもすぐさま再生してしまっていたが、アイナは手を止める事は無い。

「ちょ、アイナさん!?」

「アイナ……」

「主君はあの子を助けたいのだろう？　であれば、私はその手助けをするまでだ」

アイナはにこっと笑いかけてくれ、そのまま斬撃を繰り返す。

「どうするんすかソルテ……魔族を見逃すってのは、流石に不味《まず》くないっすか？」

「そうね。教会が敵になるかも。まあ別に、敬虔《けいけん》な信徒って訳じゃあないけどね」

「教会を敵に回すのは面倒臭いっすけどねえ。あいつらどこの街にもいるんすから、安寧は無くなるっすよ」

「……まあでも、教会が敵になるのなんて、龍を敵に回すのに比べたら可愛いものじゃない？」

「や、まあ……それもそうっすね。レアガイアやカサンドラに比べれば可愛いものっすね」

「ならいいんじゃない？　全くもう、主様ったら……魔族に誑《たぶらか》されたのかしらね」

「いやいやいや。ご主人が誑《たら》したんすよどうせ。それで手放したくなくなったんすよ。すっげえ美人だったっすし」

「おいおい……主君とはいえ、こんな短時間で……いや、あり得るか……」

おい……誑すだのなんだのと好き勝手言うな……。

誰が誑すか。……いや、血は垂らしたな。

うん。とはいえ、誑す違いも良いところだ！

「まあ、どちらにせよご主人を助けるために、これをぶっ壊してからにするっすよ！」

「俺が言うのもなんだけど……いいのか？」

「手放しに良いとは言えないけどね……。魔族を助けるとか……常識からは外れてるとは思うわ。

まあでも、主様はこうして生きている。それがあの魔族が主様が言う通り人の心があるからだっていうんなら、普通の魔族としては見られないでしょう」

それにと、僅かに寂しげな微笑《ほほえ》みを見せるソルテ。

「……優しい魔族もいるかもしれないしね」

と、俺にしか聞こえないような小さな声で言う。

そしてキリっとした顔に切り替わると、レンゲが拳と拳を合わせてから何度も赤い何かに拳を連打し、ソルテも槍《やり》を構えて赤い何かへと攻撃を加えて行く。

……悪い、ありがとう。と、心の中で呟いた後、俺も自分の武器を取り出して内側から赤い何かを斬りつける。

だが、やはりどうにもならないというか、レンゲが地面を砕こうとするがダンジョン内だからか壊す事が出来ず、突破の糸口がつかめそうもない。

「はあ……はあ……くそ。急がないとなのに……」

無理をして体を動かしたせいか、まだ完全に回復していなかった体がまたふらつきだした。

焦ってもしょうがない事だが、急がないと下で戦う三人の誰かが危ないかもしれないので、どうしようもなく焦ってしまう。

「はあ……全くもう。しょうがない人達ですねえ！」

「副隊長？」

「意地悪を言いました。恐らくですが、七菜さんとやらを助けるのは問題ないかと思います」

「はあ？　え？　どういう意味だ？　さっきは無理だって……」

「だから、意地悪を言いました。主さんが魔族すら助けたいどうしようもない博愛主義なのであれば、お灸《きゅう》を据えておこうかと思いましてね……。主さんは優しい方なので、魔族であれ命を奪う事は……とか言い出しかねないと思ったもので。あの方、とても美人でしたし絆《ほだ》されたのかとも思いましたしね」

「いや、それはないけど……。それよりも七菜を助けられるって……」

「ええ、おそらく大丈夫ですよ。でもちょっと待っててください。うろ覚えの部分もあるので、確信を得るためにライブラリを検索しますから……」

副隊長がふぅー……と大きく息を吐き、ゆっくり息を吸うのを俺達はじっと待った。

ライブラリを……検索？　何をするつもりなのだろうか。

そう呟きながら、副隊長は自分のおっぱいを揉み始め……って？

「さて……どこの記憶でしたかねえ……」

「副隊長!?」

「しぃ。静かに……集中していますので……ぁん……」

集中って何に!?　おっぱいを揉むのに？

自らのおっぱいを両の手で寄せながら揉みしだき、びくっと体を跳ねさせてって……なんでいきなりそんな素敵な事をし始めたんだ!?

いやしかし、自らおっぱいを揉みしだく姿というのはこれはなかなか……。

「あっ……んぁ……ぅぁ……あれぇ……ここじゃない……？」

そう言うと今度は両手で揉み始めたのだが、先ほどと違って今度は円を描くように……って、本当に何をしているんだ!?

副隊長の手によって自在に形を変えるおっぱいを見せるから、七菜の事は忘れろとでも言うつもりなのだろうか!?

いや待て助けられるって言っていたし、そんな事……そんな事というのも失礼だが、そんな事で人命を諦める程俺は終わってないぞ!

「ん……ここでもない……先っちょ……?」

先っちょって……今度はおっぱいの中心部とも呼べる付近を撫で始めたんだが……勿論、左右のおっぱいに左右の手でだ。

ここじゃないっていうのはその先っちょを探していたのかな?

親指と小指でおっぱいを挟みつつ、ゆっくりと残りの三本の指を使って上下に動かしたのち、一点を中指で押したり細かく撫でたりと……目が離せない!

「あ……あん……あ、ここぉ……ここだ……」

何がですかねえ!? 良いんですかねえ!?

ソルテ達も手を止めたまま顔を赤くして副隊長を見ているが、あまりの衝撃的な展開に理解が追いついていないようである。

本来であれば俺はきっと目を隠されて見られないようにされていると思うのだが、俺は囲いの中にいるので止めたくても止められないのでしょうがないだろう。

「んんー……あー……んっ、はあぁぁ……あったぁ……ありましたよう……」

あるだろうね！　ずっとそこにあるのは分かっていただろう！

っていうか副隊長？　なんだかぽっちが浮いているような気もするんだけど、もしかしてノーブラ……？

副隊長！　おっぱいにブラは必須だぞ！　そうしないと後々大変な事に……いや、もしかして特殊なブラなのか？

副隊長は下着にも気を遣う女性のはずなので、もしかして穴が開いていたりするような特殊なブラなのだろうか!?

ゴールデンモイ掘りの際に見たエッチな感じの黒下着とセットのものだと考えるとあり得るかもしれない……っ。

「ん……ん、あっ!!」

と、一際大きな声を上げると共にビクビクっと、体を跳ねさせた副隊長。

小刻みに体を震わせている中でたまにビクンと体を震わせた後、体を支えられなくなったのか内股の状態から床へとへたり込んでしまう副隊長。

今何があったんだ！　誰か説明をしてほしい！　気のせいじゃなければ気をやっていたようにしか思えないっ！

副隊長の普段のオンリープレイを見せられたとしか思えないっ！

ありがとうございます！　と、お礼でも言えばいいのかな!?

「ふう……やはり、でしたね。あの方、確か生まれた時から吸血鬼だったと言っていましたよね？」

「あ、ああ……そう聞いたけど……」

え、なんであんなことをした後にそんなに普通に話せるの？

それが異世界スタンダードなの？　それとも教会内では普通の事なの？っ……ふう……さて。みたいに一回スッキリした方が話しやすいとかあるのかな？　いや、無いよな普通に考えて……。

はっ！　レイディアナ様は子作り推奨派だとか言っていたし、もしかして本当にあるのか？

これが教会スタンダードだという事は、テレサも……？　いや、今はそれどころじゃないんだった！

とても気になるので後で詳しく聞くことにして、今は七菜の話に集中しよう。

「そして、あの方の記憶は貴方達流れ人と同じ世界から来たもので、人にあだなす気もないようだと……それは間違いないですか？」

「あ、ああ……勿論」

人を襲う事が出来ないからと、限界の限界まで空腹に耐えていたような女の子だぞ。

俺が庇うのを恐れて、俺を閉じ込めたうえで恐らく死にに行くようなお馬鹿さんだ。

そんな七菜がこれから先、人を襲うだなんて事は無いと俺が保証したっていい。

「なるほど。ではやはり主さんの言うことが正しいのであれば、問題はなさそうですね」

「なっ……本当か!?」

教会的に今の発言は大丈夫なのか？

助けられるって……七菜をって事でいいんだよな？

「ええ。魔族は本来ヒト種や亜人種が外的要因を伴って魔に堕ちた者を魔族と言います。強い恨みや膨大な殺意等、様々な要因が重なった結果生まれるんです。そのため、生まれ持っての魔族は存在しないと、教会の古い教義に記されています」

「じゃあ、この世界に来た時から吸血鬼だった七菜は？」

生まれ持っての魔族はいないというのが教会の教えなのであれば……。

「はい。教会の教義に従うのであれば七菜さんは魔族ではないという事になりますね。勿論、それが虚偽であった場合は駄目ですよ？　ただ主さんに対して嘘《うそ》を言う理由もないと思いますので、七菜さんをお助けできるだけの理由はあると思いますよ」

「本当か!?」

副隊長のその言葉に、俺は自分の表情が明るくなったことが自分で分かる程に感じる事が出来た。

「まあ……全て問題なく、自由に行動が出来る……とまでは言えませんがね」

「どういうことだ……？」

「七菜さんは魔族ではない。これは間違いないと教義から考えても間違いはありません。ですが、教会関係者ならば僅かに感じる程度には何故《なぜ》か魔族のような気配がするのですよ」

魔族ではない……が魔族に近い気配を持っている？

た、確かに元の世界で吸血鬼と言えば怪異や怪物だというのが相場であったので、俺もてっきり魔族なのだとは思っていたが……。

「どういう事？　魔族じゃないのに魔族の気配は感じるって……ハーフとか？」

「魔族とのハーフでも魔族の元は人種や亜人種同士という訳ですから、そんな気配は感じません。あの方は自分を真祖の吸血鬼《ヴァンパイアアンセスター》と言っていました。恐らくですが、吸血鬼種という種族の祖であるという可能性が高いですね」

祖？　それって、先祖とか祖先とかの祖って事だよな？

「祖という事は、『始まりの人』という訳か？」

「アイナさん正解です。我々人族にも亜人族にも、獣人族にも祖はいますよね。亜人や獣人では細かく分ける必要もあるのですが、どの種族も元を辿《たど》れば祖と呼ばれる、始まりの人がいる訳です。そして、各種族の祖は今の皆様よりも強大な力を持っていたと言われていますので、恐らくはそれが原因かと」

おおお……つまり、祖は強大な力を持っていると……。

だが、だからといって魔族の気配とどう繋がりが……。

「確証はないですけどね。ただ、吸血鬼たる彼女の属性適性が闇であり、それがあまりに強大なため魔族に近い気配がするのだと私は思うのですが……それがネックというお話です」

「魔族の気配……か」

教会関係者がそれを感じてしまうのであれば、それを基に討伐に動く可能性はあるだろうと……。

「まあここ数百年以上祖は現れていませんし、現在の枢機卿《すうききよう》クラスではこの魔族の教義を知る人はあまりいないでしょう。ですが、改定された覚えもありませんし、今この場で見逃すくらいはどう転ぼうとも大丈夫だとは思いますよ。問題の解決はその後にといたしましょう」

「そうだな……うん。まずは下にいる三人の戦いを止めるところからだな」

助けられると分かって希望を持てたが、俺達が下に着く前に七菜が手遅れになっていたら意味がない。

ただでさえ、あいつは戦う気があるとは思えないのだし……。

「あれ？　ふと思ったんだが枢機卿クラスすら知らないかもしれない教義をなんで副隊長は知っていたんだ？」

「以前、聖王国本部の図書館で読みましたので」

え、そんな単純な話なのか？

枢機卿って、教会内部だと相当偉い立場の人達だよな？

そんな人達が知っているかどうかも怪しい程に古い教義を覚えていたなんて、相当な記憶力だと思うのだが……。

「さて、それではあの方を助ける為にまずはその邪魔なスキルを排除しちゃいましょうか」

「え、出来るんすか？」

「我々がどれだけ切っても再生するのだが……」

「ふっふっふ。お任せください。同じく、以前図書館で見たスキルに似ていますので……少々お待ちを……」

と言うと、ふうー……と、また息を大きく吐きだしたのだが……まさか？　まさかと思ったら、やはりまさかだった……。

「んっ……あ……」

片手でおっぱいを揉みしだいたと思ったら、今度はお尻にも手を伸ばした……だと……。

副隊長はナイスバディと言えるだけの素晴らしい体の持ち主であり、おっぱいはアイナよりは小さく、お尻のボリュームはウェンディよりも小さめではあるが世間一般的に見てみればとても魅力的な体であるのは間違いない。

そんな副隊長の体が副隊長自らの手によって柔らかい部分の形を変えて行く様を見ていれば、思わず鼻の穴を膨らませてしまうのは仕方ないだろう。

「ん……ふぅ……あ……もっと強く……」

副隊長が桃色の吐息を吐き出すとともに柔らかいお尻やおっぱいに食いこませていた指がもっと沈み込む。

ぐっ……オリゴールと同じで中身は残念めなのに、こちらは豊満ボディとはやるじゃないか副隊長。

「あっ……ぁあんっ……見つけた……ありましたよ……んくぅっ！」

ぎゅううっと、力を込めたかと思ったら立ったまま体をびくびくと震えさせる副隊長。

僅かな時間震えたままの時を過ごし、はあ……と息を吐いたと思ったら俺の視線に気づいたのかにっこりとした笑顔を見せる。

「ふう……無事にライブラリの検索が終わりました。このスキルは……『血の牢獄《ブラッディプリズン》』というみたいですね。大分昔に滅んでいますが、自身の血流を操作できる種族がいて、その種族が用いたスキルのようです。そして壊し方ですが……主さん。何か液体ありません？」

「液体……？　いや、待った。話を進めるには情報が足らなすぎる！　何なんださっきから！」

なんでいきなりおっぱいやお尻を弄《いじ》りだしたのかちゃんと説明してください！

「え？　ああ、あれですか。私記憶力がとても良いので教会の文献ってほぼほぼ読んだことがあるんですよ」

「それはテレサにも聞いたけど……なんでおっぱいを……？」

「覚えると言っても限度がありますので。忘れないように覚える際は何か動きと同期させて覚えるようにしているんです。するといざ思い出す際に同じ動きをすれば思い出せるという技です！」

あーなんか聞いた事があるような？　イメージ記憶だかストーリー記憶だか何かとセットにすると覚えやすいんだったっけ……？

つまり、副隊長は本を読みながらおっぱいを揉むことで記憶していたということか……。

図書館などでおっぱいを揉みながら本を読む副隊長を想像すると、どんな本でも官能的な本を読んでいるように見えるのではないかと思うのだが……しかし、実際に思い出せているのだから凄いということにしようと思う。

そういえばテレサが副隊長の思い出し方が特殊だと言っており、それを教えるのは憚《はばか》っていたが、内容がこれでは言いにくいよなあ……。

「と、とりあえず分かった。それで、液体っていうのは……？」

「んーと、このスキルですが七菜さんの血を使ったスキルみたいなんですよ。なので、その純度を壊してしまえば制御が利かなくなるっていう訳です」

「液体……ポーションでもいいのか？」

「んんー……体液の方が効率が良いですね」

体液……ですか？　えっと……。

「唾液や血液などで大丈夫ですよ。尿でもいいですが……」

あ、そうですよね！　唾液や血液で良いんですね。それじゃあ、えっと傷口もまだ閉じきっていないので指の傷を……。

「主君。私の血を使うから大丈夫だ」

「あ、ああ悪いな。そういえば元々血が足りないんだった……」

という訳でアイナが代わりに自身の剣で指先を少し切り、ぽたぽたと落ちる血を七菜のスキルへとかけていく。

ある程度かけ続けて行くと七菜の血が波打つようにうごめき、最終的に力を失って重力に従う様に降り落ちて……って、危ない！

咄嗟《とっさ》に不可視の牢獄《インビジブルジェイル》を発動し、血を被《かぶ》るのを防げて良かった……。

「さて、それじゃあ行きましょうか！　早くしないと、七菜さんが隊長と隼人卿に討伐されちゃうかもしれませ――」

「主様！」「主君！」「ご主人！」

血の牢獄《ブラッディプリズン》が解かれ、俺達との間には何もなくなったと同時に三人が飛びついてきたのだが、三位一体、綺麗にバランスのよい上中下段の突撃に為《な》すすべなく俺はベッドへと倒されてしまう。

「心配かけないでよね……」

「……ああ。すまなかった」

「ううん……違う……守れなくてごめんなさい……」

「……ソルテが謝る事じゃないだろ」

ソルテは正面から俺へと抱き着いてきて、上中下でいう下段に抱き着いてきたのだが、俺が倒れると右わき腹付近に移動して、俺と目が合うと少し怒った表情を見せた後、泣きそうな顔で謝ってきた。

「ご主人……。ああ、ご主人の温《ぬく》もりっす……」

ソルテの横で同じく正面から抱き着き、頬を胸板に当てて俺の鼓動を確かめるかのようなレンゲ。

「すまなかったな主君。主君を守る騎士になりたいと言った私がふがいない真似をしてしまった……」

「気にするなよ。いきなり影に吸い込まれたんじゃあどうにもならないだろ？　助けに来てくれて嬉しいよ。ありがとうアイナ」

アイナは二人に正面を取られたせいで突撃だけで抱き着いてはこられなかったようだが、頬を俺の頬に当てて俺の体温を感じているようだ。

「……おおう。そうですよね。普通そうですよね……私もすれば良かった……っ！　ほらほら、皆さん行きますよ！　時間は押してますよ！」

と、副隊長に言われると俺も皆ももう少し温もりを感じ合いたいところではあったが、急がなければ七菜が危ないと思ったので諦める事にして立ち上がる。

「……よし。急ぐ……おあ……あれ……」

「わーわー！　大丈夫ですか!?」

力がふっと抜けてしまった……。あーしまった……そういえばまだ血を増やしてないんだった……。

「悪い……このまま運んでくれ……」

「わ、分かりました。では私の背中に……そういえば、こうやって背負うのは二回目ですね」

あー……あのイグドラシルの素材を取りにゾンビ軍団に突っ込んだ時か。

うっ……思い出すとまた体調が悪くなりそうなので、記憶はシャットアウト。

副隊長に体を預けて階段を下る際、背負い方のせいかたまに副隊長のおっぱいに腕が当たるのを感じつつ下の階に到達。

そして、三人の戦いはというと……。

「あれ？　もしかして私凄く強い？」

「ええ、強《つえ》えでやがりますよ！　鬱陶しいくらいにっ！」

テレサが横薙《よこな》ぎに聖なる巨大十字架《セイクリッツダー》を振るうと、それを羽根を使って空中にいる七菜が軽やかに避け続けている。

だが、テレサが聖なる巨大十字架《セイクリッダー》を振るう速度も相当なものでついに当たるっ！　と思った瞬間、七菜の体は黒い霧のようになり聖なる巨大十字架《セイクリッダー》は何の障害も無かったかのように通り抜ける。

「ああもう本当に厄介でやがりますねその能力！」

「だよね！　私もそう思う！　というか、なんで貴女《あなた》みたいな小さくて可愛い女の子がそんな重そうな物振り回せるの!?」

「可愛っ……魔族に褒められても嬉しくないでやがりますよ！」

「言葉遣いもおかしいけど聖職者だよね!?　もっと魔法とか使った方がいいんじゃないかな!?」

「しゃらくせえでやがりますよ！」

「何で脳筋なのかなあ!?　聖職者なんだし、聖なる癒しの力とかないのかなあ!?」

「失礼。隙だらけですよ……」

と、テレサと七菜の攻防のさなかに背後から突如現れた隼人。

「うわっ！　君は駄目だよ！　『紅の十爪《クリムゾンクロー》』」

隼人の一撃が背後から決まった……と思ったが、七菜の指先から伸びた紅《あか》い……爪？　が、それを防いでいた。

そして逃げるようにして更に高く空中へと飛んでいく。

七菜……お前、スカートだって事忘れていないだろうか……？

「君は！　イケメンなのに！　女の子を背後から襲うなんて良くないね！」

「隙だらけだったもので……。能力は凄いですが、戦闘経験はあまりないようですね」

「そうかもね！　じゃあ君は邪魔だからもっかい吹っ飛ばすね！　あっち行っててよ！」

そう言うと爪を短くして隼人へと接近戦を挑む七菜。

お互いに超高速の連撃を繰り返し、隼人の体には傷がいくつか出来て行くが、七菜の体は霧のようになっていて隼人の攻撃を食らったようには思えない。

そしてそのまま両腕を伸ばした際に隼人が防ぐと、紅く長い爪が七菜の手元から放たれて、そのまま自動のように隼人へ攻撃を繰り返していく。

本体はおらず、爪の様な物だけが隼人を攻撃し続け、隼人は押されるように下がらざるを得ないようだ。

どうやら、七菜が優勢であり隼人とテレサの二人が押されているように見える……。

「えええええ……祖が強いのは知っていましたけど、あの二人を相手にして余裕そうとか……控えめに言って化け物では……？」

「あの霧化……無敵なんじゃないか？」

「ですねえ……。まあ、何かしらの理由があるのだとは思いますが……それよりも、止めなくて良いのですか？」

「……止まるのかこれ？」

一先《ひとま》ず七菜も隼人達も無事だったことに安堵《あんど》するが、声をかけて良いものかまず迷う。

俺が声をかけ、注意を引いた瞬間にどちらかがやられてしまった！……なんてことが起こりそうな程に凄《すさ》まじい戦いなんだけども……。

「やってみないと話が進みませんよ。試しに私がしてみましょうか。隊長ー――」

「うるっせえでやがりますよ！　後にするでやがりますよ！」

「……しくしく。ごめんなさい」

……副隊長の雄姿は見届けたので、頭をぽんぽんして慰めておこう。

よく頑張りました。まあ、テレサ達は真面目に戦闘しているのだし、ギリギリな上に七菜は霧になって攻撃が効かないとあらば苛立《いらだ》つのもしょうがないさ……。

「ど、どうするのよ主様」

「自分達が止めに……は、流石に無理っすよ？」

「うむ……。万全であれば、それぞれ一撃くらいならば防げるが……」

そうだよなあ……三人とも相当無理して来てくれたのか、目に見えて疲労困憊《ひろうこんぱい》な様子だし、副隊長は顔には出していないが微妙に俺を背負う手がプルプルしていたので同じく疲れている事だろう……。

こんなことを考えている間にも三人の戦いは激しさを増し、今度は赤い木の葉の様な何かが宙を舞い踊り隼人とテレサを襲っている。

ちなみに、七菜もその効果に驚いているように見えるのだがどういうことだ？

ただ、防ぐだけで手一杯のように見えるテレサに手を出しに行かず、今のスキルが収まるまで待っているようにも見えるんだが……慌てて止めようとしているようにも見えるので、あいつ、自分のスキルで何が起こるか分かっていないのだろうか？

うーん……話さえ聞いてくれれば隼人もテレサも七菜も戦闘をやめてくれると思うのだが……あ。

……本当にいつも、良いところで来てくれるなあ。

そして、いつもいつも頼りにしてしまって申し訳なく思うのだが、どうしようもないのでお願いさせてもらいます。

「……シロ。あの三人を止めてくれるか？」

「へ？　シロさん？　ここにはいませんけど……」

「ん」

「はえええ!?　一体どこに!?」

「ん？　今さっきついた。主が無事だったから、とことこっと戦闘している隙を見てこっちに来た」

「……分かった？」

「全然っす……」

「気配を感じなかったぞ……」

「むふー。主にだけは気づかれた」

「ああ。ちなみに、スキルは使ってないぞ」

「んふ。シロの愛は気づかれちゃう。それで、三人を止めればいいの？」

「悪いんだけど頼めるか？」

「ん……主を攫った女もいる……？」

「ああ。理由は後で話す。だから、皆怪我《けが》しないように頼みたい」

「ん。分かった。でもその前に……主」

シロがジャンプして俺へと抱き着いてきたので、当然の如《ごと》く受け止める。

少し長めにぎゅっと抱きしめてきたと思ったらぱっと離され、くるりと後ろを向いてしまう際に尻尾がしゅるんと一度波打つように動いていた。

そして、ナイフを取り出して嵐のような戦闘中の三人のもとへと歩みよっていくシロ。

「ええ……今の説明で分かったんですか？ っていうか、アレ止められるんですか？」

「ん？ シロは主の願いを叶《かな》える。そうすると、いっぱい甘やかしてもらえる。シロはそれがあればいい。主を攫ったのは許せないけど、主が許したならシロは従う」

「皆さんとんでもない信頼ですねえ……」

俺達の方へと振り返りながらも三人の方へと進んでいくのは危なく感じるが、シロはというとご機嫌で余裕そう。

やがて、三人に接触するかというところまで来たシロは一瞬姿を消したかと思った瞬間に、キインっと甲高い音が響き、気づいた時には三人の間に挟まれながらそれぞれの武器を抑え込んでいた。

隼人の剣と七菜の爪を両手のナイフで防ぎつつ、テレサの聖なる巨大十字架《セイクリッダー》を振り回す出始めの所を足を使って抑えこんでいる。

ほんの僅かにタイミングがずれていれば、間にいるシロは全員の攻撃を受けていただろう。

そう思える程にギリギリな事を頼んでしまったのだと実感し、改めて申し訳なく思う。

「ん。三人とも。主が呼んでる」

しんっと静まったさなかに、シロの声だけが届くように聞こえると、三人ともそれぞれ腕の力を抜いたようでシロもすっと武器を下ろして見上げる形で間に入っていた。

「シロさん……びっくりしましたよ……突然現れたので、腕を止めるのが遅くなるところでした……」

「ん。隼人は止められると分かってた。様子見してたみたいだし」

どうやら、隼人だけは咄嗟に剣を振るうのを抑える事が出来たらしい。

というか隼人、あれで様子見だったのか……。

七菜が霧化するギミックを探るために、体力を温存していたとかかな？

そのおかげでシロは無事なんだなという気持ちとともに、あの速度で斬り合いをしているさなかでもシロの存在を一瞬で認識した隼人はやはり相当強いようだ。

「シロ……でやがりますか」

「わ、何この可愛い子……やばい。抱きしめたい……」

「ありがとうシロ。悪いが三人とも少し話を聞いてくれ」

副隊長に肩を借りながらも近づいていき、シロが止めてくれたおかげで何とか話し合いに持ち込むことが出来そうだ。

三人にも声は届いたようで、こちらへと振り向くと三者三様の顔を見せてくれる。

「イツキ……」

「イッキさん！　無事だったんですね！　良かったたぁ……」

「……すぅ……はあ。主さんが無事なのは良かったでやがりますが、どういうことでやがりますか？」

隼人は心の底から心配してくれたようで安堵の息を漏らし、テレサも心配してくれていたようではあるが、先ほどまで苛立っていたからか少し怒気を含めているようにも思えるな。

多分なのだが……俺がこれから何を言うか察されている気がしなくもない。

「その説明も当然するが一先ず、俺の話を聞いてくれ。七菜もな」

「……う、うん」

と、俺が七菜と言うと隼人とテレサは何のことかも分かっていない様子だが、そのことについてもちゃんと説明しますので、どうかご清聴をお願いします。

それぞれ皆には座ってもらい、先ほど副隊長にされた説明をもう一度してもらった。

その際に七菜《ナナ》は俺の横へと座ってもらう事に。

ちなみに、シロは当然というように俺の膝の上であり、そんなシロが気になるようで七菜はちらちらと見ていたが、話を聞くのに集中させた。

お前……大事な話をしてるんだぞ？　シロが可愛《かわい》いのは俺も認める事だが、後にしなさい後に。

そして、話が終わりを迎えると……。

「え？　じゃあ私、魔族じゃないの？」

「ああ。どうやら祖ってやつらしいぞ。お前、真祖の吸血鬼《ヴァンパイアアンセスター》なんだろ？」

「う、うん。それは間違いないけど……」

じゃあ、祖で間違いないな。はああ……良かったあ……。

「まさか吸血鬼が魔族ではないとは思いませんでした……。先入観ってやつですかね」

「だなあ……。俺も魔族だと思ってたし……」

元の世界じゃあ吸血鬼なんて西洋の化け物みたいな認識だったしなあ……。

「私もてっきり魔族だと思ってた……。まあ私の場合は冒険者のふりをしててバレた時に『魔族だー！』って言われたから私魔族なんだ！って思っただけなんだけどさ」

あー……そりゃあ勘違いもするなあ。

「っていうか、吸血種《ヴァンピール》ってのはいるんだろう？　それとは別なのか？」

確か俺が魔法適性を調べた際にシロがそんな事を言っていた気がしたのだが、別ものなのだろうか？

「吸血種《ヴァンピール》の方々って、確か鳥のような感じだったと思うのでまた別種なのではないかなと？　七菜さんは鬼でもあるようですし」

「そういうものなのか……」

吸血と言われるとヒルや蝙蝠《こうもり》なんかを想像しがちなのだが、鳥もいるんだな……。

確か元の世界でどこかの島の鳥に吸血するようなのがいるとか何とかテレビで見た気もしたな。

「………はあ。なるほど」

「隊長。そういうことですので、よろしいですか？」

「良いも悪いも、教会の教義で決まっているんだから当然でやがりましょう。攫《さら》われた主さんも被害を訴えていないんでやがりますし……ただ、この魔族のような気配はどうするんでやがりますか？」

あー……テレサもそれを感じるんだなあ。

俺は感じないんだけど、もしかしてここにいる皆は感じるのかな？　あれ？　俺だけ？

「それですよねえ……。日常生活をする上では正直不味《まず》いですよねえ……」

「聖職者なら違和感を覚えるでやがりますし、勘の良い輩《やから》も気づくでやがりましょう。そんな輩からすれば、油断しているうちに……と考えてもおかしくないでやがりますよ」

「そうですね……僕も僅かに感じられますが、もし街で出会ったら被害が生まれる前に先制を……と、思ってしまうかもしれません。七菜さんのように人の心がある魔族なんて居るとは思えないでしょうし……」

うーん……やっぱりそこがネックなんだな……。

魔族の気配か……うーん。

それをどうにかしない事には、まさしく自由とは言えないよなあ……。

「あ、別に私ずっとここにいてお外に出なくてもいいよ？　魔族じゃないって分かっただけ嬉《うれ》しいし、たまにイツキが来て血と甘い物とご飯をくれて、話し相手になってくれるだけでも幸せかなって。今までの数十年に比べたら話せる人がいるだけで幸せだって思えるし……。魔族じゃないなら、イツキとお話しても良い……よね？　あ、勿論《もちろん》イツキが迷惑じゃなければだけど……」

……いや、ちょっとそれは……勿論俺は構わないのだが、なんというか、悲しすぎやしないか？

せっかく魔族じゃないと分かったんだから、もう少し自分の幸せを願ってもばちは当たらないと思うぞ。

「た、隊長どうしましょう……この健気《けなげ》な子を助けてあげたいんですけど……何とかしてくださいよ隊長！」

「そ、そうでやがりますね。……とはいえ、聖水をぶっかけたらどうにかなるもんでやがりますかね？」

「祝詞でも何でも唱えますから……何とかしましょう隊長……っ！」

「そ、そう言われてもこんな事案は初めてでやがりますし……副隊長こそ豊富な知識でなんとか出来ないでやがりますか？」

「過去にこんな事例はないんだから知りようがないですよう！」

どうやら二人も七菜の健気さに心を打たれたらしく、あーでもないこーでもないと真剣に議論を始めてしまう。

本当、俺の周りは良い奴《やつ》らばっかだねえ……。

「……ねえねえイツキぃ……」

で、なんで七菜はモジモジしてるんだ？

あとその媚《こ》びるような顔はどうした？

そんなことしなくても、俺は遊びに来る事を厭《いと》わないぞ。

「どうした？」

「そ、その子なんだけどさあ……イツキの子供？」

「ん……子供じゃない。シロは主のシロ」

「ひゃー可愛いー！って、主？」

……お前さん、さっきのしおらしい態度はどこへ行ったんだい？

「ん。シロは主の奴隷だから」

「ど、奴隷!?　イツキ！　こんな小さくて可愛い子を奴隷だなんてひどいよ！　そんな人だなんて思わなかったよ！」

と、勘違いせざるを得ない流れ人あるあるな話になったので速攻で誤解を訂正する。

「そ、そーなんだ？　なんか、イメージしてた奴隷とは違うんだね。スキルでの拘束力のある従業員のような感じ？」

うん。まあそんな感じだよな。

基本的にお願いはするが、命令はしないし皆自由にしているし、俺もそれを望んでいるからなあ。

分かってくれて良かったよう。

「そっかあ……シロちゃんは幸せ？」

「ん。幸せ」

「そっかぁぁ……はぁぁぁ……可愛いよう……。ね、ね。お姉ちゃんのお膝に来ない？」

「行かない」

「んんー猫っぽい！　可愛い！」

どうやら七菜は猫派らしく、猫耳と猫尻尾であるシロにメロメロのご様子だ。

だが、シロは懐いている様子はなくぷいっと他所《よそ》を向いてしまっているのだが、それも猫っぽくて良いらしい……。

「あの、すみません。七菜さんも、僕達《たち》と同じ世界から来たんですよね？」

「え？　あ、う、うん。イツキと一緒なら、イケメン君と一緒だと思う……よ」

「イケメン君……あの、自己紹介をしたと思うのですが、早川隼人《ハヤカワハヤト》です」

「あ、そうだったね！　じゃあ、早川君？　隼人君？　どっちが良いかな？」

「えっと、どちらでも構いませんが……」

「じゃ、じゃあ早川君にしとくね」

ん？　なんか七菜緊張してないか？

さては隼人のイケメン具合にやられたな？　と、ニヤニヤしているとぷくっと頬を膨らませて不満そうな顔をした七菜。

「それで、それがどうしたの？」

「いえ、僕とイツキさんは女神様によってこの世界に来て、特別なスキルをいただいたんですが、七菜さんはどうだったのかなと」

「私？　私の時は男の人だったかな？　あんまり覚えてはいないんだけど、金髪で長髪のイケメンだったよ」

イケメンが多いなあおい……。

ん？　シロ？　察するのは良いが、俺の膝の上から俺の頭を撫《な》でようとしなくていいからなー。

傍目《はため》から見ると、下からチューしようとしているように見えるからなー？

七菜が話そっちのけで「わぁっ！」って顔してるからなー。

「イケメン……となると、女神様、レイディアナ様ではないのですね……」

「女神ではなかったかな。二人は女神だったの？　美人さん？　イツキ良かったね」

「なんで俺だけに言うのかな？」

「え？　だってイツキだし……ねえ？」

お前は俺をどういう風に見ているのかな？

ちょっと俺と端っこの方に行ってこってりとお話しあいをするかい？　んん？

「えっと、それでスキルだっけ？　貰《もら》ったのかどうかは覚えてないけど、私がこっちに来た際に持ってたスキルは一つだけだったね。『真祖の吸血鬼《ヴァンパイアアンセスター》』っていうスキル。なんか吸血鬼的な事は大体出来るみたい」

なんだその大雑把な説明は。

吸血鬼的な事が大体できるとか、一つのスキルに色々詰め込み過ぎなのではなかろうか。

「それじゃあ、戦闘中に使っていたスキルは……？」

「あれは全部『真祖の吸血鬼《ヴァンパイアアンセスター》』ってスキルに統合されてるものだね。なんか物騒だったからさっき初めて使ったのが殆《ほとん》どだよ」

「ああ、だから自分の使ったスキルに驚いていたんですね……」

「あははは。せっかくだし、使ってみよう！って思って使ったはいいけど、びっくりなのが多かったねえ……。霧化とかは、『凶星の夜天《バッドナイト》』の効果だね。あの夜空の下にいると、物理攻撃に対しては霧化して無効化するみたい。あの星の中に一つだけ核があって、それを壊されたらスキルが解けるの。だから、あの可愛い子が天井を崩してたら、私は霧化出来なかったんだよね。あと、一日一回しか使えないんだって」

「えっと、それを教えてしまって良かったんですか……？」

「あー……あははは。まあ、うん。多分大丈夫！」

「おーい。七菜さん少し借りて良いでやがりますかー？」

「あ、はーい！　すぐ行きまーす！」

と、七菜は俺達の傍《そば》を離れてテレサ達の方へと近づいていった。

どうやら試してみたいことがあるようだ。七菜は聖水を手渡されて掌《てのひら》に垂らしてみているようだが……どうやら聖水も大丈夫のようだ。

「七菜さん、明るくて社交性の高い方ですね。少し警戒されていたようですが……」

「そうだな。普通の女学生って感じだよなあ」

「そうですね。……僕は、流れ人が魔族になってしまったのを見たことがありますけど、七菜さんはそれとは違うみたいです」

「……そっか。そいつは良かった」

それはもしかして、以前隼人が話してくれた、過去に二人殺《あや》めた事がある流れ人の話……と思ったが、それ以上は続けないように話を逸《そ》らそう。

「そういえば、あいつカレー作れるらしいぞ」

「マジですか!?」

あまりに驚いたのか隼人らしからぬ大きな声で驚きを見せてくれた。

いやまあその気持ちは分からなくもないぞ。

それだけカレーは偉大で衝撃が大きいという事だろうからな。

「まじまじ。色々作れるらしい」

「おおお……凄《すご》いですね。それを先に聞いていればもっと早く戦闘をやめましたのに……」

「カレーの為《ため》にか？」

「カレーの為にもです」

くくく、と二人で笑い合いながら、後で本当にカレーは作ってもらおうと話し合う。

その際に血は必要になるのだろうけど、カレーの為ならば等価交換でも構わない程の量を差し出すとしよう。

「ん？　おいおい、あいつ自分で聖水を頭からかぶったぞ……」

「慌てたテレサさんと、副隊長さんが何やら呪文を唱えてますね。あれで魔族のような気配が消せるんですかね？」

「どうだろうな。成功すれば消せるんだろうが……ああ、駄目だったみたいだな」

声は聞こえないが、テレサと副隊長の反応を見れば良く分かるなあ。

んんー……俺も何かできれば手伝いたいのだが……うーん……あ。

「あ……そうだ。アレがあったな」

「アレ？　何か思いついたんですか？」

「ああ。男のロマンは諦めないといけなくなったけどな」

「男のロマンって……ああ、なるほど。アレですか。諦めたっていいじゃないですか……」

良くはないのだけど、そう。アレだよアレ。君がお土産にくれた『隠形石』の出番かなとね。

そうと決まれば、早速試してみるとしようか。

まずは透明な隠形石を取り出して使いやすいサイズにカット。

拳大の石から、いくつか作れるように無駄にならないように慎重に……。

透明だから普段よりも難易度が高いが、この世界に来た当初と比べて俺の技術も上がっているので問題はなさそうだな。

さて、何から作ろうかねえ……ピアス……よりはイヤリングの方が良いか。

挟み込む形はボール状にしてそこも隠形石を使ってしまおう。

デザインはシンプルなものにするとして、なるべく一つのイヤリングでの効果を上げたいので手間はかかるがサイズ違いの小さな球を隠形石で作っていく。

挟むための石で二つ、デザイン面で使うために小さな石を三つと、メインの石で一つ。

他の金属素材は……高級品よりも、浄化効果の高い銀を使ってみるか。

「わあ……イツキ凄い。器用だねえ……わ、そんな透明な小さい球に穴を開けるの!?」

と、きゃあきゃあ騒ぐ七菜がうるさい……。

いつの間にかこっちに戻ってきていたようで、テレサと副隊長はまた別の方法を思案しているようだ。

騒がれて集中力が乱れるのも困るからシロに目配せをすると察した様で、少し嫌そうな顔をしながら七菜の方へと近づいて行ってくれた。

「え、いいの？　撫でて良いの？　わあああ！　おいでおいで！　ぎゅうう！」

「うぐう……」

シロの不満そうな声が聞こえたが、心の中で感謝と謝罪をのべつつ後程シロをたっぷり甘やかそうと誓って再度集中する。

透明レベルの高い隠形石を真珠程の大きさにカットし、その中心に穴を開ける。

銀を細い棒状に加工してから穴をあけた小さい隠形石に通して動かないように小さく球を作って固定。

最後に、メインの石となる少し大きな隠形石を取り付けて、耳を挟む部分にも隠形石を使ったら完成。

……完成したはいいが、隠形石が透明だから、銀の棒が耳元で浮いているようにしか見えず、変なデザインになってしまった。

錬金術師たるもの見た目も大事に……という事で、隠形石とグリーンガーネットを組み合わせ、『手形成《ハンディング》』を使ってグリーンガーネットを隠形石で包み込むように加工。

そして、同じデザインで再度付け直してみると美しい緑色のグリーンガーネットが留め金とは離れているように見える神秘的なデザインになった。

『銀隠形の灰礬柘榴石《かいばんざくろいし》イヤリング　体力上昇（中）　隠形（中）　聖属性耐性（小）』

体力上昇と隠形で分かれたか……。それと、聖属性耐性は銀を用いたからだろうか。

単純なアクセサリーの性能としては悪くはないし、偵察を主に行う冒険者にはぴったりの物だろうけど、これじゃあ魔族感はぬぐえないだろう。

とはいえ、隠形でどの程度効果があるのかは見てみよう。

「わあぁ……。イツキ上手……。なにこれ、宙に浮いてるみたい！　着けるよ？　着けて良いんだよね？」

頷《うなず》いて答えてみせると七菜はすぐさま自分の耳へと装着。

俺には魔族の気配とやらは感じる事が出来ないので、感じる事が出来る隼人の反応は……。

「……微妙に薄れた気はしますが、どちらかと言うと存在感自体が薄まった感じですかね？」

「んんー……そうか。存在感が薄くなるだけじゃあ失敗か……」

隠形石の効果は引き出せたようだが、もう少し加工するために七菜に返してもらおうと思ったのだが……。

「え？　返さないと駄目？　これ可愛いのに……」

と言うので、そのまま貰ってもらう事に。

とはいえ、どうしたものか……もっと石をでかくすればいいのか？

いやでも変にでかくするのも、デザインの面で気に入らないし、隠形スキルを上げるだけでは存在感が薄まるくらいで結局変わらなそうなんだよな。

「あ！　いい事思いついた、けど……」

ちらっと、副隊長とテレサの方を確認するも、なにやら魔法を使って試しているようだし、今がチャンスか……っ。

「隼人、これから見る事は内緒な？」

「へ？」

「『お小遣い』」

スキルを発動すると、金貨が五枚何もない所から落ちてくる。

その中の一枚を残して魔法空間にしまい、手早く『手形成《ハンディング》』を使って棒状へと加工。

「イツキさん……？　金貨を加工するんですか？」

「だから、内緒な？」

「偽金貨を作る訳じゃあないんですよね？　それなら大丈夫ですけど……」

「お、そうなのか？」

日本じゃあ貨幣の加工は法に触れるから用心したのだが、こっちでは大丈夫らしい。

「主君。貨幣を使ったアクセサリーとかもあるから、硬貨の加工は問題ないぞ」

「あー他国に行った記念での定番のお土産っすよね」

「まあ、金貨でやる馬鹿は見たこと無いけどね」

と、そういうものらしいが、どうやら普通は金貨ではやらないらしい。そりゃあ一枚10万ノールだもんやる訳ないか……。

とはいえ、金貨じゃないといけないという訳ではなく、お小遣いで出てきた金貨だからこそ意味があるのだ。

なんせこの金貨は副隊長達曰《いわ》く、神気がたっぷり込められているそうだからな。

さて、それじゃあ同じ工程をこれを使ってやってみようか！

『神金隠形の灰礬柘榴石イヤリング　神気上昇　隠形（中）』

「お？　おおお？」

神気上昇？　これは、やばいのでは？

効果はなんだろうかと鑑定を使うと……。

『神気上昇　神性力が向上する』

わあ……これは、いけないものを作ってしまった気がする。

具体的には副隊長にばれたらせがまれる気がする……。

「七菜……って」

「ん？」

「んあー……主ぃ……」

と、シロがぐったりしていて、俺の方に来たいようだが七菜が抱き着いて離れないみたいで困っているシロ。

「シロを返しなさい」

「嫌！」

「嫌じゃねえよ……」

シロが伸ばした手を取り、ぐいっと引っ張ると手を放してくれたので解放。

あーんっと、本気で悲しそうに子供を奪われた親が如《ごと》く悲しんでいるが、無視である。

シロはそのまま俺に抱き着き、肩に登って肩車の体勢になると、七菜に向かってふしゃー！　と

威嚇。

それを見て落ち込むかと思えば、それもまた猫っぽくて良いらしい生粋の猫好きらしさを出している。

「ほら……これ着けて見てくれよ」

「ん？　わあ、今度は金色だ！　さっきのとペアみたいだね！」

まあ、銀か金かの違いなだけで、デザインは同じものだからな。

左右に着けても良いし、片方に寄らせても良い感じになるとは思うので好きにつけてくれ。

「これも可愛いなあ。どうどう？　似合う？」

「ああ。良く似合ってるよって、それよりもどうだ隼人」

「これは、凄いですね！　魔族の気配は殆どしないです。むしろ神聖ささえ感じる程ですよ」

まあ、神気上昇とか付いてるしなあ……。

結果的に、魔族のような気配とやらの上から神気をかぶせているような感じかもしれないが、結果さえよければそれで良いだろう。

あとは、あの二人のお眼鏡にかなうかどうか……。

「七菜。二人の所に見せに行ってきな」

「うん！　行ってくるー！」

と、上機嫌のまま二人に見せに行くと、声をかける前に気が付いたようでここからじゃあ声は聞こえないが、どうやら問題なさそうに見える。

「凄いでやがりますよ！　魔族のような気配がしないでやがります！」

「お、本職からも太鼓判押されたか。それじゃあ、常に付けておけば問題はなさそうだな」

「……そうですねえ。余程の事が無い限りは問題ないかと」

ふう。これで七菜は自由に外を歩けるようになったな、と一息つくことが出来た。

「良かったな。七菜」

「うん！　ありがとうイツキ！　皆さんも！」

ああ、本当に良かったよ。

やっぱりお前は、笑っている方が似合っている。

明るく元気に、天真爛漫《てんしんらんまん》にな。

「あ、でも私、暫《しばら》くはあんまりお外に出られないよ？」

「え？　何でだよ？」

せっかく自由に動き回れるようになったのに？

「んんー……お外はまだちょっと怖いから、リハビリしてからにしてほしい……的な？」

「あー……」

そりゃあ、冒険者に追い回されたことがあるのだし、手放しに喜んで外の世界を満喫！って、訳にはいかないか。

対人恐怖症……いや、冒険者恐怖症か？

この世界、冒険者かなり多いから仕方ないか……。

「だからイツキにお願いなんだけど……慣れるまでで良いから、お出かけしたい時は付き合ってくれないかな？　お礼はするからさ！」

「んー別にそれくらいなら構わないけど……」

「うん！　ありがとうイツキ！　それじゃあ、ちょっと失礼……」

そう言うとぴとっと俺にくっついてくる七菜。

なんだお腹《なか》減って血が欲しいのか？　と思ったら、合わせていた視線がどんどん下がっていき、七菜の旋毛《つむじ》が見えたと思ったら七菜が消えた！

違う、影の中に入った……？　と思ったら、すぐさま出てきた。

「よし。これでイツキの影にならすぐ移動出来るようになった！」

「……はい？」

なんですと？

「スキル名『影転移《シャドウワープ》』！　指定した影に一瞬で移動できるスキル！　ここからイツキの居るところまで歩いていくのに冒険者に会うのも怖いからね！　どこからでもイツキの影に移動できるという訳だよ！　ただし！　2つ以上の場所は登録できないので、ここととイツキとの間しか移動できません！」

「……はい？」

なんだその空間魔法の転移に匹敵しそうな便利スキル……っ。

それも『真祖の吸血鬼《ヴァンパイアアンセスター》』というスキルの中にあったものの一つなのか？

一つのスキルで複数のスキルが使えるとか、改めて祖ってすげえなあ……。

「私一度寝ちゃうと数日から数か月間は眠っちゃうし、滅多に移動はしないつもりだけど……駄目かな？」

「駄目じゃないけどさ……あー……突然飛び出て驚かすのはやめてくれよ？」

「うん！　えっへへ。あ、血の方もお願いします。暫くは、イツキのご厄介になっちゃうと思うので」

「あいよ。それじゃあ、これで万事解決かな？　そろそろ戻るかね」

「……ありがとうねイツキ」

「おう。気にすんな」

「ううん気にしちゃう。お礼はさせてもらうね。頑張るからね」

「気にしなくていいのになあ……じゃあ、期待しないで待ってるかな」

何を頑張るのかは知らないが、お礼がしたいっていうのなら受け取っておこうかな？


こうして、無事に七菜の問題も解決する事が出来た訳で、俺達は揃《そろ》って俺の家へと帰る事に。

すっかり暗くなってしまって少し怖いが、多分俺がいるここが世界で一番安全な場所の様な気がするので安心である。

そして、俺の傍には七菜がぴったりと付いている。

これだけ知り合いがいれば七菜も安心だろうという訳で、早速一度目のリハビリがてら一緒に戻る事になった訳だが、お外怖いという事で腕を取られてしまったという訳だ。

「これは……アレかしら？」

「アレっすね……」

「アレだろうなあ……」

「ん？　なんだ？　どうしたんだ？」

三人がひそひそと話しながらアレアレと言って俺に対して冷ややかという程ではないが、冷ための視線を向けてくるんだが、なんだよう……。

「ねえねえ。あの三人ってさあ……」

「ん？　ソルテ達が気になるのか？」

そうだよなー。ひそひそしているんだから気になるよなあ。

「うん。皆凄い綺麗《きれい》だし可愛いよね。紅《あか》い髪の人は大人っぽくて凄い美人だし、耳と尻尾が生えてる二人はとんでもなく可愛いなあって……」

七菜が囁《ささや》くとソルテとレンゲの耳がぴくぴく動いており、尻尾がふわさっと揺れているので恐らく聞こえているのだが、聞こえないふりをしているようだ。

しかし、緩みそうな頬は誤魔化しが利いておらず、アイナが不思議そうな顔をしているぞ。

「気になるなら、話してきたらどうだ？　皆良い奴だぞ」

「う、うん！　友達になりたいし、頑張ってくる！」

不安そうにしながらも両拳を握って気合を入れると、ソルテ達に話しかけに行った七菜。

それを気にかけながら歩いていたのだが、一人になった俺の所へ忍び足のようにやってきたのは副隊長。

なにやらニヤニヤしているのだが、何を企《たくら》んでいるんだろうか？

「主さーん主さん」

「どうした副隊長？」

後ろ手に手を組んで前かがみ気味になり、おっぱいを強調している気がするようなポーズでどうしたんだい？

「主さん……あの金貨をアクセサリーに使いましたね？」

「……ばれたか」

「そりゃあばれますとも。私、神気には敏感なもので」

なるほど。そりゃあの距離でお小遣いスキルを使い、5枚もの神気に溢《あふ》れた金貨がいきなり現れれば気付いちゃいますね。

「あー……これは、怒られる感じでしょうか？」

「怒りはしないですけどねー。ただ……七菜さんのお耳の方から神気が溢れているように見えましてねえー……羨ましいなあー」

「……副隊長にも作れと」

「いやいや、聖職者ともあろう私がそんな俗物的なお願いをする訳ないじゃないですかあ。でもぉ……今回私、割と大活躍だった気がするんですよねえ。どう思います？」

……それはそうだと納得するが、どう考えてもお願いじゃないかね？

というか、素直にお願いしてくれれば作るんだけどさ……。

とりあえず、仕舞っておいた金貨を棒状に加工して、『既知の魔法陣《エクスペリエンスサークル》』を用いて歩きながら作る。

「……はいよ。どうぞ」

「これはアレですか？　寄付という形ですかね？」

「なんでもいいよ……」

「わは！　いやあ、催促したみたいですみませんねえ！　えへへ」

催促してただろうよ……。

まあでも、七菜の件はほぼほぼ副隊長のおかげでどうにかなった訳だし、助けにも来てくれたのだからこれくらいは構わないんだけどさ。

それに、お祭りでの裏方を手伝ってくれたのもあるしなあ。

「ふんふふーん！　これで隊長にまた一つ近づけましたね！　過度な装飾は良くないですが、これくらいならばいいですよね！」

「ああ。よく似合ってるよ。元々美人な副隊長が更に美人になったな」

「あらま。お上手ですこと。えっへへ」

そのまま髪で耳とそれを隠し、上機嫌でテレサに絡みに行ってしまった副隊長。

そういえば、テレサや隼人にもお礼をしないとなと思っていると、後方にいるソルテ達の方から打ち解けたのか、笑い声などが聞こえてきた。

やはり、七菜は社交性が高いみたいだな。

まあ聞こえてくる会話内容が「ええー！　皆イツキの恋人なの!?　イツキハーレムじゃん！

やっぱりエッチだよ！」と聞こえたが、きっと気のせいだろう。と、安心しつつゆっくりとアイン
ズヘイルを目指していたのだが……。

「ん。ソルテ」

「何？　あんたも交ざる？　話してみたけど、七菜凄く良い子よ。っていうか、さっきから黙って
たけどどうしたの？」

「体調悪いんすか？」

「何か考え事をしていたようだが……」

「ん……んんー……」

「どうしたのシロちゃん！　お姉ちゃんがぎゅーってしようか？」

「いらない」

冷たくあしらわれてしまった七菜を見て、ここに来たばかりの頃にレティに言われた構いすぎる
と嫌われるという言葉を思い出したな。

まあ？　幸いにも俺は構いすぎるくらいの方がシロにはよいらしいけどもねえ！っと、少し優越
感を感じていたのだが……。

「んー……ウェンディどうしよっか」

と、シロの思いもよらぬ一言で、今日一番の焦りを見せる事になるとは思わなかった。

そうだ。そうだよ。今日はお祭り……収穫祭。

そのイベントの一つとしてスタンプラリーをしているんだよ。

中止か延期になっていたら助かるかもしれないが、もし継続していたらきっとウェンディとミゼラはとても大変な目にあっているかもしれない……っ！

というか……攫われてました！　なんて言ったら、またミゼラに泣かれてしまうかもしれない！

「あわわわ。あわわわわわわ、ど、どどど、どうしよう!?」

「あ、主様落ち着いて！　話せばわかるわきっと！　七菜の過去を話せばきっと分かってくれるわ！」

「そ、そうっすよ！　七菜は頑張って来たんっす！　耐えてきたんすよ！　だから、きっとウェンディ達も分かってくれるはずっすよ！」

お前ら……この短い間に随分と仲良くなったんだな。

嬉しい事だよ。だがそれよりも！　今はウェンディ達の事で頭がいっぱいだよ！

「そ、そもそも怒られるかどうか分からないんじゃない？　主様はこうして無事に帰って来た訳だし！」

「攫われるのを防げなかったのは事実。……ご飯抜きはいやあ」

「それで済めば軽い方だが……主君との…………権を暫く総取りされる危険があるぞ」

「ええー！　それは無いっすよ！」

「とにかく……様子を見てみるしかないな……その都度対応は変えて行くとして、相談しながら帰るぞ……」

と、俺らは作戦会議をしながら帰り道を進んでいたのだが、若干ペースが落ちたのはわざとではなく、打ち合わせに時間がかかったからで、決して怒られそうだからと足が重くなったわけじゃないぞ。

「あーうー………シロのごはぁん……」

「ウェ、ウェンディさんって、そんなに怖いんだ……。わ、私のせいでごめんねえ……私も一緒に謝るからね！」

と、七菜が一緒にと言ってくれたので、大丈夫だ気にするな、と言いたいところではあったが、とても心強い！

悪いが、俺達の武器は七菜の境遇という武器にしてはいけない気がするものなので、当人がいるのはとても心強いのです！

と、とりあえず先遣隊としてじゃんけんで負けたシロを派遣し、先んじて軽い状況の説明をお願いした。

さあ作戦は万全。いざ我が家へ！

「「「ごめんなさい！！！」」」

不意の速攻。これぞ作戦！ 下手な小細工など悪手！ しっかりと謝り、謝り、謝って、謝って謝り尽くす！

視界に一瞬、ウェンディの後ろでミゼラに慰められしょぼんとしているシロの姿が映ったが、勝機はあるはずだ！

現にウェンディはにっこりして――あ、駄目だこれ怒ってる。

「……許しませ――」

「ふわあああ！　この人がウェンディさん？　凄い美人……っ！　目がくっきりしていて整っているし、綺麗な髪色……。スタイル抜群でお肌のお手入れも完璧だし……本当にイツキの良い人なの？　えええー！　イツキ凄いじゃん！　こんな美人の奥さんがいるの⁉」

……きゃあああああ！　キャアアアアアア！

七菜さん？　確かにウェンディはびっくりする程の美人なのだけれど、褒めるのは今このタイミングではないと思うんだよ⁉

でもありがとう！　恋人達を褒めてくれてありがとう！

七菜は素直で思っている事を口にしているんだなってすぐ分かるから、心から褒めてくれると確信できるからなお嬉しいよ！

「……七菜さんでしたっけ？　初対面なのに、良い目をしていらっしゃいますね。私、ご主人様の『奥さん！』の、ウェンディ・ティアクラウンと申します」

「わあ……改めて……素敵……あ、えっと初めまして！　赤城《アカギ》七菜です！　この度はご迷惑をおかけして本当に申し訳ございませんでしたぁ！」

「ん、んん……本来であれば、許せることではないのですけど……。シロから事情も聞いて理解はしました。貴女《あなた》と会って、人となりも良く分かりました。貴方《あなた》に免じて、今回の事は軽いお説教で

済ませようかと思います」

……へ？　許された……？

ま、まさかの奇跡が起きた！

七菜の純粋さが勝利を導いてくれたのか！

「うふ、うふふ……奥さん。やはり、そう見えるんでしょうか？　うふふふふ」

ウェンディさん、さっきまで怒っていたと思ったのだが今はご機嫌ですよ。

やはり誠実さは正義なのだ！

「や、やるわね七菜。まさかウェンディをよいしょしてご機嫌を取るなんて……」

「ばっ、ソルテ！　余計な事言うんじゃないっすよ！」

「よいしょ？　してないよー。ソルテさん達もって聞いて驚いたけど、イツキの恋人達皆美人だし可愛いもん！　こんな美人が皆イツキの事好きだなんて、イツキは幸せ者だね！」

「……なんというか、七菜に褒められるとくすぐったいな。素直な感想を言っているだけとわかるからこそ尚更《なおさら》……」

「っすね！　いやあ、あははは」

「……笑いごとではないのだけど？　ウェンディ様は許しても、私がまだ残っているのだけど……？」

おお……ミゼラさん……。

そうでした……ほら皆、誠心誠意謝ろう！

心配をおかけしました……と、全力で謝ろう！

「……まあ、事情は理解したし、境遇は私から見ても同情してしまうけれど、それはそれ。主様を危険な目に合わせないで……」

「は、はい！　ごめんなさい！」

「……本当に、素直な方なのね。私はミゼラ。主様の弟子で、主様の奴隷」

「あ、はい！　弟子って……あ！　錬金術師の！　じゃあミゼラちゃんも錬金術師なんだ！」

「まだ見習いだけどね……。七菜さんは――」

「……ミゼラ！　恋人が抜けてるっすよ！」

と、レンゲが声を潜めつつ援護射撃を行うと、顔を赤くし始めるミゼラ。

「……その、旦那様の恋人でもあるわ」

「っぅ……！　可愛い！　何この子！　超可愛い！　いじ可愛い！　え、イツキ何人素敵な恋人がいるの!?」

と、ぎゅううっとミゼラを抱きしめてしまう七菜。

おい。俺が抱きしめようと思ったんだが？

顔を赤くし、抱きしめられた事に困惑しているミゼラを堪能するのは俺のはずだったんだが？

「あ、あの、はな、放して……」

「嫌です！　お持ち帰りします！　シロちゃんと一緒に！」

「絶対嫌」

「だ、駄目よ？　私お仕事もあるし、旦那様と一緒にいたいから……」

「くはぁ！　駄目だ！　どっちも可愛い……イツキずるい！」

そんな事言われてもなあ……。

「お」

というか、どれだけシロに冷たくあしらわれても猫的という解釈のせいでノーダメージなんだな。

「に」

あと、いい加減離れなさい！　ミゼラがおっぱいに溺れているだろう！

「い」

それは俺のだぞ！　絶対に渡さな――

「ちゃああああああああああああん！」

「うぼあッ！」

「もうもう心配させやがって！　まったく！　お兄ちゃんは本当にアインズヘイルのトラブルメイカーだね！　シロちゃんが戻ってくるのが遅かったら、捜索隊も出そうかと考えてたんだぞ！　まったく！　苦労をかけたお兄ちゃんはボクに対して然《しか》るべきお礼をするべきだと思う！　具体的には肉体接触が好ましいぞ！　このこのー！」

と、俺の股間に頬を押し付けて俺の股間に話しかけるなオリゴール……。

あと、ジンジンしている時に刺激を与えるんじゃゃねえ！

何のつもりか知らないが、痛いんだよう！

「ふわあ……またちっちゃい子が出てきた……しかもこの子も可愛い……イツキ……何者なの？」

「ただの一般人です……」

あと『子』じゃないぞそいつ。

俺達よりもずっと年上だからな？

お前の前世と現世を足しても足りないくらい年上だからな？

「ん？　なんだい君は？　あ、分かった！　お兄ちゃんの新しい女だね？　まったく、どこでこんな美人を引っかけてきたんだい？　あ、もしかしてお兄ちゃんを攫った張本人か!?」

「あ、う、うん。イツキを攫ったのは私です。ご迷惑をおかけしました……」

「まじかよ当たった!?　こんな美人が攫ったとか……お兄ちゃんが声かけられてほいほいついて行ったの間違いじゃないのか？　まあともかく、本人同士で解決しているようならボクから言う事は無いけれど、あまり派手な事はするものじゃないぜ？」

「はい……すみませんでした……」

「うんうん。素直に謝れるのは良い事だね。それで？　お兄ちゃんを攫ってどんな変態プレイをしたんだい？　出来れば参考にしたいからボクに教えておくれ！」

「へ、変態プ……？　し、してないしてない！　そんな事してないよう！」

「嘘《うそ》だろ!?　お兄ちゃんを攫ったんだよなあ？　ボクも同じことをしようと思った事はあるけど、拘束してお兄ちゃんのお兄ちゃんを好きに――ぐへえ！」

何を言うのかと思った矢先に頭から拳を振り下ろされてしっかりと舌を噛《か》んでのたうち回るオリ

ゴール。

「いい加減にしましょうねオリゴール様」

「うごごごご！　ひはははあああああ！」

と、スカートがまくれ上がるのも気にせずに地面を転がりまわっているようだが、自業自得なのでポーションは出してあげない。

いいの!?　と、七菜が慌てているが、いつもの事だから気にしないでいいの。

当然、拳を振り下ろした人物はといえば、ソーマさんとウォーカスさんをおいてほかにいないだろう。

「主殿。無事な用で何よりです」

「ご迷惑をおかけしました……お祭りの方は大丈夫ですか？」

「ええ。滞りなく進んでおりますよ。ですが、主さんのスタンプラリーですが、所用につき主様が戻るまで一時延期としておりまして再開を心待ちにしている方が……」

と、ソーマさんが促した先は俺達が先ほど通ってきた家の門の方。

俺達が通った際は誰もいなかったはずなのに、いつの間にか人だかりができてしまっており、門番のぽここちゃんも対応が難しくなったようで中に入り手を広げて必死に入ってはいけないとアピールしているようだ。

「どうやら、主殿が帰ってきたと噂《うわさ》が出回ったようですな」

な、なるほど。俺がいないから一時延期としていたので、帰ってきたら再開すると思われたという訳か……。

「おーい！　兄ちゃんが帰ってきたんだろ？　ほらほら。ポイントは集めたんだから、さっさとスペシャルなお菓子とやらを食べさせてくれー！」

「朝までだって待つぜー俺は！」

「クッキーも絶品だったものね……こうなると、スペシャルはどれだけ美味《おい》しいのかしらね！」

……わあすげえ人数。

多分アレで全数じゃないだろう？　子供達の姿が見えないので、明日もきっと増えるんだろうなあ……。

いや、だが楽しみにしていてくれたのと、こんな時間になっても食べたいと思ってくれることは嬉しいし、すなわち俺の今回の企画の成功の証《あかし》と言ってもいいのだから、応えなければならないだろう。

出来れば体を休めて寝たいところなんだけど……仕方ないよな。

「七菜……。悪いけど、観光の前に手伝ってくれ」

「あははは……スパルタなリハビリだなあ……。うんいいよ。いっぱい迷惑もかけちゃったし、お手伝い頑張ってみる！　でも冒険者はまだちょっと無理……」

という訳で、急遽《きゅうきょ》座席を増やして庭を開放し、冒険者と一般でスペースを分けて俺達は給仕を夜通しですることに……。

勿論、日中に対応してくれていたウェンディとミゼラには休んでもらったのだが、手が回る訳もない……っ！

テレサと副隊長、隼人とレティ達まで手伝ってくれたおかげでギリギリなんとかなった……と、思いきや朝になったらなったで子供達を含めたポイントを貯《た》めていた人々がやってきて、夕方にはゆっくりとポイントを集めていた人達が現れ、結局お祭りを堪能することは出来ないまま、俺達の収穫祭は、終了のお時間となるのであった……。


さあ！　さあさあさあ！　待ちに待った時がやってまいりましたー！

俺が異世界では食べられないかもしれないと挫折しかけていたカレーを……今七菜が作ってくれているんだ！

七菜が調理をし始めてスパイスの香りが家中に漂うと、錬金中ではあったがもう何も手を付ける事が出来なくなってダイニングへと来てしまいました！

隼人も俺と同じようで頬が緩みながらダイニングへと入ってきたのを確認し、頷き合った後は一緒に並んでカレーを待つことに。

ああ……調理が進むほどにカレーのスパイスの香りが強くなり、どんどん期待値が上がっていくぅ……っ。

「はああ……この香り、お腹が空《す》きますね……っ！」

「だなあ……っ！」

ああもう笑顔だなあ隼人！　きっと俺も笑顔なんだろうなあ！

ああー頬が勝手に動いてしまう！　この香りの前にはいかなるポーカーフェイスも通じやしないだろう。

俺が何も分からずに扱ったスパイスではこんな香りは出せなかったんだが、一体何をどうしたんだろうな。

本来であれば俺も隣でカレー作りを見学させてもらい、レシピなども教えてもらいたかったのだがそれはウェンディとミゼラにお任せした。

何故《なぜ》なら今日の俺は全身全霊をかけて久々に食べるカレーに向き合わねばならないからだ。

一口目を味わうまでは作ることは考えない。ただただ、久々のカレーを美味しくいただくことに集中したいのだ。

とはいえ勿論、後日改めて教えてはもらうけどな！

アレだ。俺のカレーとか、ウェンディのカレーとか、ミゼラのカレーとか各々のカレーを作って食べ比べとかしたいな！

「……二人共、落ち着きがないでやがりますねえ。いい大人が料理一つでそこまではしゃげるでやがりますか？」

落ち着ける訳がないんだよテレサ！　俺達の国民食と言っても過言ではないカレーを、久々に食べられるのだからこのテンションも当然なんだよ！

隼人なんて俺よりもずっと前に異世界に来ていたので、きっと数年ぶりとかだぞ？

テレサの言葉に恥ずかしがらなくていいんだ。胸を張ってカレーを待つんだ隼人！

「ふあああ……この香り……たまりませんね！　おかわりします。絶対私おかわりしますからね！」

「……身内もはしゃいでやがりました。まあでも確かに、胃を刺激する様な良い香りでやがりますなあ」

ふっふっふ。タイミングよく来てラッキーだったな二人共。

近々王都へ戻ると挨拶に来たところだったようだが、せっかくだからと七菜がご馳走《ちそう》したいと言ったのだ。

迷惑をかけてしまったし、お世話にもなったから是非と言われた上にこの香りを嗅いでしまっては断れなかったのだろう。

二人共今日からカレーにどはまりすると予想出来るが、聖女様からカレーの香りがするという風評がたってしまうかもしれないな！

「お待たせ〜って、わあ、準備万端だなあ」

「来たかっ！」

そりゃあ準備は万端だとも！　俺も隼人もスプーンを両手で持ち、姿勢を正して着席済みだとも！

そして副隊長も俺達を真似《まね》てスプーン二刀流……おかわりすると言っていたが、俺達の欲に勝てるかな？

「あはは。スプーン2つ持っても上手《うま》く使えないでしょ。あ、ラッシーがある。作ったの？」

「勿論だ！　福神漬けは無理だったが、ラッシーは必須だろう！」

辛いカレーには甘くてまろやかなラッシーだよな！

今回はヨーグルトと牛乳を使って、さらさらっとして飲みやすい物をご用意しました！

蜂蜜とジャムもあるので甘さを調節してお飲みください！

「イツキ子供みたいにテンション上がってるね。まあ、期待されるのは嬉しいけどプレッシャーだなあ」

そりゃあもう期待しまくりですよう！

今ならお前の為に何でもするぜ俺？　冗談ではなく、文字通りなんでもしてあげる事に僅かな迷いすら起こらないよ！

「ん。良い匂いする。お腹空いたー」

「ふっふっふ。シロもこの匂いに釣られてきたな？」

とことこっと俺の傍に来て膝上に座ろうとしてきたのだが、今回はカレーにだけ集中したいので俺の横の椅子へと座らせる。

一瞬ぷうっと頬を膨らませたが、頭を撫でると納得してくれた。良い子。

「んんー美味しそうな匂い。嗅いだことがないから楽しみ！」

「そう言えば獣人って鼻も良いんだろう？　カレーは香辛料を大量に使って香りが刺激的だと思うんだが、大丈夫なのか？」

「ん。大丈夫。嫌な臭いは鼻がきゅーってなるけど、美味しい匂いは美味しいままなの。だから楽しみ」

ほおう。便利な鼻なんだな。

そういえばロウカクでスパイシー肉を食べたと言っていたな。

香辛料の匂いの中から……案内人さんの匂いまで嗅ぎ分けられたんだよなそういえば。

「キャー！　シロちゃんに期待されちゃった！　でも大丈夫！　この世界の食べ物全部美味しいんだもん……私のカレー作りの中でも過去最高傑作だと思うよ！」

最高傑作……っ！　それはまたハードルを上げてくれるじゃないか！　そしてそんなハードルも軽々超えてくるんだろうなと思えるほどの自信じゃないか！

「さて、それじゃあ他の皆は良いのかな？」

「ああ。先に始めていて良いって言われてる。だから早うー！」

「あははイツキ待ちきれないんだねえ。子供みたいだなあ。それじゃあ……御開帳～」

「ほあああ……」

「ああ……カレーだ。カレーの匂いがします……」

先ほどまでもしていた香りだが、やはり鍋の蓋を取ると先ほどまでの比ではない程に素晴らしい香りが嗅覚を刺激し、俺と隼人に感動をもたらした。

カレーだよ隼人……紛れもなくカレーだよ……。

見た目は見覚えのあるシンプルなカレーだ。肉とジャガイモ、ニンジンと玉ねぎが入っているのがわかるようなシャバシャバ過ぎず、ドロドロではなくとろみのある絶妙なバランスの、一番見覚えのあるカレーだよ！

「は、早く！　早く食べよう！」

「ちょっと待ってね。ライスにする？　パンにする？　それとも……ナンにする？」

「なっ、ナンまで作ったのか⁉」

「へっへへー。勿論。火に強い壺《つぼ》もあったから工夫してね」

何て女だ七菜……恐ろしい子！　カレーを作れるだけではなく、ナンまで作れるなんてどこまで俺の好感度を上げれば気が済むんだ！

そんな、ナンがあるなんて……そんな、そんなの選べるわけないじゃないかっ！

「全部で！　全部でお願いします！」

「え、全部って良いんですか？　じゃあ僕もお願いします！」

「あははは。二人共興奮しすぎだよ。分かったから落ち着いて。じゃあ、まずはライスからね」

はっ！　はっ！　はっ！

待てと言われている犬の気持ちってこんな感じなんだろうな。

目の前に注《つ》がれたカレーの入った皿と、それを全員分配る七菜やウェンディ達を交互に見てしまう。

まだか……まだなのか！　と、誰かに奪われるわけでもないのに焦っちゃう！

「よし。それじゃあ……召し上がれ」

「「いただきますっ！」」

七菜の合図とともにしっかりと七菜と食材に感謝をしてから、スプーンをカレーへと差し込みすぐさま口の中へ……。

見た目は十分味わった。香りも十分味わった。だから一刻も早く味を、だが零《こぼ》すことなかれと気を付けながら最速で口へと運ぶ。

スプーンに乗ったカレーを口の中で落とし、歯に僅かにぶつけながらスプーンを引き抜いて舌でルーを味わい具材を噛み締める。

「っ！」

…………美味《うま》い。ああ、美味いなあ……。

この感動はこの世界に来て初めて焼きおにぎりやみそ汁を飲んだ時の感動と同じだと言っても過言ではない。

野菜や肉のうまみが溶け込み、香辛料の香りと辛味が調和しているようだ。

とろみのあるカレールーは、日本で一番ポピュラーなカレーだと言えるものだろう。

甘味を強く感じるのはこの世界の野菜の旨味《うまみ》が強いからだろう。だが、その後すぐに香辛料の辛味が訪れて他の食材の旨味と調和し馴染《なじ》み口の中で広がっていく。

香辛料の種類は？　量は？　調理方法は？　と、頭の中で勝手に考えようとするものの、それらを押しのけたった一つの感想だけが浮上してくる。

ただただ……美味い。この万全を期して迎えた一口目だが、余計な形容などいらずただその一言に尽きる。

「イツキ、どうかな？」

「はぁぁ……美味い。美味いよ七菜」

改めて、今度はライスと共にカレーを一口。

米とカレーが合わないわけが無く、目を瞑《つぶ》り口の中の味わいにだけ集中して一噛み一噛みに感謝を込めて咀嚼《そしやく》し飲み込む。

これだよこれ……涙出そう。

しかし、スパイスの味わいは勿論感じるのだが、どこか懐かしい……これはスパイスカレーではなく家庭の味に近いような……。

「どうどう？　懐かしい感じしたでしょ？」

「ああ……家で食べてたカレーの感じがするな。だけど、それよりずっと美味いんだよ。明らかに美味いのに懐かしい……」

「ですよね！　僕も食べなれた感じがして驚きました！　スパイス感の強いスープカレーの様な物になると思っていたんですけど、まさかでした……」

そう。そうなんだよ。

香辛料から作るのだから、俺も流石《さすが》にスパイシーなカレーが出てくると思っていたんだよ。

いや、勿論それでも構わなかったのだが、このカレーは家庭で食べるような日本人になじみ深いライスに合うカレーなんだよな。

お芋はゴロゴロしてほっくほく、ニンジンと玉ねぎは甘くて、肉はごろっと軟らかく主役級の味わいだ。

素揚げした野菜とサラサラカレーのしゃれた感じのも美味いが、久々に食べるカレーとしてこれ以上のものはないと思わされるカレーなのだ。

「ふふーん。でしょでしょ？　久しぶりに食べるなら、下手にスパイスを使った本格カレーよりも小麦粉を使った一般的で家庭的なカレーの方が良いと思ってね」

「調整してくれたのか……凄いな」

というか、香辛料から作るカレーで日本人に馴染みのあるカレーが作れるものなんだな。

俺には皆目見当もつかないのだが……七菜すげえ……。

「そういえば七菜はなんでスパイスからカレーを作れるんだ？　調理師の学校にでも通ってたのか？」

「ううん普通に普通科の学生だよ。夏休みの自由研究でスパイスから色々なカレーを作って提出したのがきっかけかな？　一度調べたら楽しくなっちゃって、一時期凄い嵌《はま》ってたんだ。その中で、市販のルーで作るようなカレーに似た味を出せるように試行錯誤したわけですよ」

なるほどな……自由研究とか懐かしい！　俺何したっけ……覚えてない程前であり、覚えてないって事は適当に済ませたんだろうな……。

いやあ、学生時代の七菜に感謝を申し上げたい！　しっかりと自由研究をし、自らの向上に努めた姿勢に感謝を申し上げたいよ！

「ご主人様！　七菜さんから香辛料の使い方はしっかり学びました！」

「使い方が膨大すぎて途方に暮れたけどね……。でも、自分好みのカレーを探れるというのは面白いわよね」

「スパイスは楽しいし奥深いよー！　ただ足せばいいだけじゃない。むしろ、少ない方が一つ一つのスパイスの特徴が出るからね。味、香り、色を出すスパイスがどれなのか分かるようになれば後は組み合わせ！　スープストックを使ったり、水だけにしたり、スパイスは生、焙煎《ばいせん》、乾燥等使い方は様々だからね！　隠し味もかなりあるし、可能性は無限大！　それがカレーなんだよ！」

　確かに、軽く聞いただけでも幾つものパターンがあるのが分かるし、それに興味はそそられる。

　これは後日、細々と質問の嵐をぶつけなければならないだろうな。

「し・か・も……スパイスは薬効も高いから健康的だし、美容効果も高い！　美味しく美しく元気になれる女性の味方！　作らない手はないよね！」

　と、それを聞いたウェンディが興奮気味にコクコクと頷いているが、ウェンディはそのままでも十分美しいぞ？

「うーん美味いでやがりますなあ……。肉に野菜、バランスも良いでやがりますね。これは力が出るでやがりますよ」

「んんーっ！　なるほどなるほど！　ダーリンさんと隼人卿《きょう》があれだけ興奮するのも分かる味ですね！　しかも体にも良いとなればこれは教会でも定期的に作って出すべきではないですかね!?」

「流石にこの匂いを教会内で漂わせるのはまずいでやがりますよ」

「ん！　美味しい！　お米とも合う。お肉もいっぱい。野菜も苦くない。美味しい！　いくらでも食べられてしまう」

と、三人もどうやら気に入ったようだな。

あとシロ？　普段ならいくらでもお食べと言うが、今回は俺達がおかわりできる程度には自重してくださいお願いします……。

「ああ……イツキさんが作ったラッシーも甘くてまろやかで美味しいですね……。カレーにピッタリです！」

「んだな。香辛料で体が熱くなってきたから、冷ますのに作って良かったよ」

「あー……私もイツキのラッシー飲みたい！　それにカレーも食べたくなってきた！　イツキ！血！」

「はいはい。いくらでも吸っていいぞ」

料理前に一度吸ってもらい、味を確認できるようにしたがそろそろ効果が切れていてもおかしくないもんな。

味見はしただろうけど、やはりしっかりと味わいたいよなあ。

七菜はこの世界の食事自体が少ないから、このカレーを食べてしまっては日常で食べる食事のハードルが上がってしまうかもしれないけどな。

「あ、僕の血でも構いませんよ？　イツキさんばかりに負担をおかけする訳にも行きませんし！」

負担って程でもないけどな。

お腹が減って減って仕方ない状況からは脱したようで、最近は少量で我慢する事も出来るようになっているし。

ただまあ……血を吸った際に興奮気味になるのは止められないらしいけど。

「うーんっと……」

「遠慮なさらずに。いくらでも血を吸って構いませんよ？」

「そうだな。隼人の方が若いし、健康的だから俺より美味いんじゃないか？」

俺は別に煙草《たばこ》も吸わないし偏った食生活という訳ではないと思うが、隼人の方が健康であることは間違いないだろうしな。

俺は夜更かしや徹夜なんかで昼夜逆転する事も少なくないしな。

「えっと、遠慮とかじゃなくてね？　その……言いにくいんだけど、早川君の血は光臭いから嫌……」

「ひ、光臭い……？　なんですかその言葉……？」

「うんと、なんというか……イツキの血は凄く馴染むんだよね。一舐《ひとな》めするだけで、体が震える程美味しいの。でも早川君からは背筋が寒くなる気配がするというか、光が強い気配がするんだよね……」

「あー……七菜って闇の力が強いからか？　俺は確かに闇属性の適性があるしなあ」

「うんうん。イツキからは闇以外の気配もするんだけど、それらは別に嫌じゃないというかスパイスみたいに良いアクセントって感じるんだけどね。光だけはちょっと……」

「ふむ。じゃあ私達のも駄目でやがりますか？」

「光の適性は私達にもありますしね」

「うん……二人からも光の気配が強いから無理かなあ……。何と言うか、パクチー苦手な人がパクチーだよって宣言された物を食べる前の気分になるというか……」

あー……確かに苦手な物だと分かっているのに食べるのはしんどいな。

目を瞑り、鼻をつまんでも食べたくないっ！

俺の場合は虫に置き換えられるわけか。どれだけ美味しかろうと絶対に無理だな！

「あ、でもシロちゃんの血は美味しそうかな！　シロちゃんの血なら飲んでみたいかもぉ……はあ……はあ……」

あ、そうか。シロも闇属性の適性があるんだったな。

「嫌」

……シロ。お前も美味しくカレーをいただいただろうに、断るにしてももう少し気を遣ってあげなさいな。

……まあ、本人は冷たくあしらわれてもそれも可愛いと騒いでいるから良いんだろうけどさ。

「僕も光の適性があるから駄目なんですね……。そうですか……僕もカレーに対するお礼をしたかったんですけど仕方ないですね」

「気にしないでいいよ。お礼ならイツキから貰うから！　それじゃあイツキ、あーん」

あーん、と口を開くので人差し指をそっと口元へと近づける。

するとぱくっと柔らかい唇に挟まれつつ口の中に指が入る。

独特な温かさと含んだ瞬間に粘膜から唾液が溢れ、舌が指に触れるとそれらが一緒にまとわりついて行く。

舌を使って指の位置を調整され、牙を突き立てる一瞬だけ痛みが走るがすぐに治まると、七菜が口をすぼめてちゅううっと、血を吸い上げて行く。

「んん……やっぱりイツキの血、美味し……あむ……ちゅぴ、れろ……」

一度口から離し感想を述べるともう一度口に含んで舌を這《は》わせ、絡みつけてくる。

瞳は蕩《とろ》けてしまっており、皆が息を呑《の》んで注目している事も気にせずに艶《なま》めかしく指を舐める七菜。

俺自身も視線を外せずに背筋がぞくぞくする感覚に襲われるが、あくまでもこれは七菜が味を感じるために必要な事だと抑えねばならない……。

「んんーっ！　美味しかったー！　大満足！」

「いや、ラッシーとカレーを食べるために血を吸ったんだろう？　血を吸って満足しちゃ駄目だろ」

「あ、そうだった！　イツキの美味しすぎるんだもん。すっかり忘れちゃったよ」

カレーを忘れる程に俺の血って美味いんだなあ。

シロ？　興味を持っても多分シロには美味しくないと思うぞ？

七菜は吸血鬼だから美味しく感じるってだけだからな？

「それじゃあそれじゃあ……あーむ。んっ！　んんー！　やっぱり美味しいねえ！　ライス専用に作ったかいがあるね！」

「ライス専用？　え、もしかして……」

お前さっき、ライスかパンか、それともナンかって聞いたよな？

ライス専用に作ったって事は、もし俺達がパンやナンを選んでいた場合は――。

「んんー？　そりゃあライスにパンにナンまであるんだから、それぞれに合ったカレーを作るよね」

ドヤ顔だ！　いやしかし、ドヤ顔をしても許されるだけの事をしているから許せてしまう！

「お前が、神か……っ！」

「ふふーん。私は真祖だー！　なんちゃって」

真祖……真祖か。いや、まさしくこの世界においてはカレーの祖であろう。

確かに家庭的なカレーだとナンには合わない事もないが、ナンに合うカレーは別であるからなあ……！

「流石七菜！　最高！　真祖七菜様だ！」

「えっへへ。なんだよう。褒めちぎるなよう～。褒めてもこんなものしか出せないゾ」

なんだ？　まだ何かあるのか？　真祖以上の何になろうというのか？

七菜から目配せを受けたウェンディが頷き、持ってきたガラス瓶の中には黒い液体が……。

んん？　なんだなんだ？　付け合わせではないよな？　ん、甘い香りと香辛料の香りが……。

「イツキ。錬金で炭酸水は作れるでしょ？　このシロップと混ぜたらクラフトコーラの出来上がりだよ」

「クラフト……コーラ……だと……っ」

はっ！　そういえばクラフトコーラは香辛料と砂糖を使って作るんだったか！

つまり七菜は香辛料を使ってカレーだけではなく、この世界にコーラまで生み出したという事か！

え、もう神様じゃない？　真祖じゃなくて神様なの？　新しい女神様になるの？　信奉するよ俺。

流石に炭酸は無理だったようだが、錬金を用いれば二酸化炭素の存在を知っている俺は炭酸水を容易に作れるから、俺が錬金術師だと聞いてコーラも作れるという考えに至ったという事か！

「イ、イツキさん！」

「ああ……作るぞ！　コーラを！」

まさかカレーに次いでコーラまで味わえるとは……っ！

炭酸？　強めに決まっているだろうが！　強炭酸コーラ完成ー！

「っ……あああああ！」

くうう、目元まで刺激が来るような強炭酸にぐっと目を瞑り、本来もっと甘いコーラを程よく調整したクラフトコーラらしい辛味などが喉を刺激し、思わず声が出てしまった。

クラフトコーラゆえ懐かしさはそこまでではないものの、紛れもないコーラの味に本日二度目の強烈な感動を受けてしまった。

「ん。パチパチする。面白い飲み物」

「うおお……っ！　刺激的な飲み物ですね……！」

「ん、ラガーに似た感じでやがりますが、甘くて美味いでやがりますね」

三人ともどうやら驚きはしつつも気に入ったらしい。炭酸って苦手な人は苦手だから、気に入ってもらえたなら良かったよ。

ウェンディは普通に飲めているようだが、ミゼラは少しおっかなびっくりな感じかな？

ただその……コーラも砂糖を驚くほど使うから、飲み過ぎは注意だぞ。

「コーラも香辛料は使うけど、基本的に煮詰めればいいだけだし簡単だよ。本当はもうちょっと馴染ませた方が美味しいんだけどね」

そうなんだ。十分美味いけどなあ……でも、もっと美味しいと言われたら試さざるを得ないよなあ。

「……カレーもだけど、オリジナルコーラも試してみないとだな」

こいつは……忙しくなってきたぜ！　お仕事もあるが……まあ、うん。仕事に支障がない程度に研究していこうかな！　ほどほどに、のめり込み過ぎると何時《いつ》の間にか時間が経《た》っていて、皆に心配をかけるから気を付けつつ……なるべく、気を付けよう。

「うふふイツキのコーラも楽しみだなー。出来たら私にも飲ませてね！」

「イツキさん！　僕も！　僕もイツキさんのオリジナルコーラ飲みたいです！」

「ああ勿論。出来たら皆で一緒に乾杯だな」

さて……それじゃあコーラで腹を膨らませすぎない内に、次はナンでカレーをいただくとしよう。

コーラも勿論捨てがたく嬉しいサプライズではあるが、今日のメインはカレーだからな！

七菜が作ったナン専用カレーを食べた後は、パンに合うカレーもいただき、ライスでのカレーもおかわりするのだー！

遅れてやってきたアイナ達やレティ達が香りに期待感を持って食べ始めた頃、俺は腹がパンパンで動けなくなっており、うーうーと唸《うな》っていた。

明らかに食べ過ぎたが、後悔はしていない。どれも本当に美味しかったのだからこの苦しさは幸せな苦しさなのだ。

だが、なんと俺の横で隼人も食べ過ぎで動けなくなっており、レティ達には驚かれる事に。

まあ、隼人のこんな姿はきっと見たことが無かっただろう。

隼人も苦しそうにはしているが、視線が合うとお互い微笑《ほほえ》んだので、俺と同様に満足したかな？

お祭りはトラブルで満喫できなかっただろうから、カレーは満喫して良い息抜きになったなら良かったよ。

ちなみに、同じく腹いっぱい食べていた副隊長は、テレサに引きずられて帰って行った。

レシピは教えてもらったようだが、神殿で食べたら匂いが凄《すさ》まじい事になりそうだな。

テレサはどうなるか分かっているようだが、副隊長はやってしまうんだろうなあ。

カレーの匂いが充満する大聖堂か……怒られないといいけど、間違いなく怒られるだろうなあ……。

閑話　赤城七菜はエッチな子？

お祭りを無事に終え、隼人《ハヤト》達《たち》やテレサ達も王都へと帰ってしまってから数日経《た》った日の事。

俺は寝室から出てホットミルクを取りに行き、部屋に戻ると先ほどまで一緒にいたウェンディに声をかけたのだが反応が無い。

「ウェンディ？」

「はあ……んん……すう……んぅ……」

っと、どうやら疲れ果てて眠ってしまったらしい。

裸で汗をかいたまま眠ってしまうと風邪をひいてしまうので、適度に汗を拭きとってから布団をかけ直してあげると、ミノムシのようにくるまってしまい微笑《ほほえ》ましかった。

「俺も汗かいたな……」

と、自分も汗だくになっていた事に気づいたので、たまには一人で温泉にでも行くかなと温泉へ……。

落ち葉などを不可視の牢獄《インビジブルジェイル》を使って効率よく取り除き、かけ湯をしてからゆっくりと肩までつかる。

「はぁぁぁぁぁああああ…………」

一人、温泉で月見風呂……悪くないなあ……。

皆といるのも勿論《もちろん》楽しいし大切な時間ではあるが、こうしてほんの僅かな時間を一人で過ごすのもまた良いものだ。

こういう時間があるからこそ、余計に皆との時間を大切に思えるのかもしれないしな。

「そうだ。たまには熱燗《あつかん》でも……」

温泉で熱燗。酔っぱらってしまい事故でも起きると困るどころではないので量は少な目にしておこう。

「っ……つあああ……」

喉を通る熱燗の温度的な熱さと、その後に続くアルコール的な熱さ。更には温泉に浸《つ》かっているので外からの温かさも加わってこれは溶ける……。

「あー……美味《うま》い」

そういえば、今日もウェンディが夜にやってきたな。

ここの所、ウェンディとミゼラばかり夜にやってくるんだよなあ。

具体的には、ウェンディ、ウェンディ、ミゼラ、ウェンディ、ミゼラ、ウェンディ、ウェンディ……と。

うん。不満など全くないが偏っているのはやはりこの前の収穫祭の影響が――。

「……イツキぃ」

「っ……びっくりしたぁ！　七菜《ナナ》か！」

誰もいないと思っていたのに、突然声をかけられたので心臓が止まるかと思った……。

そうだった。七菜は影を使って俺の所に来られるんだったよな。

「お、悪い。見ての通り風呂中だから裸なんだが……」

「あ、う、うん。大丈夫。見えてないし……というかその……ついさっき見てしまったというか、もっとすごいものを見てしまったというか、その……色々見てしまった後なので……ごめん！」

「ついさっき色々って……あー……」

それはつまり、先ほどまで行っていたウェンディとの……。

ま、まあ影を使って瞬時に移動が出来るという事は、こういう事もあると。

某猫型ロボットのどこにでも繋《つな》がるドアを使って、お風呂場にワープしてしまうような出来事が起きてしまったという訳か。

「ごめんなさい……覗《のぞ》きみたいなことをしてしまいました……」

「まあその、事故だろ？　それは仕方ないというか……ま、まあ、起こってしまったものはしょうがないし……気にするな？」

「う、うん。ごめん。ありがとう？」

何故《なぜ》お礼を言われたのかは分からないが、そのまましばしの沈黙。

俺としては人に見られていたという羞恥心があるから何も言えないのだが……。

というか、俺は後ろを振り向かない方が良いと思うので振り向けない訳なんですけど、七菜はまだいる……よな？

あのアクセサリー、隠形の効果もあるから気配が分かりづらいんだよな……。

「ね、ねえこの温泉もイツキのなの？」

「ん。ああ、まあな」

「へ、へええ凄《すご》い立派な温泉だね！　いいなあ羨ましいなあ！」

「良いだろー？　すげえだろー？　七菜も入るかー？」

おっと、褒められて上機嫌になるなんてチョロイところを見せてしまった。

まあ入る訳ないだろうな。

「はえっ!?　こ、ここ、混浴って事？」

「冗談だぞ？」

「じょ、冗談か……びっくりしたあ……」

「当たり前だろ……。はああ……血が欲しいならもう少し後ででもいいか？」

「う、うん……」

っと、答えたもののまだ後ろにおり、もしかして待っているつもりなのか？　と思ったら、何やら衣擦《きぬず》れの音が聞こえてきたので、咄嗟《とつさ》に振り向いて確認すると……七菜と目が合う。

「っ、イ、イツキ!?」

「うおっす、すまん！」

と、急いで視線を戻したもののえっと、今まさに下着を下ろす直前だった……よな？

ここは温泉……確かにマナーとして衣服の着用は認めない俺ではあるのだがまさか……。

「……こっち、見ないでよ？　イツキのエッチ」

「……入るのかよ」

「そっちが誘ったんじゃん！」

「冗談だって言っただろうが……」

「異世界でこんな温泉見せられて、入らない日本人がいるわけないでしょ」

それを言われてしまっては、俺の温泉がつい入りたくなってしまう程に魅力的なのだと聞こえる上に、いち温泉好きとしては何も言えなくなってしまう。

ゆっくりと足から入れたのだろうか、水音があまりせずに入ったようで、小さな波が俺へと当たる事で七菜が入った事が分かった。

「ふわああ……十数年ぶりのお風呂だー……」

「お前、かけ湯してなくなかったか？」

「人を汚いみたいに言わないでよ！　元々吸血鬼のスキルで汚れとは無縁なの。ずっと寝てたけど埃《ほこり》も私にはかからないんだよ！」

……それならまあ、とは思わなくもないが次回以降は気分的にかけ湯はしてもらう事にしよう。今回だけ特別だからな。

「はあああ……気持ちいい……蕩《とろ》けるぅ……」

と、本当に蕩けそうな声を上げる七菜。

「だろ？　最高だろう？」

「うん……夜の露天風呂……控えめに言って最高……こんなの我慢できるわけないよねえ……。日本の心だねえ……」

まさしくそうだなあ。

満月……という訳ではないようだが、ほぼほぼ満月の明るい光が光源となり、吸入《インプット》で引いた温泉が溢《あふ》れる音と、風が木々の葉を揺らす音だけが響く今この瞬間を、風流と言わずしてなんというのだろうね。

「「ああ……」」

と、同時に感嘆の息を漏らしたものの、多分七菜も自然へと目を向けている事だろう。

同じ方を向き、同じ景色を眺めながらただただ温泉の温かみに身を委ね、何も考えずぼーっとした静寂もまた良いなと思っていると、七菜はそうではなかったらしい。

「ねえイツキ」

「んー?」

なにやら真剣みのある声色で俺を呼ぶ七菜。

さて、シリアスなお話でもあるのだろうか?

「あのさ……私に何か聞きたいことがあるんじゃないかな?」

「無いぞー」

「無いの!? ほ、ほら! 私がイツキを眠らせて閉じ込めた理由とか……」

ああ、その事か。

俺としてはもう解決したことだし構わないんだが、七菜の中ではすっきりしていない部分なのだろうか？

「んー？　あれだろ？　俺を巻き込まないためにとかそんなんだろ？」

「え？　あ、うん、まあそうなんだけど……」

「ついでに、死ぬつもりだったんじゃないのか？」

「ええ!?　なんでわかったの!?」

「お前の性格を考えりゃなあ……」

他人を傷つけられないお前が、自分を魔族だと思っていたお前だから、そんなこったろうと思ったよ。

「その割には隼人達相手に善戦していたな」

七菜を助ける解決策が出来て、真意に気づいたのはいいものの滅んでいたら意味はなかった。だから善戦してくれていたおかげで間に合ったわけだけどな。

「だ、だって下に降りたら武器を持った人が6人もいたんだよ？　八つ裂きは流石《さすが》に……って、思ったらスキル使っちゃってた。聖職者がいると思って、聖なる力で浄化されて安らかに……って思ってたのに早川《ハヤカワ》君が邪魔でさあ……テレサちゃんもまさかの物理なんだもん。ああ、私潰れて死ぬか切り刻まれるんだ……って思ったら、抵抗しちゃってたんだよね。勿論攻撃はなるべく控えたけど怖かったぁ……」

「あー……その気持ちは分からなくもないな……」

実際、あの二人に襲い掛かられたのは相当怖いだろう。

霧化出来るスキルがあって、本当に良かったな……。

「……なあ、俺もしかして余計なことしちまったか？」

「え、なんで？　イツキには助けてくれてありがとうしかないけど……」

「いや、あのタイミングで死ぬつもりだったたって、俺がきっかけかなって思ってさ」

「違うよ！　イツキのせいじゃないよ！」

大きな水音がして、思わず顔ごと視線を向けると七菜は立ちあがっており、当然七菜の体もばっちりと見てしまった訳だが、束ねていなかったせいで髪についた温泉水が宙を舞うと月明かりにキラキラと輝いており、白い肌の七菜の体と重なって神秘的に見えとても美しかった。

「っ！」

俺の視線に気づいたのかすぐさま体を畳んでお湯の中へと入り、口元まで沈めてぶくぶくと不満のある視線を向けてくるのだが、見てしまったのは俺のせいじゃないだろう。

そして、そのまま俺の横にきて肩が触れ合う距離に並び、そっと腕を摑《つか》んできた。

「……イツキと話せて楽しかったよ？　お菓子もご飯も美味《おい》しくて、この世界で初めて幸せを感じたんだよ。……でもさ、また独りぼっちで次にお腹《なか》が空《す》くまで眠って、起きたら誰もいないっていう繰り返しに耐えられないなって思っちゃっただけなんだよ……」

「なんでだよ。これからは俺がいるから話し合いにも困らないし、食べ物だって美味しく感じられただろう？」

まあそれも俺だけじゃあ……っていうのならそれまでだけどな。

「イツキに毎回血を貰《もら》うって事？　そんな事お願いできるわけないじゃん。あの時は自分が魔族だと思ってたからそんな事になったらイツキまで巻き込んじゃうって、それは絶対駄目だって思ってたんだもん……」

「……やっぱりお前は優しいな」

そうやって自分の事よりも俺の心配が先に来るような奴《やつ》だもんな……。

『魔族じゃないなら、イツキとお話しても良い……よね？』なんて言う奴なんだから、そりゃどうにかしてでも助けたくもなるってものだろう。

「イツキこそ少し会っただけの私に優しすぎるよ……」

「少し会っただけで分かるくらい良い所が溢れてたからな」

「褒めすぎだし……惚《ほ》れさせようとしてる？」

「してねえよ。事実だ事実」

「……ありがとう」

「何度目だよ。気にすんな」

また同じ方を向いて空を見上げた七菜。

近づいていた距離のまま、七菜は俺の腕を抱きしめつつ、肩へと頭を当てて来ていた。

「……イツキが魔族じゃないって教えてくれて、アクセサリーも作ってくれて、そのおかげで友達も増えたし、美味しいものも食べられた。イツキと話せただけでも幸せだなって思ったのに、もっと幸せになれちゃった。だから、一つ一つにありがとうって言いたいくらいだよ。今こうして温泉に入れるのも、人の温《ぬく》もりを感じられるのも、イツキのおかげでありがとうだからね」

感謝の気持ちが乗るように、腕を抱く力がこもっていくのが分かる。

「……まあ、全部上手《うま》くいって良かったなって事でいいんじゃないか?」

「もう……軽いなあ。本当に感謝してるんだよ? ちゃんとお礼もするからね」

「……お礼ならカレーを作ってくれたからそれで十分だぞ? 隼人達も満足していたしな」

あれだけ美味いカレーを作ってくれて、レシピや香辛料の使い方まで教えてくれたんだから十分だよ。

まさかのコーラまであったし、これ以上はお礼過多ってものだろう。

「もう……そんなのお礼にならないよう。私もカレー食べたかったし、ウェンディさん達と一緒に料理するのは楽しかった……って、うわあ!」

「ん? どうした?」

なんだよいきなり素っ頓狂な声を上げて。

魔物の気配でも感じたのか? もし魔物なら悪いけど頼むぞ?

んんー……俺の知りうる範囲にはいないように思えるんだが、一体何が見えたというのだろうか?

「イ、イイイイツキ!? なんでシャキーンってなってるの!?」

「シャキーン?」

シャキーンってなんだ? と思ったので、七菜が指さす方を見てみると……ああ、なるほどシャキーンってなってるな。

「悪い、まあ生理現象だから気にすんな。放っとけば治るから」

「そ、そそそうなんだ。そういうものなんだ……へぇえ……ふううん……おわあ……」

で、カレーの話を再開しようと思ったんだが……えっと……だな。

「七菜？」

「ほえ!? あ、うん。そうだね！ 無事解決して良かったよね！」

「いやその話は大分前に終わってるんだけど……熱心にじっと見すぎだろ」

「ふうえぇ!? 熱心にじっとは見てないよ!?」

いや、手で見ないようにしてたみたいだけど、隙間ガバガバだったからな？

その隙間からじいいっと食い入るように熱ーい視線を感じたんだが？

というか、今もちらちらと見ているじゃねえか……。

「……そんなに気になるか？」

「気になるっていうか……だ、だってイツキ、あんなにウェンディさんとしてたのにまだこんな……」

それは……あれだよ。

レインリヒに教えてもらった地龍の肝で作ったお薬を飲んだのだが、それがとっても効果が高くて以前よりもタフになってしまったのだ。

しかも永薬……効果はずっと続くんですよ。

更に言えば地龍の加護も効果があったのか、維持力や硬さも上がってしまったという訳でして……。

「ちょっと待った。お前、あんなにって……どれだけずっと見てたんだよ」

「ふえ!? だ、だってだってウェンディさんみたいな綺麗《きれい》な人があんなに乱れて甘えているのを見たらドキドキしちゃうじゃん！　そりゃ見るでしょ！　見ちゃうでしょ！」

いや、開き直るなよ？　やってることは覗きっていうか、それはもう事故じゃなくて故意だろう。

「……お前、俺にあれだけエッチだなんだって言ってたけど、七菜の方がエッチなんじゃないか？」

「なあっ!?」

くっくっく。毎回俺にエッチだなんだと言うからちょっとしたお返しって奴だ。

元々の肌が白いせいか真っ赤になっていく顔がよく目立つねえ。

さて、これで俺に向かって『ばーか！　イッキのがエッチだよ！　バ――カ！』とか顔を真っ赤にしたまま慌てるように言ってくるだろうと思っていたのだが……。

「そ、そうなのかな？　やっぱりそうなのかな!?　わ、私エッチだったんだ……」

「……七菜？」

「あ、あのね？　黙ってたんだけど、イッキが寝ている時にこそっとイッキにチューをしそうになったというか、しようと思ったけど出来なくて、でもイッキが寝ぼけてチューしてきても怒らないのにーっていうか、してこないかなとか思ってたんだけど、やっぱり私ってエッチなのかなあ!?」

「な、七菜？　落ち着け？　冗談だぞ冗談」

なんだ？　どうした？　突然暴走状態というか、素が出ているというか出過ぎというか、正気なのかどうかが分からない！

「だ、だ、だって、イツキのこれ、私のせいでこうなってるんだよね？　じゃあ責任！　責任取らないとだよね？　私初めてだからあの、何すればいいのか分からないんだけど、どどど、どうすればいいかな？」

「どうもしなくていい！　どうもしなくていいから手を放せ！」

どうすればいいか聞きながらしっかりと摑みに行くなよ！

というかもうガン見ですよガン見！

しっかりはっきりその二つの眼《め》に焼き付けるように食い入るように見ていますけど!?

「わああ、硬……？　さ、触ったら更にシャキーンってなったよ？　うわうわうわあ引っ張ったら引き戻されるくらい力強いんだけど!?　こ、擦《こす》るんだっけ？　そうしたら気持ちいいの？」

「いや、まあそうだけど、ちょ、いいから手を……」

「こ、こう？　こうでいいの？　これで気持ちいい……？」

おぼつかない手つきで上手とはとても言えないが刺激は刺激……更には七菜が前傾姿勢を取るので谷間が強調されており、更にはその先にあるものが目に入ると更にシャキーンとなってしまう……。

っていうか、温泉の中は駄目！　と、腰を上げたのだが手が離れず、そのまま縁へと腰かけてしまう。

「わあわあわあ……ちゃんと見ると血管とかこんなに浮き出て……それに雄々しいというか鉄みたいに硬くて……これが……なかに……」

「ちょ、七菜？　これ以上は……言っとくけど、俺草食系じゃないからな？　据え膳はいただくタイプだぞ？　分かってるか？」

七菜も興奮状態であると分かるが、俺も俺で温泉の熱気と酒の熱さも相まって相当やばい……。当たり前だがこんな事をされては男としてここで止まれる訳もないのを必死に抑え込んでいる状態だ。

「……分かってる。大丈夫だよ……」

「お前、お礼にとか思ってないか？　そういうことなら――」

「それは……少しだけあるかもけど……それだけじゃないよ。ていうか……私やっぱり凄いエッチなのかも……。頭が沸騰しそうな程恥ずかしいんだけど、凄い興奮しちゃってる……」

はー……はー……と熱い息を吐き、上目遣いの瞳には熱が籠っているように思える。

興味……が強いのかもしれないが、止まれない程に興奮してしまっているようである。

そして、七菜の指は自然と自分の下半身へも伸びており……。

「イツキなら……良いって思ってるから……」

「……そこまで言われたら、止まれないぞ」

「う、うん。止まらなくていいよ。リードして教えてほしい……。あ、でも優しくはしてほしいです……」

その言葉を聞き、俺も歯止めが利かなくなる。

女の子にここまで言われて、恥をかかせる俺ではないのである。

ぐいっと引き寄せて七菜を抱きしめ、抱えたまま温泉に付随した屋敷の中へと入り、畳の上に布団を敷いてその上に七菜をそっと降ろした。

そこまでお互いに無言ではあったが、息が荒いままの七菜の唇に俺も荒い呼吸のままに唇を重ね、体も重ね合いご要望通り優しくを意識しながら夜が朝になるまで一緒にいたのであった。

結論……七菜はとてもエッチでした！

本人は冷静になった後は認めなくなりましたが、とってもエッチでした！

あとがき

祝！　10巻！　2桁ッダー！

ついに2桁巻！　まさか本当にここまで書かせていただけるとは思いませんでしたと、正直に申し上げます！　皆様のおかげですありがとうございます！　嬉《うれ》しいです！

そして1巻を出してからもう5年が経過したんですね……あっという間でしたねえ。

5年の間にコミックスも始まり、そちらも6巻と……ありがたい限りですね！

さて！　今回は記念すべき2桁巻という事もあり、完全書き下ろし＋新キャラでチャレンジさせていただきました！

初めて最初から最後まで書き下ろしという事で、普段とは違う作業やWeb版のような連載ともまた違った点があり、なかなか苦戦をいたしました。

私はWebの方の更新を止めて作業をさせていただきましたが、これをもっと短い納期で休まずに行う作家さん達《たち》ばかりというのだから恐ろしいものですね。

ですが苦労をしたかいあってか、今回の新キャラである七菜《ナナ》ちゃんも個性的で良いキャラとなったのではないかと思います。

明るくて優しいだけではなく、実はえっちぃのに興味津々な女の子であったと……そういう女の子お好きですよね？　私はお好きです！

エロく、そして面白くを信条に掲げる私としましては今回も良いバランスで描けたと思っています！

エロく！　の部分としましては、今回外せないのはまさかの副隊長でしょう！　とても満足のいくシーンを描けて楽しかったです！

ただ、ゴールデンモイ掘りの最中にレンゲに蹴られて足が柵に引っかかるシーン……あれ前に転がると私の理想の形にならなかったのには焦りましたね……。

そしてあの思い出し方ですが、副隊長だからこそ出来るものであると思います！

副隊長……良いお仕事ぶりでございました。またいつか、活躍していただける日がある事を心より願っております！

勿論《もちろん》最後はお決まりの展開に……ええ、なんかもう私の中で義務感に近い決定事項となってる気がします。

アレです。お仕事中は無性に温泉に行きたくなるんですよね。

もしかしたら締め切りが終わったら絶対に温泉に行く！　と、思っているので、その気持ちが溢《あふ》れ出ているのかもしれません。

ああ、温泉行きたい。でも長湯は苦手なんですよね。温泉は好きなんですけどね。

それでは！　本書を手に取ってくださった皆様と関係各所の皆様に感謝を述べまして、また11巻でお会い出来る事を楽しみにしております！

作品のご感想、ファンレターをお待ちしています

あて先

〒141-0031　東京都品川区西五反田8-1-5 五反田光和ビル4階
オーバーラップ編集部
「シゲ」先生係／「オウカ」先生係

異世界でスローライフを（願望）10

発　　行　2023年4月25日　初版第一刷発行
著　　者　シゲ
イラスト　オウカ
発 行 者　永田勝治
発 行 所　株式会社オーバーラップ
〒141-0031
東京都品川区西五反田8-1-5
校正・DTP　株式会社鷗来堂
印刷・製本　大日本印刷株式会社

Printed in Japan
ISBN　978-4-8240-0445-1 C0093

【オーバーラップ　カスタマーサポート】
電　　話　03-6219-0850
受付時間　10時～18時（土日祝日をのぞく）